PIÉGÉE

CHRISTELLE NAULET

Ateliers d'écriture :

Charlotte Cruz (autrice)

Couverture et illustration :

La Goutte Créative - Chilly Charly

Correction, quatrième de couverture et relecture :

Amandine Floriot - Mot Correct Exigé

Correction et mise en page :

Charlène Lefèvre - Ligne à Ligne

Contact : piegee.chris.nono@gmail.com

ISBN : 979-10-415-1738-1

Ce livre est dédié à toutes les victimes de pervers,
aux chercheurs d'Amour,
Je Nous Aime !

La police d'écriture a été choisie pour les dyslexiques.

Pour conserver l'anonymat des personnes citées dans ce livre, tous les prénoms ont été changés.

REMERCIEMENTS

Remerciements à : Charlotte, Amandine, Charly, Charlène, Simone.

LES PERVERS NARCISSIQUES, COMMENT LES RECONNAÎTRE ?

La méchanceté est la caractéristique principale des personnes souffrant d'infériorité, se sentant obligées de salir toutes personnes,
pouvant potentiellement paraître plus brillante à leurs yeux.
Françoise Boucher

Les pervers représenteraient 3 % de la population, hommes et femmes compris. Statistiquement, chacun ferait en moyenne trois victimes directes, sans compter l'entourage.

Il existe plusieurs degrés dans cette perversion, de la plus légère à la plus machiavélique. Pour cela, ils disposent de tout un arsenal d'outils hautement élaborés et mis en place à la suite d'une sélection rigoureuse de leur victime. Ils ont le talent de scanner tout le monde très rapidement.

Ce sont des joueurs d'échecs, mais avec des humains pour pions. Ils font tout pour séduire leur audience pour inspirer confiance et sympathie : c'est un métier de comédien à plein temps pour eux. La mythomanie est leur principale caractéristique : ils inventent leur propre fiction. Ils utilisent la fausse modestie, les promesses candides qui font complètement illusion dans le monde qu'ils se créent. Un véritable enfumage ! Ils connaissent toutes les mimiques qui font croire qu'ils sont sensibles, altruistes et désintéressés. Ils jettent de la poudre aux yeux pour appâter les potentiels élus.

Une fois la victime prise au piège, la lune de miel prend fin et après les compliments viennent les critiques et les humiliations !

Ils sont attirés par les empathes qui se remettent toujours en question, qui acceptent d'être coupables à leur place, qui portent leur folie et qui leur trouvent des excuses. Ils dictent leurs ordres, ils se comportent comme des mâles (ou femelles) alpha, ils imposent leurs vérités, ils ont toujours besoin de tout contrôler et d'exploiter tout le monde.

Ces imposteurs revêtent une coquille de *Caliméro* en acier trempé qui cache leur vraie nature : ils se retrouvent toujours dans la posture du martyr. Leur jeu d'acteur fonctionne au point que l'on oublie les vraies victimes, plongées, elles, dans la sidération et prêtes à accepter l'inacceptable. Ils sont dans la paranoïa délirante et ont le besoin de persécuter pour ne pas sombrer dans la folie. Ils ont l'art d'aliéner leur victime, de les éloigner de leurs proches tels les prédateurs dans la savane pour mieux anéantir leurs proies. Ils sont doués pour retourner les situations pour que ce soient eux que l'on prenne en pitié.

Mais l'empathe se souvient de tout, ce qui leur fait peur. Quand ils perdent le contrôle, alors ils commencent une campagne de dénigrement massive et accusent l'autre de ce dont ils sont responsables.

Au final, même averti, le doute vous assaillira de toute façon, même après avoir lu ce livre.

Soyez vigilant aux signes et coupez très rapidement le lien avec ces personnes toxiques.

PROLOGUE

Elle avait en elle le courage d'un soldat,
la faiblesse d'une enfant et le cœur d'une femme.
Ola Delfontaine

Un demi-siècle, ça peut paraître court, et ça l'est sous certains aspects. Mais ça peut aussi paraître long, très long, trop long… à vous d'en juger lorsque vous aurez lu ce que j'ai mis tant d'années à pouvoir coucher sur ces pages.

Je crois que nous sommes uniques, nous avons tous des caractéristiques qui nous sont propres, et avec elles, nos sensibilités, que nous cachons bien souvent aux autres. Nous portons un manteau de conformité à minima, voire un manteau XXL alors que l'on fait une taille S.

Très jeune, j'ai porté la taille la plus grande : il était à la fois un radeau pour ne pas sombrer, un imperméable quasi étanche pour me protéger, il me servait de hamac pour me sentir enlacée, de cabane pour me sentir en sécurité, de cape d'invisibilité pour m'abriter du danger, de parapente pour m'élever très haut. Il ne m'a toujours pas quittée. Je lui dois d'être encore là, cinquante ans après.

Si j'adopte un œil extérieur et que je regarde cette petite fille au milieu de sa famille, je dirais qu'elle était calme et obéissante, avec ses cheveux raides et bien peignés. Il aurait fallu être bien attentif pour y voir autre chose que le tableau familial idyllique présenté aux yeux de tous.

Mais comment ne pas tomber sous le charme d'un père de famille si protecteur, au bagout incroyable, et d'une mère de famille admirative de son mari, caressant la tête de leurs deux petites filles afin de rajouter la couleur du bonheur à cette image vernie et lisse qu'ils affichaient ?

Belle œuvre qu'aurait pu peindre Gustave Courbet, le trait bien précis sur une scène de vie banale… sauf que Dali lui aurait donné une touche plus réaliste. Ce qui était à voir se trouvait derrière les apparences, avec des courbures, tant de courbures, qu'on en aurait coulé au sol comme ses montres molles.

Je suis née neuf mois après l'union de mes parents.

Bien sûr, je n'ai aucun souvenir de ma petite enfance, mais les témoignages de certains membres de ma famille m'apprendront que les brimades ont débuté très tôt.

Mes premiers souvenirs remontent à mon premier accident, alors que je n'avais pas quatre ans. Il survint durant une fête de famille chez mes grands-parents maternels, à l'été 1976. J'étais sortie prendre l'air et, en passant devant un coffre ouvert, je voulus caresser le chien de chasse de mon grand-père. Il attrapa alors ma tête dans sa gueule, la coinçant entre ses crocs. Je ne sais pas combien de temps je restai ainsi. Je me rappelle juste que je ne pouvais pas crier. J'entendais des personnes, mais sans pouvoir appeler et me souviens ensuite avoir été transportée dans une voiture. Mon père conduisait tandis que j'étais dans les bras de ma grand-mère et que je maculais sa robe blanche de mon sang.

Je me rappelle uniquement la table d'opération et des échanges entre les soignants avant d'être anesthésiée. Ils ont recousu mon oreille ainsi que ma joue et mes trous dans la tête.

Quelques jours après, à la suite de cette attaque, j'entendis résonner la détonation du coup de fusil envoyant ce chien au ciel. La culpabilité d'en être la cause – alors qu'il défendait simplement son territoire – ne m'a plus jamais quittée. Pour autant, je n'eus plus jamais peur des chiens.

Mon répit fut court : ma tête encore toute bandée, mon père m'emmena en balade dans sa voiture au cœur de la région lyonnaise où nous habitions. J'étais à l'arrière du véhicule et la fenêtre ouverte, le bras dehors, il jouait les Fangio au volant. Il voulait m'impressionner en faisant des slaloms sur la route. Le résultat fut que nous nous retournâmes sur le toit. Tout était chamboulé dans le véhicule. Privée de ceinture de sécurité, j'avais suivi le mouvement du tonneau et je me retrouvai sur le toit. Je m'empressai de ramasser les chewing-gums éparpillés, pour vite ranger le désordre. Déjà à cet âge-là, je craignais les conséquences de ne pas remettre en ordre ce qui était dérangé. Quand mon père m'intima de laisser tomber, je compris que quelque chose n'allait pas : tout devait toujours être en ordre pour lui. Je vis qu'il ne pouvait pas bouger, car son poignet était coincé sous la voiture. Il se vidait de son sang et je ne pouvais rien faire.

On était comme dans un monde à l'envers : le toit aplati au sol et les roues, en l'air. Je ne sais pas si j'avais alors conscience de la gravité de la situation. J'essayais de l'occuper, mais pendant combien de temps ? À ce moment-là, le temps était suspendu. Nous étions sur une route menant aux carrières de Miribel, dans l'est de la région lyonnaise. Endroit incongru et bien peu fréquenté. Je finis par m'endormir, je pense, car je ne me souviens plus du laps de temps entre le début de l'accident et le moment où les pompiers se sont occupés de moi. D'ailleurs, ils ne comprenaient pas pourquoi j'avais déjà la tête toute bandée.

J'ai su, plus tard, qu'un couple de retraités avait donné l'alerte. Mon père avait perdu beaucoup de sang et avait été sauvé de justesse : la carrosserie lui avait sectionné la veine du poignet. Il s'en était fallu de si peu pour que tout s'arrêtât.

Quelques mois après, ma sœur naquit. J'avais attendu un temps infini en trépignant dans les couloirs de la maternité, à côté de ma grand-mère paternelle. J'étais tellement impatiente ! Elle fut accueillie par ma mère en salle d'accouchement par un « et merde encore une fille ! ».

Nous étions désormais deux, avec quatre ans de différence, mais pas que... Malheureusement, vers ses un an et demi environ, elle fut diagnostiquée sourde. Durant les premières années de sa vie, nous avons dû apprendre à communiquer en langage des signes.

Ses rendez-vous médicaux et paramédicaux se déroulaient à Grange Blanche, mais parfois bien plus loin. Nous rencontrions également des familles d'enfants sourds. Mes parents faisaient tout leur possible pour ne pas l'enfermer dans son handicap. Même s'il existait une école à Lyon qui leur était dédiée, ils choisirent de l'inscrire dans un établissement ordinaire.

Je pense, encore aujourd'hui, que cela fut la meilleure décision pour son évolution. Sa scolarité ayant permis à ma sœur de développer une communication orale, malgré le diagnostic posé dans son enfance.

Fréquentant la même école, nous partageâmes une année

ensemble : moi, en CM2 et elle, en CP. Là, je compris que la différence pouvait entraîner des moqueries : je dus à plusieurs reprises, défendre l'intégrité de ma petite sœur contre ceux qui se moquaient de son handicap.

C'était une évidence : c'était ma responsabilité de grande sœur.

Très vite, mon père a statué que j'étais sa fille, tandis que ma sœur était celle de ma mère. Pourquoi ? Je ne sais pas. Était-ce parce qu'elle avait ce handicap qui la rendait imparfaite à ses yeux ? Quoi qu'il en soit, je comprendrai rapidement la différence que cela pouvait faire.

Tout d'abord cuisinier, mon père était ensuite entré dans la Police nationale : il savait courir et avait la taille requise. Il y était devenu maître-chien. J'assistais quelquefois à ses séances de dressage à Vénissieux et j'y trouvais bien des similitudes avec notre éducation qui n'était qu'un dressage dissimulé. À la maison, ma sœur et moi devions toujours baisser les yeux à table, regarder dans notre assiette et n'ouvrir la bouche que pour manger.

On entendait les mouches voler. Il regardait la télévision en mangeant et ne souhaitait pas être dérangé. Le moindre bruit, le moindre trait de visage qu'il estimait inadapté à son humeur pouvaient réveiller son animalité. Nous avions la gorge et l'estomac noués. Nous pouvions seulement passer à table quand il le décidait – même si c'était très tard. Nous n'osions pas lui dire que nous avions faim et, de toute façon, avions-nous vraiment faim ?

La vie n'existait, à peu près, que lorsqu'il n'était pas là et nous étions toujours sur le qui-vive à écouter le moindre signe de son arrivée. Il arrivait toujours quand il voulait, soit pendant son service soit longtemps après l'avoir terminé. Je savais que ma mère ne pouvait pas lui demander quand il rentrerait ou même d'où il venait.

Quelquefois, pour des raisons qui m'échappaient, il s'emportait et la mettait dans le cagibi de l'appartement pour la frapper en dehors de ma vue.

Je me rappelle avoir été témoin d'une autre scène. Cela se passa bien plus tard dans notre maison de campagne. Il nous avait fait sortir dehors : ses cris et ses pleurs me faisaient si peur que je courus jusqu'à chez mon grand-père maternel, à quelques centaines de mètres de là. Je lui demandais de venir pour empêcher mon père de battre ma mère, mais il me répondit : « Elle a choisi son mari, elle l'assume ! » Il avait malgré tout donné son accord pour qu'elle se marie avec mon père avant sa majorité, alors même qu'il savait déjà que le futur marié était un coureur de jupons.

Je ne pouvais rien faire.

Bien sûr, ma mère n'était pas la seule destinataire de ses largesses. Cela avait même commencé très tôt pour ma sœur et moi. Les fessées étaient quasi quotidiennes. Une fois, il m'épargna un coup en frappant dans le mur du couloir et se cassa le poignet. Toutes ces scènes et images, pourtant très nombreuses, sont, encore aujourd'hui, très claires dans ma tête : je me rappelle les lieux précis, des pièces où ces événements se sont passés et du mal qu'il me faisait. L'intensité des douleurs qu'il m'infligeait est encore inscrite dans mon ADN. La plupart du temps, on ne savait pas pourquoi on en ramassait une, mais il nous disait que c'était pour la prochaine bêtise qu'on ferait. Sans vouloir nous dédouaner de quelques fautes que ce soient, je sais qu'aucune de nous deux n'avait rien fait. Il avait juste besoin de se défouler !

Au milieu de toutes ces blessures, il me fractura le nez qui resta douloureux pendant des semaines. Une radio passée des années plus tard – afin de trouver l'origine de mes problèmes ORL – me confirma ma déviation nasale.

C'était compter sans la fois où il me roua de coups quand j'étais en CM1 pour ne pas avoir raccompagné ma sœur jusqu'à la porte de la nounou. Je l'avais laissée à quelques mètres, sur le trottoir ; il n'y avait pas le moindre danger, car je l'avais surveillée jusqu'à ce qu'elle passe la porte. Je ne pouvais plus parler tant ma mâchoire était endolorie. J'avais la consigne, le lendemain, de prétendre que j'étais tombée. La nourrice comprit, sans aucun doute, que ce qu'elle avait raconté la veille à ma mère avait eu des conséquences terribles et, pour ne pas perdre son salaire, elle n'avait rien dit. Elle me chouchouta jusqu'à la fin de son contrat, mais surtout pour son salut.

Mon père m'emmenait souvent avec lui au commissariat de police de Valence. Il était fier de dire que j'étais sa fille – comme on l'est d'un trophée ! Et il l'était tout autant de me montrer les cellules des gardés à vue. Je devais assister à son spectacle : il ouvrait une porte, les frappait violemment et sans raison, puis refermait la cellule sur des gémissements avec un air de puissance. Je ressentais leur sentiment d'injustice et leurs douleurs qui étaient comme les miennes quand c'est moi qui prenais les trempes. À la différence d'eux, je restais silencieuse : c'était ma victoire dans ce combat.

Même si très souvent, lors de mes raclées, il me disait que j'étais bonne à rien et « mauvaise à tout », il était étonnamment fier de sa fille qu'il paradait partout !

Son tableau de chasse ne s'arrêtait pas là.

Lorsque je n'avais pas école et qu'il ne travaillait pas, il m'a souvent emmenée avec lui pour faire ses petites affaires. Je ne pourrais pas dénombrer combien de maîtresses il a eues tant elles étaient nombreuses, et toujours plusieurs en même temps… La première dans mes souvenirs était Mireille, la femme de son meilleur ami alors que nous habitions dans les HLM de Vaulx-en-Velin. Il nous déposait chez elle, car elle nous gardait le mercredi. Mais avant qu'il reparte, on devait quelquefois aller dans la chambre avec la consigne de ne pas en sortir. Pendant ce temps-là, leur fils jouait au docteur avec moi et n'avait cure de mes protestations. C'était une angoisse de me retrouver à la merci de ses expériences en tous genres.

Est-ce que son ami savait qu'il partageait sa femme avec lui ? Je ne sais pas, mais ils ont divorcé quelques années après quand nous habitions sur Saint-Priest.

Un jour, ce meilleur ami est venu manger à la maison accompagné de sa nouvelle petite amie Francine. Je réalisai que mon père lui en avait fait cadeau et lorsqu'il est venu me demander si cette femme me disait quelque chose, je compris parfaitement qu'il fallait que je réponde par la négative alors que je me rappelle encore son adresse.
Est-ce que mon père a pensé que je n'avais pas de mémoire ou que j'étais naïve, toujours est-il que lors de mes nombreux accompagnements de ses forfaits, je l'entendis dire à plusieurs reprises : « T'inquiète pas elle dit rien ! »

Ma mère a très probablement été la plus grande cocue de la ville et au fur et à mesure que les collègues de son mari divorçaient pour tromperies, elle se targuait d'avoir un mari fidèle en arborant un air satisfait.

Ils étaient vraiment de très bons amis avec Dédé, à tel point qu'un soir, ils avaient décidé de jouer aux cartes entre eux et nous fûmes envoyées très tôt nous coucher. Nous n'étions pas fatiguées, on les entendait juste derrière la porte. Eux aussi nous entendaient et trop, visiblement. Mon père envoya Dédé en mission commando et, étant la plus près de la porte sur les quatre que nous étions, il me mit une cuisante fessée.

Je me souviens encore de son bracelet en cuivre me tapant les fesses. Il repartit satisfait, scellant sur ma peau une amitié basée sur la confiance et l'échange de services. Pourquoi n'ai-je jamais parlé de tout ce que je savais ?

Des cauchemars récurrents ne me lâchèrent pas pendant plus de quarante ans dans lesquels mes parents me poursuivaient pour me tuer et où je me réveillais juste avant le coup fatal. Il faut dire que ma mère n'était pas en reste dans cette maltraitance. Elle ne levait jamais le petit doigt ni pour ma sœur ni pour moi, alors que nous étions régulièrement battues ; certes, très souvent en son absence. La seule fois où elle est intervenue pour moi est celle où il m'avait laissé tellement de traces visibles sur le corps qu'elle lui demanda de m'épargner le visage.

Par la suite, il utilisa une technique qu'il pratiquait lors de ses dressages de chiens d'attaque et sur notre boxer : il lui mettait une corde autour du cou et la pendait au tilleul de la maison. Lorsqu'elle ne bougeait plus et que sa langue violette sortait de sa gueule, il lâchait la corde et la chienne tombait au sol. Elle mourra à sept ans d'un cancer de la gorge, traînant pendant des semaines un goitre qui l'étouffait.

Pour moi, sa main faisait office de corde. Il me suspendait contre le mur en me prenant par le cou, à bout de bras, et j'avoue que c'était bien plus impactant que le martinet ou ses raclées. Avoir l'impression d'être asphyxiée est encore pour moi une terrible agonie, car on sent bien sa vie partir. Je ne supporte toujours pas que l'on me touche cette zone qui est une des plus fragiles de mon corps.

Pour mes parents, au moins, il n'y avait plus aucune trace visible. L'honneur était sauf !

La première période de toute cette violence s'étendit jusqu'à mes neuf ans.

Mon père était violent de temps en temps et parfois de bonne humeur. Je me souviens néanmoins que nous étions déjà, malgré notre jeune âge, atteintes de stress et d'angoisses. Nous nous préparions sans arrêt à l'inévitable prochaine raclée qui tomberait aléatoirement sur ma sœur, sur moi – ou sur les deux.

J'entends encore les cris stridents de ma cadette quand ça tombait sur elle, elle ne s'entendait pas hurler, mais ses hurlements étaient empreints de terreur et de douleur, et plusieurs fois j'ai cru qu'il allait me la tuer. Que pouvais-je faire avec mon petit corps face à ce géant enragé ? Comme moi, elle se pissait dessus de terreur, au sens propre du terme. J'en tirais pour ma part le bénéfice de la chaleur de cette urine qui me coulait le long des jambes et m'apportait la sensation réconfortante d'être encore vivante.

Je ne lui donnais pas, quant à moi, la satisfaction de pleurer, ne sortant pas un son. J'avais compris que ça le motivait. Aussi, je pleurais beaucoup en cachette pour toutes mes douleurs. Mais cela se traduisait aussi par de l'onychophagie, mes ongles étaient rongés jusqu'au sang et bien sûr cela trahissait aux yeux des autres d'un mal-être bien visible. Alors pour me faire passer l'envie de recommencer, il me faisait mettre les doigts rassemblés et pointés en l'air et prenait un grand couteau de boucher pour me les taper d'un coup sec. C'était très douloureux et bien qu'il ait recommencé à plusieurs reprises, je n'arrivais pas à arrêter.

Un soir où il était plus énervé qu'à l'accoutumée et pour la même raison, il m'amena dans notre minuscule cave et m'y laissa enfermée des heures, debout dans le noir avec l'interdiction de faire du bruit. J'étais terrifiée par ce noir et par ce que je subissais pour quelque chose qui n'était pas une bêtise à mes yeux.

Nous faisions aussi beaucoup de piquets ou mises au coin, avec plusieurs variantes de punitions. Face au mur simplement pendant un bon moment, sur la pointe des pieds sans avoir le droit de les mettre à plat, et jusqu'à être à genoux avec la jointure de ceux-ci, à cheval sur une règle triangulaire. Cette dernière sanction me faisait quand même monter les larmes aux yeux de douleur.

C'est à cette période, en janvier 1981, que mes parents partirent un soir manger au restaurant, avec quelques couples de voisins. Ils nous laissèrent seules à la maison, avec le numéro de téléphone de l'établissement et nous sommes sagement parties nous coucher. Au petit matin, dans le salon, j'ai retrouvé ma mère tourmentée qui m'a demandé si j'avais entendu le téléphone sonner. Elle m'apprit qu'il avait sonné toute la nuit, mais jamais je ne l'ai entendu. Je demandai ce qu'il se passait, mais elle me répondit que je ne pourrais pas comprendre – mon père s'était précipité rejoindre ses frères et sœurs. En fait, il s'était passé un drame familial qui, à mon sens, marquera à jamais mon père plus encore que ses frères et sœurs. En plein centre-ville de Valence, mes grands-parents qui circulaient en voiture avaient été percutés par un gitan ayant grillé le feu à grande vitesse et pris la fuite. Le choc avait été si violent que ma grand-mère est décédée sur le coup, laissant mon grand-père gravement blessé.

L'histoire familiale raconte qu'un de leurs six enfants qui promenait son chien à ce moment-là serait tombé sur la tragédie.

Ce n'est que lorsqu'ils sont rentrés du restaurant que mon père en fut informé. J'appris tous les détails de ce qu'il s'était passé dans les heures suivantes et les faits, je les ressentis profondément dans ma chair et mes tripes pendant des années. Et ce, jusqu'à en avoir la confirmation deux décennies plus tard. Parce qu'il a littéralement disjoncté après cet accident !

Là débuta la deuxième période de violence dans ma vie, de mes neuf ans à mes dix-neuf ans : celle d'une mutation demandée pour Valence alors que nous habitions en région lyonnaise à l'époque. La ville où il faisait la gueule 360 jours par an ; celle où la torture psychologique prenait le dessus sur les nombreux coups ; celle où nous étions toujours dans le questionnement de ce qu'on avait bien pu faire ; celle où l'on avait encore plus peur de tout…

Ils achetèrent la maison de mon arrière-grand-père et je fus désignée pour occuper la chambre du mort. C'était littéralement une maison chargée, morbide où je ne me rappelle pas avoir un quelconque bon souvenir, bien au contraire.

Nous possédions également une maison secondaire dans le Vercors, offerte par mon grand-père comme il le fera à chacun de ses trois enfants. Voilà mes bons souvenirs, mon grand-père maternel et sa femme que je considérais comme ma mamie. Ma grand-mère biologique était décédée quelques mois avant ma naissance, très jeune, d'un cancer qui s'était généralisé. D'après la famille, ma mère avait particulièrement brillé par son absence lorsque sa propre mère était malade et même après son décès, elle ne s'était pas davantage manifestée.

Mon grand-père se retrouvait veuf, avec une grosse entreprise et deux jeunes enfants à élever. Il dut se marier rapidement avec une femme pour le seconder. Il l'avait choisie, non par amour, mais par nécessité. Blanche avait elle-même une fille et je crois qu'il n'aurait pas pu trouver meilleure remplaçante à sa première épouse qui, d'après les dires, était aussi une femme exceptionnelle.

Mon grand-père, pour moi, ressemblait physiquement à Jacques Chirac et je ne l'ai jamais vu de mauvaise humeur. Il avait pourtant bien des responsabilités avec l'entreprise familiale qu'il tenait déjà de ses ancêtres. Je crois qu'il a tout fait pour la rendre prospère et je me rappelle, pour y être souvent allée, qu'il avait un lien très paternel avec son personnel. J'étais fière de lui, il savait se faire entendre et respecter, c'était une main de fer dans un gant de velours.

Ma grand-mère, Blanche, était un petit bout de femme pleine d'énergie qui était tout aussi altruiste que lui. À eux deux, ils eurent fort à faire sans jamais se plaindre. Ils étaient les piliers de la famille, les piliers de ma vie, la preuve que l'amour pouvait exister. Les repas de famille, les Noëls avec ses grandes tablées, les mets à gogo, le sapin qui sentait bon les épines… C'était magique.

Leur maison était particulière, pas belle du tout, mais atypique. Elle avait tout l'air d'une bâtisse normale sur le devant, mais passé la pièce de l'entrée, il fallait emprunter un long couloir sombre, qui d'une part, descendait légèrement vers le fond de la maison, et d'autre part, longeait un mur qui relevait réellement de celui d'une caverne.

Apparemment, elle avait été construite par Jeannot, le paysan voisin qui consommait autant de rouge que son tracteur, donnant ainsi des résultats artistiques originaux.

Comme disaient mes grands-parents : « Jeannot, on le sent avant de le voir ! » Effectivement, la rumeur voulait qu'il ne se lavât que deux fois par an, à Noël et pour le jour de l'An. Je ne sais pas si c'était une légende, mais j'ai encore son odeur dans le nez, et c'était pas de la rose ! De plus, il venait souvent leur rendre visite, car question boisson, on était bien achalandé dans la famille. Une fois qu'il tirait sa révérence, ma grand-mère passait une bonne quantité de désodorisant pour pouvoir respirer. Bien entendu, ce n'était pas encore suffisant...

La salle à manger était grande et pour les fêtes de famille, l'immense table et les chaises autour la remplissaient entièrement. Nous étions une vingtaine autour du patriarche. Ma grand-mère avait cuisiné des pâtés de grives ramenées de la chasse et les escargots qui avaient été ramassés autour de la maison. Nous ouvrions des huîtres à gogo et la dinde cuisait dans la cheminée, embaumant la pièce.

C'est au pied du sapin de mes grands-parents que je trouvais, pour moi, des cadeaux désintéressés. Ce n'étaient ni des habits ni des choses qui étaient de première nécessité et qui auraient dû m'être normalement achetés dans la vie courante. J'y trouvais mes poupées ou des choses que j'avais demandées. Ça me rendait si heureuse !

Tout était bien, sauf une chose.

Mon père ne pouvait s'empêcher d'être le centre d'attraction en racontant tous ses exploits professionnels, avouables ou imaginaires, qui le faisaient passer pour un héros.

La famille était bien sympa de le laisser parler ainsi en éclipsant tout le monde, d'autant plus, je le saurai par la suite, que personne n'était dupe de ses frasques, mais tout le monde se taisait. À chaque fin de repas, mon grand-père terminait toujours par cette phrase légendaire : « Je m'entends ronfler ! » Cela sonnait son départ pour sa sieste.

Il fut très prévoyant pour sa famille et acheta, entre autres, cette propriété dans la commune de Combovin. Celle-ci s'étendait sur trois vallées et c'est sur celle du milieu qu'il construisit son bonheur. Proche de Valence, cela lui permettait d'être souvent et rapidement dans le Vercors. Il aimait la nature, son jardin, les balades, la chasse, et le partage. Tout y était simple, mais odorant et goûteux. Ma grand-mère concoctait de bonnes confitures de fraises du jardin, de prunes violettes et des pâtes de coings ramassés devant la maison. Les noyers sur le terrain donnaient de grosses noix, à la chair claire, charnue et au goût riche, que je n'ai jamais retrouvé ailleurs. J'aimais aider mes grands-parents à les décortiquer pour les emporter au moulin, mais je n'étais pas très productive. Dès que je réussissais à en dépiauter une en la gardant intacte – ce qui était long – elle était si belle qu'en définitive, je la mangeais !

J'adorais voir la tête amusée de mon grand-père quand il me voyait faire.

Ma grand-mère était très pieuse. Elle m'emmenait parfois à la messe avec elle et j'en étais absolument ravie. Mais si elle y trouvait son paradis dans le discours, pour moi barbant du curé, cela me faisait échapper pour quelque temps à mon enfer. Elle a tenté de semer chez moi la graine de la religion, mais elle a mis bien des décennies à germer !

Ma grand-mère était discrète ; elle ne s'asseyait pas souvent à table avec nous. Elle était aux fourneaux et servait tout le monde. Elle était toujours sur la réserve sans jamais juger qui que ce soit. Cependant, un jour, elle traitera mon père de « maquereau » ! Je revois encore son visage en lui disant : elle avait pour la première fois un air coquin et coupable à la fois et je rigole encore franchement de son audace et de son expression inédites.

Elle l'avait mouché et étonnamment, il se tut. Du jamais vu !

J'ai toujours pensé qu'il s'imaginait être assis à la droite de Dieu, tant il avait une haute estime de lui. Pourtant, je sais que la religion ne lui effleura jamais l'esprit.

Pour moi, Dieu devait ressembler à mon grand-père, c'était son incarnation terrestre.

Les qualités humaines de mes aïeux étaient tout simplement exemplaires et ceci tout en discrétion. À eux deux, ils étaient la gentillesse même, le cœur sur la main. Leur maison de campagne était un lieu de rassemblement. Tout y était : la piscine aux dimensions quasi olympiques pour l'époque, les boissons à volonté. Mon grand-père avait repris l'entreprise familiale de distribution de boissons, qui fut très prospère jusqu'à sa mort.

À l'hiver 1970, exceptionnellement froid, ils durent supporter la destruction de leur entreprise. Les toits croulèrent sous le poids de la neige écrasant une bonne partie des bâtiments, ainsi que les véhicules et les stocks. Faute d'assurance, ils assumèrent l'entièreté des travaux et à la force de leur volonté et de leurs bras, ils réussirent à la faire renaître.

Ma grand-mère nous gardait les mercredis et c'était l'unique endroit, avec l'école, où nous nous sentions en « zone blanche », seuls moments de répit. Ma mère, en plus de nous laisser en garde auprès d'elle, lui apportait son linge à raccommoder, j'en profitais pour me confier sur certaines choses... Jusqu'au jour où mon grand-père convoqua mes parents.

À leur retour, je pris une raclée mémorable « ça t'apprendra à parler ! » Très efficace, j'ai su que je n'avais plus personne à qui me confier. Il me restait les chiens. D'ailleurs, tous se précipitaient sur eux lorsqu'ils passaient le pas de la porte. Bonjour, câlins, bisous, etc. alors que l'indifférence régnait entre nous. Il valait mieux être un animal chez nous, sauf pour les punitions où nous étions logés à la même enseigne. Lorsqu'ils ont été, tour à tour, piqués à leur fin de vie, tous ont pleuré, sauf moi. Je pleurai quand j'étais seule, car le chagrin me pliait en deux, mais il était hors de question de leur montrer que cela m'atteignait.

Alors que je pensais avoir connu le pire et que cela traînerait ainsi jusqu'à mon départ de chez eux, les choses empirèrent pour moi.

Cela commença vers mes onze ans.

Je dormais en haut de notre lit superposé dans notre maison de campagne, avec ma sœur en dessous, et une nuit, je fus réveillée par une main qui me caressait et m'explorait entièrement.

Cela dura jusqu'à mes dix-huit ans et demi.

Plus je grandissais et plus je sentais la pression. J'étais SA fille. Depuis le temps qu'il le clamait, j'en comprenais dorénavant tout le sens. Je ne dormais plus sur mes deux oreilles depuis ce premier épisode traumatisant. Mon cerveau était conditionné pour écouter chaque bruit anormal et guetter son retour, même pendant mon sommeil. Lorsque je l'entendais entrer dans la maison, mon cœur battait à la vitesse d'un sprint.

Quelle direction allait-il prendre ?

Lorsque son choix passait par ma chambre, je devais accepter sans bouger ses intrusions sur mon corps qui ne m'appartenait plus. À ce moment-là, je compris qu'il ne me restait plus que mon esprit. Pouvoir penser ce que je voulais, à ma guise. C'est ce que je lui dirai plus tard : « tu peux me faire tout ce que tu veux, mais tu n'auras jamais mon esprit ! » Ce fut un des deux seuls actes de rébellion durant toute mon adolescence !

Je n'avais rien demandé, je ne l'aguichais pas, mais le comportement de ma mère aussi changea. Elle ne me câlinait jamais ni ne partageait quoi que ce soit avec moi. Au début de mon adolescence et malgré mes protestations, elle fit couper mes cheveux longs. Voulait-elle ainsi couper ma féminité ? Toujours est-il qu'elle se targuait que cette coupe à la garçonne m'allait beaucoup mieux.

Par la suite, elle oublia mon prénom[1] pour le remplacer par « la saloperie » ou même « la garce », et même « la pourriture » ! De plus, elle me singea plusieurs fois en bombant la poitrine et en me disant de ne pas me tenir ainsi.

Il était impossible qu'elle ne le sache pas et je le lui dirais bien des années plus tard. Elle devait être au courant des intrusions abominables de son mari dans ma chambre : entre l'intuition d'une femme, l'absence dans le lit conjugal et sa haine grandissante envers moi, tout me ramenait au fait qu'elle savait !

À quinze ans, j'eus un petit ami, mais notre histoire ne dura qu'un an. Il avait été élevé par sa mère et n'avait jamais connu son père, tué dans le crash d'un avion. Il y avait dans sa vie cette partie manquante qui accentuait son mal-être. Il portait autour du cou une amulette israélienne qui me faisait penser qu'il se sentait déraciné de ses origines juives.

Bizarrement, mon père laissa faire les choses. Il m'emmenait souvent chez David, et lui, restait avec sa mère. J'y passais même une nuit – avec un contrôle de mes parties intimes à mon retour. Lorsque je découvris qu'il me « livrait » à domicile pour pouvoir être avec la mère de mon petit ami, je le quittai en lui faisant croire que je ne l'aimais plus, bien que ce fût faux. Cela fut fort douloureux pour nous deux. Je pleurai très longtemps cet amour perdu et passai, après cette rupture, pour une briseuse de cœur auprès de ma famille.

Quel aurait été l'avenir de notre histoire s'il avait laissé cette femme tranquille ?

Mon dressage m'avait mise dans le rôle d'une adulte dès l'enfance. Je devais me débrouiller pour tout ou presque. J'allais et venais très tôt de l'école toute seule. À peine âgée de six ans et je me revois encore devant la porte d'entrée avec mes clés et la difficulté à pouvoir l'ouvrir, puis à devoir monter sur un tabouret pour cuire mon repas sur la gazinière. Je de-

---

[1] C'est vrai qu'à ma naissance déjà, mon prénom fut une source de conflit dans la famille. Et pour cause, ma cousine, née 4 mois avant moi, portait déjà ce prénom. Ils avaient hésité entre Christelle et Alexandra, mais s'étaient décidés pour celui qui était déjà pris. La famille le prit très mal – je n'aurais pas apprécié non plus. Le pire, c'est qu'ils me choisirent le père de cette cousine pour être mon parrain. Fonction qu'il n'exerça jamais, et je l'excuse. Paix à son âme.

vais bien sûr faire mon lit dès ma petite enfance et ranger ma chambre très tôt, jusqu'à rapidement faire le lit de mes parents et les corvées ménagères. C'était un stress permanent de mal faire et de prendre une nouvelle volée. J'avais aussi la responsabilité de ma petite sœur, qui était différente. Cela comptait pour beaucoup dans la culpabilité que je ressentais d'avoir la chance de ne pas l'être. C'est pourquoi j'acceptais de ne pas compter à leurs yeux, car ses problèmes leur demandaient du temps et de l'investissement.

Je ne voyais jamais mon père aider pour les tâches de la maison : ma mère se chargeait de faire les courses, de s'occuper du linge, de laver les sols. Le reste, c'était moi qui le faisais et ma sœur participait, un peu. J'endossais cette responsabilité comme si c'était normal. Je ne savais pas comment cela fonctionnait chez les autres. C'est en entendant, à l'adolescence, les camarades échanger sur leurs activités que je réalisai que ma vie était bien différente de la leur.

Si mes parents avaient besoin de quelque chose, ils ne se levaient pas ou ne voulaient pas le faire, ils préféraient m'appeler, peu importait que je sois sur mes devoirs ou pas. Lorsqu'ils rentraient du travail, ils nous obligeaient à reconnaître le bruit du moteur de leur véhicule. On dévalait les escaliers pour leur ouvrir le portail et ils étaient furieux lorsque l'on n'était pas assez rapides.

Je n'ai jamais été une bonne élève. L'école, pour moi, était un refuge, un temps d'accalmie et de repos. Rester sur une chaise était un exercice difficile : mes jambes bougeaient toutes seules, je sentais qu'elles avaient besoin de se défouler. Quant à ma tête, elle était toujours située bien au-dessus des nuages.

Ma sœur n'était pas encore née que je demandais à ma mère d'où on venait, qui avait créé les planètes, qu'est-ce qu'on faisait de toutes nos poubelles, pourquoi on montrait des animaux se faire poursuivre et manger par d'autres, sans que personne les en empêche ? Tout cela me paraissait incroyable ! Mais la plus grande difficulté qui jalonna ma scolarité, en plus du manque de concentration, fut ma dyslexie. Elle ne fut diagnostiquée que bien plus tard, dans ma quarantaine. Je pus enfin mettre un nom sur mon problème. Suivre une scolarité avec ce trouble fut compliqué et les difficultés sont toujours là. Je m'adapterai, comme pour le reste.

Mes parents ne prenaient jamais le temps de m'aider dans mes devoirs. Je redoublai deux fois dans mon parcours scolaire et, le reste du temps, je passai en classe supérieure sur le fil. Il me fallait décupler mes efforts pour réussir à être juste moyenne.

J'hésite encore pour savoir où se trouve ma gauche de ma droite et je confonds de nombreuses lettres et syllabes. Quant à mon élocution, j'ai également beaucoup de mal. Je tourne en boucle dans ma tête ce que je veux dire, mais le stress m'envahit provoquant des maux de ventre et la peur du jugement, de déplaire, de provoquer une colère ou pire d'être humiliée. Mes interventions orales sont toujours très courtes ou je me tais, mais je n'en pense pas moins. Si je n'ai pas une oreille bienveillante, alors je m'éloigne pour me protéger dans ma cabane.

Vers onze ans, je fis mes premières crises de spasmophilie. J'avais l'impression que j'allais mourir à chaque fois. Malgré les conseils du médecin à ma mère, aucun traitement ne fut mis en place pour calmer mes angoisses. Bien qu'elles aient disparu lorsque je pris mon indépendance, elles revinrent en force bien plus tard – la vie me rappelait que ce n'est pas si facile de fuir ce que le corps veut nous dire.

Mes parents travaillaient et gagnaient correctement leur vie. Ils étaient de la génération d'après-guerre qui connut le plein emploi et qui bénéficia d'évolutions rapides. Ils avaient par conséquent obtenu des rémunérations bien supérieures à leurs diplômes de base. Ma mère, étant issue de la petite bourgeoisie citadine, ne manqua de rien ni matériellement ni humainement. Les vêtements se faisaient sur mesure à l'époque et sa mère était, selon les dires, attentionnée envers sa progéniture. Elle apprit même le piano.

Ma mère n'avait en rien hérité de ses qualités. Et je suis bien certaine que sa position sociale détermina le choix de mon père. Il ne lui était pas fidèle, et ce dès le commencement. Il fut sans aucun doute attiré par le confort pécuniaire qui en découlait. Mon grand-père se montrait très généreux et gâtait ses enfants plus qu'il n'aurait dû le faire, les habituant à rester dans leur zone de confort.

Il embaucha deux de ses trois enfants dans l'entreprise, mais pas ma mère. Sa fille aînée était pourtant de formation comptable. Mais il connaissait bien le « poison » et ne souhaitait pas qu'elle le diffuse dans l'entreprise familiale.

Il lui trouva cependant une très bonne place dans un cabinet comptable de Valence. Leur vie était facile, aussi bien en termes financiers qu'immobiliers. Pourtant, tout était compté au sou près, avec une tenue comptable rigoureuse qu'elle essaya de m'apprendre plus tard : un cahier avec des colonnes entrées-sorties, des tenues de dates, des intitulés de dépenses, les modes de règlement correspondants, les numéros des chèques et le solde au bout de chaque ligne. Quant à nos habits, ils étaient récupérés à droite, à gauche ; seules les chaussures étaient neuves.

Les seules fois où je recevais des vêtements neufs étaient lors de mes anniversaires et de Noël.

Être mal habillée, toujours démodée fut une source de discrimination, surtout au collège. J'étais en permanence moquée pour mon aspect et je n'avais pour seule véritable amie, qu'une fille portant le même prénom que moi et qui était tout aussi mal fagotée. Nous étions très soudées et nous nous sommes suivies durant quatre ans. Nous vécûmes un drame en troisième qui nous marqua profondément et nous fit comprendre que finalement la mort n'épargne même pas ceux qui commencent à vivre. La seule fille de notre classe, qui ne se moquait pas de nous, décéda subitement alors qu'elle venait de fêter ses quinze ans. Sabine a, depuis, toujours occupé mes pensées, pour sa joie de vivre incroyable et sa mort si injuste.

C'est vrai que l'injustice me révolte, les choses doivent être justes tout simplement ! Mais il faut du temps pour comprendre qu'elles sont ainsi et que les raisons nous échappent probablement.

Je n'avais pas le droit de m'amuser avec mes camarades en dehors de l'école ; de toute façon mes corvées ne me permettaient pas d'avoir de temps mort dans mes journées d'enfant.

Pour l'anniversaire de mon amie, je lui fis dessiner son portrait au fusain, à partir d'une photo d'identité. La veille du jour J, nous étions en voiture et comme souvent, mon père me demanda à quel département correspondait la plaque d'immatriculation du véhicule de devant. Il s'agissait du 33, mais je ne connaissais pas la réponse : je fus punie en étant privée d'aller à l'anniversaire de mon amie.

Bien sûr, pas question de se rebeller ni de montrer que j'étais affectée. Toujours accrocher ce faux sourire pour ne pas être accusée de faire la grimace !

En cours, on ne m'entendait pas non plus. Je ne prenais jamais la parole : impossible d'aligner trois mots en public, la peur des moqueries, etc. Bref, je me faisais des plus discrètes. Il n'aurait pas fallu que je prenne une heure de colle, sous peine de « manger bon » à la maison.

Comme je le disais, j'étais une élève très moyenne, mais un jour, la professeure de français vint me voir pour me dire que ça serait bien que je fasse du latin, car j'avais un bon niveau de français ! Abasourdie par ce soudain éloge, je pensais qu'elle avait besoin de compléter ses effectifs de classe dans le cadre de ses cours optionnels. Je me laissai toutefois tenter en pensant que cela serait utile à la passionnée d'archéologie que j'étais.

L'année suivante, elle fut encore ma professeure de français et de latin. C'était une femme d'origine espagnole, petite, menue et coquette. Un jour, elle s'en prit à moi sans raison apparente et m'infligea une drôle de punition : je devais décrire ma montre sur quatre feuilles A4. Autant dire que l'annoncer à mes parents fut une épreuve que j'affrontai la boule au ventre et un nœud dans la gorge. Comme chacune des notes rapportées à mon père, il ne fallait pas que ma mère le sache avant lui – c'était un ordre !

Je vis la colère transparaître sur son visage, celle qu'il tentait toujours de masquer. Les petites bosses qui semblaient respirer de chaque côté de ses mâchoires et sa carotide qui enflait et battait au rythme de son cœur ne précédaient généralement rien de bon.

J'osais expliquer que je n'avais rien fait et, à ma grande surprise, il me dit très calmement : « Tu ne la feras pas ! » Devant ma tête incrédule et à ma question du pourquoi, il me prit en tête à tête pour me dire qu'il m'expliquerait quand je serais plus grande. Là tout se mit en place dans ma tête. Il était îlotier à cette époque-là, dans un quartier haut de Valence, où elle habitait également. Je devinais que c'était une de ses nombreuses maîtresses, mais leur histoire n'avait pas dû finir dans les meilleurs termes et elle avait voulu se venger sur moi, sa fille ! Je n'osai imaginer ce qu'il lui fit en retour, pour s'en être pris à moi. Je n'avais pas besoin d'être une adulte pour comprendre…

Parmi toutes ces anecdotes, une autre me revient en tête. Un jour où je partis acheter un cadeau de fête des Mères après le collège, je pris ainsi un peu plus de temps que d'ordinaire pour rentrer. Je pensais mon père absent et donc qu'il ne le remarquerait pas. Le temps de trajet pour rentrer à la maison était toujours contrôlé par un appel téléphonique de sa part.

Mais, sitôt la porte du garage ouverte, je fus aspirée à l'intérieur, et une énorme gifle me projeta contre le mur. Je pus tout juste bredouiller la raison de mon retard et lui tendre la montre que je venais d'acheter à ma mère. Il ne s'excusa pas, et un profond sentiment d'injustice s'ajouta à la pile de tous les griefs que je portais.

Sans oublier la fois où j'avais quitté le lycée, une heure plus tôt – certainement à cause d'un professeur absent – et alors que je marchais avec des copines sur le trottoir, je remarquai qu'une voiture nous suivait. Il était au volant d'un véhicule inconnu et me fusillait du regard. Ce regard qu'il avait si souvent pour nous faire gamberger. Mon sang ne fit qu'un tour, je bifurquai et rentrai directement à la maison.

Il utilisait souvent les voitures banalisées du travail à des fins personnelles. Je garde encore cette habitude d'écouter le bruit des moteurs et de vérifier qui marche derrière moi.

En parlant de voiture, il se réjouissait de me voir terrifiée quand il m'enfermait dedans pour la passer au *Lavomatic*. Lui restait dehors pendant que ces grands balais bleus m'arrivaient dessus dans un bruit infernal. Dans les premiers temps, je hurlais : j'avais si peur que les vitres explosent et que l'eau m'engloutisse. Par la suite, je retenais ma respiration le plus possible, mais je n'arrivais jamais à appréhender cette panique.

Avec ma sœur, nous avions quatre ans d'écart, ce qui créait un fossé générationnel notable. Nous avions également des caractères différents. Étant l'aînée, je supposais que ma sœur me prenait comme modèle, car elle réclamait toujours ce que j'aimais.

Elle était assez maligne pour échapper aux corvées de ménage après le dîner : elle prenait quelquefois un peigne et coiffait notre père à table. Dans mon esprit, elle était pathétique et les retombées me révoltaient encore plus. On aurait dit un pharaon et son sujet. Ma sœur prouvait surtout sa soumission en se rabaissant pour se faire bien voir. Si j'intériorisais mes peurs et supportais cette boule au ventre permanente, le souffle court, la spasmophilie, les émotions qui s'entrechoquaient et mes ongles rongés, il devait au moins en être pareil pour elle. Le seul signe physique visible chez elle se manifestait par un tremblement continuel des mains – au moins à la maison. Ils ne comprenaient pas la cause de sa problématique, qui n'était pourtant pas due à son handicap.

Ma sœur et ma mère prirent le parti de tout faire pour le brosser dans le « sens du poil ». Je voyais bien que leurs tentatives ne fonctionnaient pas et que l'escalade continuait. Moi, je faisais tout pour ne pas accrocher son regard mortel. Je mettais ma précieuse cape d'invisibilité pour m'échapper de mon corps et me mettre en mode protection pour n'être plus que dans mes pensées.

Il paraît que les femmes ont souvent les extrémités froides du fait que la nature les a dotées d'un système de sauvegarde automatique de leurs organes vitaux. La chaleur est ainsi concentrée autour du cœur et du ventre. Eh bien, pour moi, c'était pareil, je me protégeais comme je pouvais !

Mon objectif était de fuir dès que possible – je gardais ce cap pour rester en vie. Je commençai très tôt à me constituer un trousseau, allant du linge de maison à la vaisselle, avec l'argent gagné ou celui de Noël. Plus ce pécule augmentait, plus je m'approchais de ma libération.

J'apercevais ainsi la lumière grandissante.

Les jours de mon anniversaire, j'échappais rarement au plat que je déteste : les endives cuites. Cette date correspondait bien souvent au rendez-vous de fin du premier trimestre avec mes professeurs auquel ma mère se rendait. Bien sûr, leur retour était toujours le même : « Peut mieux faire ! »

Tout le monde en était bien persuadé et à leurs yeux, j'étais une fainéante ! Chaque fin de trimestre, l'angoisse me donnait des sueurs froides sur ce qui allait m'arriver. Certes mes notes étaient toutes communiquées au fur et à mesure, mais les appréciations comptaient comme des notes puissance deux.

« Élève effacée, ne participe pas à l'oral, peut mieux faire… » Au vu de ces avis, je n'étais la fierté de mon père que pour mon physique. Il mettait toujours sur le tapis que j'étais bien brune avec de beaux yeux en amande – je ne voyais pas ce qui pouvait être beau là-dedans. Par contre, être blonde aux yeux bleus était pour moi un critère de beauté absolu. Personne n'est évidemment jamais satisfait de ce qu'il a, cependant j'avais quand même bien conscience que j'avais la chance de ne pas avoir de handicap.

En écrivant toutes ces lignes, je me rends compte que ma mémoire est émotionnelle, et par conséquent, connectée aux odeurs, aux couleurs, aux douleurs que je porte encore en moi. Aussi j'appris par la force des choses que nous ne sommes pas tous égaux face à une même scène. Si l'on prenait plusieurs personnes ayant regardé le même film, elles vous décriraient des émotions différentes, au-delà du « J'ai aimé » ou « Je n'ai pas aimé ». Certaines diront n'avoir pas pleuré parce que ça ne le méritait pas, quand d'autres vous diront qu'ils ont versé beaucoup de larmes.

Mes parents ayant comme résidence secondaire la maison du Vercors, nous partions très rarement en vacances. Cela ne m'avait pas permis d'assouvir mes envies de découverte du monde extérieur. Ce furent deux voyages scolaires qui me laissèrent de beaux souvenirs, et qui cultiveront l'espoir d'un avenir meilleur.

En attendant de voir le bout du tunnel, j'aimais écrire des poèmes, surtout des quatrains, mais je tenais aussi un journal intime pendant quelque temps. J'y écrivais mes douleurs et mes pensées. Comme on colle un bout de scotch sur une feuille déchirée, c'était pour moi comme un acte médical : je me mettais des pansements. Ce journal se fermait grâce à un petit cadenas dont je cachais la clé, mais je pouvais aussi l'ouvrir à l'aide d'une épingle à cheveux. J'y faisais très attention. Pour ce faire, j'utilisais la technique mise en place par mon père. Elle consistait à positionner très précisément les choses pour savoir si elles avaient été déplacées. Pour moi, tout était porteur d'indices et chaque chose que je touchais était photographiée par mes yeux et soigneusement remise en place. Je planquais mon carnet, mais je remarquais qu'il bougeait. J'arrêtai dès lors cette thérapie personnelle pour tout garder en moi, bien rangé dans les tiroirs de mon cerveau. À l'abri dans ma boîte à secrets. Je me demandais si mes pensées pouvaient s'échapper de ce crâne martelé de coups. J'avais quelquefois les oreilles qui sifflaient pendant des jours, tant ma tête avait été cognée. J'avais l'impression que les fils de mon cerveau avaient été déconnectés.

En parallèle, ma mère me poussa à travailler, car d'après elle, j'avais des goûts de luxe ! Effectivement, les habits démodés qui m'étaient donnés par les uns et les autres, comme la récupération des pantalons à pattes d'éléphant de ma mère, me discriminaient tellement que je manifestais l'envie d'être comme les autres. Je gardais des enfants les week-ends et les vacances scolaires. Ce que je gagnais, je l'utilisais pour m'habiller correctement puis, je me mis à coudre mes propres habits avec la petite *Singer* de ma mère. Je fis même un pyjama à ma sœur et un manteau à ma mère – elle ne le porta jamais. Elle eut le même dédain pour tous les cadeaux que je lui offrais et j'en étais blessée profondément à chaque fois.

Je pensais que je ne me montrais pas assez généreuse pour elle.

Les cadeaux qui lui faisaient plaisir étaient ceux de son mari. Et ils étaient nombreux ! Très souvent un gros bouquet de fleurs le week-end, mais aussi, des cadeaux plus importants tels qu'un piano et une voiture noire sur laquelle il me fit accrocher tout autour un énorme nœud doré. Sa joie et sa satisfaction n'étaient pas feintes. Elle était si fière d'avoir un mari attentionné. Je n'ai jamais plus supporté de recevoir le moindre cadeau en dehors des dates importantes. Ces mises en scène me dégoûtaient au plus haut point.

J'appris à me débrouiller pour tout.

De toute façon, il n'était pas question qu'il faille nous dire ce qui était à faire. Nous devions anticiper, et un simple regard nous faisait comprendre que quelque chose ne convenait pas. Je me formais aussi par sa violence : si je mettais un couvercle ou pas sur une poêle ou une casserole, alors qu'il en fallait ou pas, etc. Mon père, qui avait un CAP de cuistot, me le rappelait avec une grande baffe. Pareil pour plier mes habits et le linge de maison. Il fallait que le résultat soit celui attendu. Mon lit devait être fait – et parfaitement – chaque jour, avant de partir à l'école. Tout était contrôlé !

Une fois, en rentrant à la maison, je retrouvai mes draps et ma couette sur le trottoir, au-dessous de ma fenêtre de chambre. Mon lit avait pourtant été fait, mais pas militairement. Une autre fois, alors que je voulus enfin me coucher dans mon lit, celui-ci avait été mis en mode portefeuille, m'obligeant à le refaire.

Aucune tâche ne m'était épargnée : les corvées de bois, le béton lors des travaux dans la maison secondaire, le ménage, la cuisine, etc. Je m'occupais aussi de ma sœur et j'étais amenée à traverser la ville pour l'emmener à ses soins orthophoniques, et ce, pendant des années. Je faisais les courses dans le quartier ; je sortais les animaux plusieurs fois par jour : tout ceci contribuait à me conditionner dans un rôle que je croyais normal. Les années passant, ils me forcèrent à travailler encore plus. Ils me disaient que, parce que j'habitais chez eux, j'avais la chance d'avoir un toit au-dessus de ma tête et d'être nourrie. Je trouvais ça incroyable de mettre au monde des enfants sans les aimer. Je crus très longtemps que j'avais été *fabriquée* pour leur servir de bonne à tout faire !

Il y avait aussi de bons restes de leurs ancêtres qui langeaient leurs enfants pour ne pas qu'ils bougent et qui pensaient bien souvent que la seule nourriture nécessaire était uniquement celle passant par la bouche. Moi j'aurais voulu qu'ils me nourrissent de tendresse, de gentillesse, mais ils n'en étaient pas capables, ni dans le fond ni dans la forme.

Ma petite taille était-elle due à cette absence d'amour ?

Je n'avais pas le souvenir d'avoir été gardée souvent par ma grand-mère maternelle avant sa mort, et ce ne sont pas ses câlins qui me restent non plus. Je suis sûre qu'elle en était, tout comme mes parents, incapable. Elle connut la guerre, subit de nombreuses grossesses et décida d'en garder six à terme, en avortant pour les autres. Elle avait été mariée une première fois à un homme disparu au front et, ensuite, elle rencontra mon grand-père sur le terrain des combats en Algérie. Elle n'était pas commode – je peux moi-même en témoigner. Un jour qu'elle me gardait et que j'avais mis mes collants à l'envers, elle prit une ceinture et me cravacha. Je n'étais pas grande et il va de soi que je ne l'avais pas ramené auprès de mes parents, de peur de prendre un *mille-feuille*. Elle me forçait à manger des pamplemousses, alors que j'ai toujours eu horreur des agrumes ! Elle en rajoutait en me disant : « Une cuillère pour papa, une cuillère pour maman. », et cela me donnait encore plus envie de vomir. Lorsqu'elle mourra en 1981, justement le mois de son anniversaire, elle n'avait pas encore soixante ans. Je l'entendais dire qu'elle voulait mourir jeune. Et moi, je pensais que son vœu n'avait pas été exaucé.

Maintenant que je m'approche de son âge, je me dis finalement que si…

Vers la fin de sa vie, elle donnait des cours de dactylographie. Elle s'était portée volontaire pour m'apprendre à taper à la machine à écrire que, comme par hasard, j'avais reçue à Noël. Son apprentissage fut tout de suite d'un haut niveau. J'avais à peine neuf ans, mais elle masqua très rapidement toutes les touches par des caches de couleurs différentes, afin que je ne puisse plus m'aider du visuel. Je devais écrire, et bien, sans regarder mes mains. Je stressais en sachant ce qui m'attendait en cas d'erreur. Nous en étions à cette étape lorsqu'elle mourut dans cet accident. De toutes les morts qui traversèrent ma vie, la sienne ne m'avait pas rendue triste – hormis les circonstances de son décès. On m'expliqua qu'elle était morte sur le coup. Du haut de mes neuf ans, je m'imaginais qu'elle avait été décapitée.

Encore mineure, je travaillais dans les cuisines d'un traiteur, ainsi que comme serveuse et durant deux étés, comme ramasseuse de pêches.

Je passai plusieurs années à servir pour les concerts organisés à l'intention des orphelins de la police. J'avais quatorze ans et demi la première fois. J'approchais de nombreux artistes dans les coulisses.

Je me sens tout de suite âgée en évoquant Rose Laurence, Carlos, La Compagnie Créole, Herbert Léonard, le grand Johnny Hallyday, Patrick Bruel, Patricia Kaas, Pierre Bachelet et d'autres.

Et c'est en servant tous ces « bienfaiteurs » que j'ai eu le plus de mains aux fesses dans mon expérience en restauration.

À ma majorité, je fis un passage chez un distributeur pharmaceutique où je dus apprendre les noms des médicaments par cœur pour enregistrer les commandes des pharmaciens. Je n'y parvenais pas – ma dyslexie me rendait la chose plus difficile encore – et je fus affectée à l'entrepôt afin de récupérer les références dans une course chronométrée. Tous ces jobs m'étaient toujours proposés sans que je les recherche, grâce à mon père. Effectivement, son travail au plus près de la population lui ouvrait quelques portes et quelques cuisses.

Mon travail à la pharmacie tourna court lorsque je me fis opérer de l'appendicite en 1991. Effectivement, cela faisait déjà quelque temps que je traînais cette douleur, mais je devais la garder pour moi. Par exemple, mon père ne supportait pas que l'on tousse : ça faisait du bruit, alors on étouffait notre toux au maximum pour ne pas réveiller sa colère.

Lorsque je sentis que mon mal devenait insupportable, je sortis de mon silence, pliée en deux. C'était en plein mois d'août. Nous attendîmes plusieurs heures aux urgences de la clinique, car le médecin voulait passer la main à son homologue qui rentrait de vacances. Apparemment, ce fut pris tout juste à temps avant la péritonite. Je délirai beaucoup sous l'effet de la morphine, traitement que je n'avais pas supporté. À ma sortie, un régime alimentaire fut préconisé pour ma digestion. Tout de suite, mon père refusa catégoriquement que je fasse des menus spéciaux rien que pour moi ; c'est ainsi que j'en vins à me nourrir surtout des salades vertes que notre voisin et agriculteur Jeannot nous laissait à disposition, à volonté.

Je commençais à souffrir de plus en plus de ma digestion, mais pas que... Ma cicatrice enflait chaque jour et un matin, alors que je venais de me lever depuis quelques minutes, je sentis quelque chose me couler sur la jambe. Grande panique : je me vidais de pus ! Mon ventre s'était ouvert. Il mit trois mois à se refermer et pourtant, rien ne me fut épargné dans les corvées, comme dans les attouchements. Quelle était la réelle cause de cette infection, je ne le sus pas, mais cette vilaine cicatrice fut la première visible d'une longue série infligée à mon ventre.

À la suite de cet épisode, ma digestion restait difficile et parfois pire encore. Je me tordais de douleur et mon corps fragilisé subissait des coliques hémorragiques. Mon ventre était si gonflé qu'on aurait pu présumer que j'étais une femme enceinte de six mois. Après de longs mois de suppositions et d'égarements médicaux que je traversais seule, je déduisis que mes intestins ne supportaient plus les nitrates. Ma vie quotidienne se compliqua : boire un café, manger à l'extérieur, voyager à l'étranger, ou prendre un avion est encore, à ce jour, une source inévitable de souffrances et un véritable casse-tête de préparation.

Je vivais dans la privation permanente, non seulement pour mon corps, mais aussi dans l'environnement familial.

À la maison, nous n'avions pas le droit d'allumer la télévision ; mon père considérait que c'était une perte de temps, une perte de productivité – pour les tâches ménagères – et surtout, une ouverture sur le monde qui nous était interdite, de peur que cela ne nous donne des idées de liberté. Néanmoins, quand il travaillait de nuit, je réussissais à convaincre ma mère de nous laisser regarder *Sissi impératrice*, *Tarzan*, *Angélique*, *Zorro*. C'était incroyable de voir un personnage mourir ! Je me disais, dans ma tête de petite fille, qu'il avait dû être payé bien cher pour accepter de mourir et qu'il devait beaucoup aimer sa famille pour lui faire un tel don d'argent.

En tout cas, la nuit, ces films me permettaient de m'évader en créant les suites de ces scénarios dans mon imaginaire; j'y vivais de belles aventures ! Mais ce qui me porta le plus et que je n'ai jamais cessé de regarder en boucle, depuis plus de quarante ans, furent les épisodes de l'extraordinaire adaptation télévisuelle de la vie de Laura Ingalls Wilder.

Une vie confrontée à tous les problèmes de société que nous connaissons encore aujourd'hui. Car si les époques changent, les problèmes de fond sont toujours les mêmes. Mais au-delà des sujets, de l'extraordinaire jeu de tous les comédiens et des prouesses techniques de réalisation, ce que je retiens, c'est l'amour que toutes ces personnes se portent entre elles. Cette façon incroyable d'avoir pu aborder tant de sujets difficiles et d'avoir pu démontrer que c'est grâce à cet amour et cette considération mutuelle qu'ils se sont sortis de toutes les situations difficiles que la vie leur a envoyées.

Je ne comprenais pas pourquoi on ne pouvait pas vivre tout simplement comme eux. Ils étaient heureux avec rien, juste la présence des uns et des autres. Chez nous, c'était le confort : on avait de quoi manger, de quoi se laver, de quoi s'habiller, de quoi se chauffer et rien… Le principal n'était pas présent ! Ils n'avaient pourtant pas lésiné sur les dépenses de beaux véhicules, de beaux habits, pour eux. En bref, que de l'apparat !

L'attention de mes parents était exclusivement accordée aux animaux et, malgré les roustes qu'ils prenaient, ceux-ci n'étaient pas rancuniers et continuaient à témoigner leur amour inconditionnel.

À seize ans, j'eus un cadeau inespéré : on me paya mon permis de conduite accompagnée. Je compris que c'était la volonté de mon père, car ma mère insista, à plusieurs reprises, sur le fait que le stage de conduite coûtait cher. Elle faisait la tête de ne pas avoir eu gain de cause. S'il y a bien une chose que nous avions en commun avec mon père, c'était l'attrait pour la conduite et la vitesse. Et ceci malgré notre accident de voiture ! Il était vraiment un dieu dans ce domaine au moins. Il savait conduire sans peur sur la neige et la glace, et me montrait qu'il savait exécuter des *drifts* avec une parfaite maîtrise.

Ce n'est que plus tard que je compris le calcul de ce cadeau.

Le lendemain de mes dix-huit ans, je passai mon permis officiel et une voiture m'attendait au pied du centre d'examen.

Il s'agissait de la *Visa Citroën* de ma grand-mère : je pensais qu'ils l'avaient rachetée pour me l'offrir.

J'appris qu'en fait, mes grands-parents me l'avaient offerte et j'eus terriblement honte de ne pas les avoir remerciés.

Ils m'avaient mis entre les mains un outil de liberté, mais la raison émergea rapidement. En effet, mes parents décidèrent de partir vivre dans la maison du Vercors, alors que nous étions scolarisées à Valence. Je faisais donc, tous les jours, 50 km pour aller au lycée et au travail. Non seulement à mes frais, mais ma mère, fine calculatrice, dégota un moyen de se faire largement rembourser mon permis. Elle déclara aux impôts, grâce à leurs deux domiciles, que je vivais seule dans la maison du Vercors, raison pour laquelle ils me donnaient une pension alimentaire déductible, tandis qu'eux étaient censés vivre à Valence.

J'ai encore parmi les rares papiers que j'ai pu sauver, les feuilles d'impôts des forfaits de ma mère avec sa magnifique écriture.

Les deux dernières années éprouvèrent mes finances, car je n'arrivais pas à suivre. Je me retrouvais quelquefois à découvert malgré mes boulots et le fameux cahier de comptes qu'elle m'obligeait à tenir – que j'ai conservé jusqu'à présent.

Lorsque la majorité pointa le bout de son nez, une somme d'argent fut débloquée. Il s'agissait d'environ 4 400 € qui avaient été placés pendant dix-huit ans. Je n'arrivais pas à leur dire merci. Combien auraient-ils payé pour une aide à domicile ? Avec tout ce que je devais faire, on était bien loin du compte ! Sans compter ce qu'ils ne dépensaient pas pour moi, comme tous bons parents le font pour leurs enfants.

Dès l'adolescence, je devais payer mes vêtements, chaussures et coiffeur sous prétexte que ma mère disait que j'avais des « goûts de luxe ».

Un jour, mon père me rejoignit chez le coiffeur et paya ma coupe ; malgré tout, je fus touchée par son attention. Il savait faire preuve à sa façon d'une certaine sensibilité dont sa femme était dépourvue : le jour de mes dix-huit ans, il me fit livrer un gros bouquet de fleurs chez nous. Son comportement aux antipodes de sa violence coutumière me déstabilisait.

Ce pactole qui m'avait laissée sans réaction provoqua chez eux un choc et ils me firent chèrement payer mon soi-disant manque de reconnaissance.

Ma fierté était telle que je ne touchai jamais à cette somme.

Lorsque le premier *McDonald's* de Valence ouvrit ses portes, je postulai et fus embauchée. C'était un travail ingrat d'employée polyvalente : celui où vous passez de la corvée de chiottes, à la cuisine surchauffée, puis au congélateur. Quand on y entrait pour entreposer les marchandises, il ne fallait pas plus de 5 secondes pour avoir les cils gelés.

C'était une « bonne école », mais rien ne nous donnait envie de rester. On devait tous se tutoyer – le grand patron aussi – histoire de se sentir en famille.

Chaque mois, le challenge du meilleur employé incitait le personnel à tomber, chacun à sa façon, dans un excès de zèle qui virait presque à l'ironie tragique. Autant dire que j'effectuais mon travail discrètement et que je ne cherchais pas à gagner la médaille en chocolat incluant mon portrait affiché à l'honneur et aux yeux de tous pendant un mois. N'ayant pas d'autre choix, j'y restai pourtant plus de deux ans !

J'avais un contrat de vingt heures par semaine, alors que je suivais mes cours en première, puis en terminale. Je devais ajouter cette charge à mes corvées à la maison, à l'école et à mon travail personnel, qui était pour le coup très restreint. Et j'avais un bac à passer !

En fonction de mes disponibilités, mon employeur me concoctait un planning hebdomadaire sur mesure et étant donné que j'étais scolarisée, j'avais surtout des plages horaires de travail sur la pause méridienne, des soirées et des fermetures de restaurant. C'étaient des journées effrénées et laborieuses pour moi. Mais ce qui me réjouissait, c'était que j'esquivais mon rôle de « bonniche » à la maison. Ils s'y attelaient bon gré mal gré et devaient être assez énervés que je ne puisse pas « être au four et au moulin ». Aussi, lorsque je rentrais exténuée après mon travail, puant la friture, ce n'était plus l'heure de dîner et je devais passer mon tour.

Au moment où j'écris ses lignes, je me rends compte que je me ronge à nouveau les ongles. Cela n'était pas arrivé de-

puis mon départ de chez mes parents il y a plus de trente ans.

À cette époque, je suivais mes dernières années de lycée avec une orientation « philosophie » et « audiovisuel ». Cette dernière option avait été un choix désespéré pour avoir le droit de regarder la télévision. Mauvaise idée ! Quant à la philosophie, elle était pour moi comme une échelle de meunier menant au grenier des possibles de l'esprit.

Ma timidité m'empêchait de passer devant les caméras, aussi, je restais derrière à filmer. J'étais persuadée que c'était là que se trouvait ma place de toute façon. Apparurent alors Luc, mon binôme, et Vincent qui devinrent vite mes amis. Les deux étaient des exclus, tout comme moi. Vincent aimait à se faire appeler *ET* et endossait son rôle à la perfection. Il aimait se mettre, seul, au fond de la classe et j'adorais l'entendre râler lorsque je m'asseyais à côté de lui. Il prétendait aimer être solitaire, sauf que la vraie raison était tout autre : personne ne souhaitait être avec lui.

Quant à Luc, on le voyait plutôt comme un ovni. Et oui, il était très clairement inclassable ! Cependant, c'étaient bien pour leurs qualités humaines que je les adorais. L'un me faisait rire aux éclats avec ses imitations de personnages célèbres – rire était un exutoire formidable à mes souffrances – et l'autre, venait d'une filière technologique et avait redoublé sa seconde comme moi. Pour couronner le tout, Vincent était branché « mecs », alors je ne craignais rien. Luc éclipsait tout le monde par son génie et ses compétences à tous les niveaux. Néanmoins, il était moqué et mis de côté à cause de ses handicaps. Il était sourd et déficient visuel, mais là s'arrêtaient ses problématiques. Je ne comprenais pas qu'on puisse l'exclure de cette manière. Il suivait sa passion et nul ne l'égalait dans le domaine de la photographie, de l'audiovisuel, et pas seulement…

Il était épaulé par l'amour de ses parents. Cela lui apportait une confiance et une assurance sans faille. D'ailleurs, Luc fut le seul à continuer et à réussir professionnellement dans ces domaines.

Pour l'épreuve du bac, nous présentâmes un court métrage. Un vrai défi à relever, mais nous avions eu un soutien solide de la famille de Luc. Il avait déployé toute son ingéniosité pour mettre en œuvre des plans dignes de professionnels.

Nous sommes tombés ces jours-ci sur des photos prises sur le tournage, vieilles de trente-et-un ans, ça nous a mis un coup, mais notre amitié, notre trésor est toujours là malgré la distance géographique.

C'est aussi sur cette dernière année de lycée que je rencontrai mon petit ami, lors de la fête des Mai.

Cette tradition était organisée dans mon petit village de Combovin. Les jeunes récupéraient des œufs et autres vivres – et buvaient des *canons* – chez les habitants, afin de se rassembler quelques jours plus tard pour préparer une omelette géante, où tout le monde était convié.

Ma première sortie libre ! Quoique majeure, j'avais demandé l'autorisation à mon père. J'avais senti que ça le gênait et il avait souligné qu'il aurait préféré que je n'y aille pas, mais que malheureusement, j'étais majeure. Je m'y rendis sans me faire prier !

Ce Rémi me tapa dans l'œil, car il ne connaissait personne et avait l'air seul, comme moi. Je remarquai tout de même qu'il était beau gosse.

Nous en vînmes à discuter et il me dit que son petit frère se trouvait dans le même lycée que moi. Notre échange n'alla pas plus loin que les formalités d'usage et ça en resta là, sans plus de rapprochement.

Je croisai son frère dans l'établissement et la ressemblance était si frappante que je l'interpellai pour savoir s'ils avaient bien un lien de parenté. Il acquiesça et je me dépêchai de lui donner mon numéro de téléphone pour qu'il le passe à son frère. Au cas où il voudrait m'appeler…

Ce qu'il fit les jours suivants.

Nous apprenions à nous connaître et cela me sortait de la bulle familiale dans laquelle j'étouffais. Bien sûr, mon père l'apprit immédiatement et entreprit de saboter ma relation en affirmant qu'il n'était pas fait pour moi. Il le rabaissait sans arrêt : « il fait un CAP », « il ne gagnera pas bien sa vie ». Et cerise sur le gâteau, il ne le voyait pas capable de « me tenir », chose qui, d'après lui, était nécessaire.

Pour moi, c'était l'espoir d'être enfin protégée, mais mes attentes furent vaines.

Il vivait avec des parents qui se battaient et dans une maison où les portes claquaient et les insultes fusaient quotidiennement. C'était son enfer ! Sa souffrance me touchait et me rapprochait de lui – nous avions au moins ça en commun.

Lorsque mon père se rendit compte que je restais avec lui, il le prit sous sa coupe afin de le dominer, et de ce fait, de le manipuler. Cela me déplaisait énormément, car je me rendais compte que personne ne parvenait à lui tenir tête.

Mon père avait un besoin viscéral d'avoir l'ascendant et le contrôle sur tous ceux qui l'approchaient, et plus particulièrement sur les femmes.

Il était en effet profondément misogyne : ces êtres avec des seins devaient servir à ses desseins ! Il était impitoyable avec ses collègues féminines au commissariat, qui d'après lui, étaient dangereuses. Dans son esprit biaisé, elles ne savaient pas se battre et étaient indignes de confiance si l'on voulait être protégé.

Il faut dire que le dialogue ne faisait pas partie de sa panoplie : il réglait les conflits avec ses poings. Pas de demi-mesure ! Aussi, il imaginait qu'un vrai homme, celui destiné à sa fille, devait être à son image, l'infidélité en prime.

Son père avant lui était aussi volage dans son mariage, mais était une crème avec ma grand-mère, pourtant autoritaire. Il n'en menait pas large avec elle. Mon grand-père était de nature très gentille, très cultivé, avec cette capacité à arrondir les angles et à courber l'échine, si la situation le nécessitait. Par contre, il fut très marqué par la guerre d'Algérie et parlait, devant nous, de *bougnoules*, de *gris* ou de *boukaks* pour désigner les Arabes. Mon père adhérait à ce discours et, lui aussi, criait haut et fort qu'ils ne méritaient pas le statut d'humains.

Nous grandissions dans ce rejet de l'autre. Si mon grand-père, si gentil, le soutenait, c'était donc la vérité.

De mon côté, je tentais d'oublier les prédications familiales et me focalisais sur mon objectif premier : quitter le « nid » familial sans faire de vagues !

Je voulais faire des études liées à ma passion qui, certes, n'étaient pas en adéquation avec mes compétences limitées.

Adolescente, j'afficherai l'envie de poursuivre une scolarité en archéologie sous-marine. Mais pour cela, apprendre à plonger était une condition sine qua none. Un club existait sur Valence, mais malgré mes demandes répétées, mes parents ne se déplacèrent pas pour se renseigner. Je décodais, sans qu'ils aient besoin de me le dire, qu'il fallait que je mette une croix dessus. C'était mort pour moi !

De plus, ma mère décréta qu'il n'était pas question de payer un logement pour que je fasse mes études en dehors de la ville. Et que proposait la ville ? Une faculté de droit et une de lettres... Je ne m'imaginais dans aucune des deux, mais je devais m'en contenter. J'avais grandi avec la menace constante de partir en CAP. Ils savaient que c'était une vraie punition pour leur fille qui aspirait à tellement mieux, plus grand... Cette branche n'était pas décrite sous les meilleurs auspices et semblait dédiée aux incapables, et je sentais que c'était bien là que ma mère voulait me coller. Puis, une fois au lycée, ils m'avertirent que si je loupais mon bac, je n'aurais pas de seconde chance et que j'irais directement travailler.

La pression redoubla sur cette fin de terminale. Ma mère était dans le plâtre et coincée à la maison. Elle fut si odieuse que le jour de mon épreuve de sport, je n'arrêtai pas de pleurer. Je me disais qu'elle allait réussir à me faire louper mon diplôme. Je sentais bien que ça la dérangeait que je puisse l'obtenir en sachant qu'elle s'était arrêtée au BEP.

Finalement, j'obtins mon bac au rattrapage. C'était une victoire, en plus d'une fierté pour moi, d'y être arrivée avec tous les obstacles qui avaient été mis sur mon chemin.

Lorsque je rentrai pour annoncer ma réussite, elle tiqua. Je devinai la raison tout à fait évidente, car je connaissais sa manière de fonctionner : elle pensait déjà aux études à payer !

Je me résolus à m'inscrire à l'université de droit de Valence pour la rentrée suivante, car je n'avais pas trouvé de solutions pour orchestrer une échappatoire.

Cependant, s'étaient-ils concertés ? Je ne le saurais jamais. Mon père m'attrapa une fin d'après-midi devant le salon, juste après l'obtention de mon baccalauréat, et me dit : « Voilà, maintenant tu as deux solutions : soit tu peux rester à la maison, mais tu rases les murs, soit tu t'en vas ! » J'avoue que ma gorge se mit à gonfler d'un seul coup et ma réponse fusa immédiatement. Pour la deuxième fois, j'eus l'affront de lui répondre, mais sans le regarder dans les yeux : « Je ne peux pas raser les murs plus que ce que je ne les rase déjà, alors, je vais partir ! » Il ne devait pas s'attendre à ça de SA fille. Il me balança sa réponse en plein visage : j'avais une semaine pour dégager…

J'appris que l'appartement au-dessus de chez mon grand-père paternel serait bientôt disponible pour un loyer modeste, car il était défraîchi. Néanmoins, le chauffage ne faisait pas partie du futur pied-à-terre. Dans l'attente de le récupérer, je passai la semaine chez mon petit ami, et fut en immersion totale dans la violence physique régnant entre ses parents. Au moment où je pris possession de mon appartement, Rémi partit faire son service militaire à Toulon. Lorsque je fis ma demande d'aide au logement auprès de la CAF, le calcul de mes droits en tant qu'étudiante révéla qu'ils étaient quasi inexistants. Effectivement, il était considéré en 1992 que les parents devaient financer la vie de leur enfant encore étudiant, et l'administration m'invita à engager une procédure contre eux pour obtenir une pension alimentaire, s'ils ne m'aidaient pas. Autant dire que maintenant que j'étais libre, je tenais à rester vivante, donc cette action demeurait inenvisageable !

Devant ma mine défaite, l'agente me demanda si j'avais un petit ami. À ma réponse affirmative, elle me dit de me déclarer en couple avec lui, ce qui me laisserait un reste à charge très modéré de mon loyer. C'était ça ou revenir en rampant chez mes parents…

L'idée même était terrifiante : condamnée à vie et réduite à l'esclavagisme le plus total. Aussi, même si le bail était à mon nom, je me retrouvais à vivre avec un quasi-inconnu.

On ne peut pas nier que c'est au quotidien que l'on apprend à connaître son compagnon. Avant, on ne sait jamais à qui l'on a affaire. Plusieurs décennies sont parfois nécessaires pour le découvrir, car comme l'a dit Cicéron : « C'est dans l'adversité que se révèlent les vrais amis ». Moi, je persiste et je signe que c'est pareil pour les partenaires, on sait pourquoi on se sépare et on le sait encore plus une fois que l'on ne vit plus avec eux.

Prendre cet appartement fut un vrai bonheur. Il sentait le parfum de la liberté, la jouissance de l'indépendance tant attendue et enfin arrivée. Je déchargeai mes épaules du poids parental pour le jeter le plus loin possible de moi.

Je l'aménageai à mon goût et confectionnai mes rideaux et mon dessus de lit, pour qu'ils soient assortis. J'avais récupéré les meubles de ma chambre dont l'armoire, le lit et la table de chevet, en marqueterie, offerts par mon grand-père maternel. J'avais tout mon trousseau terminé depuis longtemps et m'achetai des meubles d'occasion. Je récupérai également quatre chaises de terrasse en plastique, que mon aïeul donnait à ses clients de bar pour leur terrasse. Je trouvai également, en occasion, un vieux poêle à mazout pour me chauffer.

Je me débrouillai seule, avec l'argent que je gagnais. Néanmoins, mes parents me réclamèrent la chaise en bois à l'assise de paille que j'utilisais à mon bureau de chambre, et qui leur appartenait. Lorsque je la rapportai, ils m'invitèrent à prendre un verre dans mon ancienne chambre, transformée en salon. Le message était passé, plus de place pour moi ! S'ils avaient su à quel point cette idée me motivait à m'en sortir ! Le jour où je partis de chez eux, laisser ma sœur dans ces conditions me fit mal au cœur. J'avais très peu d'échanges avec elle : ses paroles n'étaient que le reflet des évangiles parentaux. Je ne pouvais rien faire. Comment lui faire comprendre leur emprise ?

Je me réconfortais avec l'idée qu'elle ne connaîtrait pas mon sort et qu'il ne prendrait pas possession de son corps.

Quelques mois plus tard, mon père m'informa de la séparation de ma sœur avec son copain et me proféra cette réflexion atroce : « On se fait du souci, qu'est-ce qu'on va faire d'elle ? » Ils firent tout ce qui était en leur pouvoir pour les remettre ensemble, et comme dit l'histoire : ils se marièrent…

Cela ne s'était pas arrêté là, ils contrôlèrent encore longtemps ses pensées, ses choix, et leur vie.

Toujours est-il que je partis avec une devise en tête, celle que mes parents étaient pour moi des exemples… à ne pas suivre !

Je commençai tout d'abord par ne plus tenir mes comptes. Tout était dans ma tête et ça fonctionnait très bien ainsi.

Je travaillais au *McDonald's* la semaine, et les week-ends j'étais également employée dans la boucherie-charcuterie-traiteur où avait travaillé Rémi. Quand commencèrent les cours à l'université, je dus tout de même continuer toutes mes activités professionnelles. Il fallait vivre à deux avec ce que je gagnais et la petite solde qu'il avait de l'armée.

Pourtant, il rentrait régulièrement de Toulon. Étant militaire, le train n'était pas onéreux pour lui. J'appréciais qu'il fasse cette démarche qui prouvait son attachement pour moi. Une fois, j'ai pris deux jours de congés pour le rejoindre là-bas. Un hôtel proche de la base était réservé pour les militaires et les chambres coûtaient 20 francs la nuit, ce qui facilitait les rencontres des militaires avec leurs familles.

La faculté de droit de Valence donnait ses cours dans un vieil amphithéâtre. Ils ne restreignaient pas les inscriptions, aussi nous étions excessivement nombreux.

Les derniers arrivés restaient debout, au fond. Je tins quelques mois et fis acte de présence, mais sans pouvoir apprendre les cours dispensés. Je faisais les fermetures du fast-food et arrivais de moins en moins à me lever le matin. J'enchaînais les cours, mes boulots, mon appartement… Je faisais même abstraction des repas, tant la journée ne contenait pas assez d'heures ! Un début d'après-midi où je travaillais au restaurant et n'avais pas mangé, je sentis que je n'allais pas bien. Quelques jours avant, des symptômes identiques étaient apparus et je savais donc ce qu'il se passait. J'étais en cuisine, à la cuisson des hamburgers, quand le malaise se fit ressentir. Je me servis un verre avec un fond de boisson sucrée. Je le bus d'un trait pour couper court à une éventuelle perte de connaissance, mais je fus dénoncée par un collègue.

Suite à cette dénonciation, avait-il obtenu la récompense du meilleur employé du mois ?

Je fus convoquée quelques jours plus tard et reçus un avertissement pour avoir bu ce fond de verre.

Vu que j'avais été prévenue et que je savais que je ne pouvais pas réitérer mon geste, le malaise arriva. Je finis ainsi ma période *McDonald's* en partant dans un camion de pompier, et tombée dans un coma hypoglycémique.

Alors un choix s'imposa : me consacrer uniquement à mes études en faisant une procédure à mes parents ou abandonner l'université, et travailler pour conserver ma liberté.

À bien y réfléchir, on ne me donnait pas le choix…

Nous étions en avril 1993 quand je répondis à une offre d'emploi à mi-temps dans un grand magasin de chaussures. Je laissai tomber mes études, la restauration, et le traiteur pour lequel je servais les week-ends. J'allais pouvoir prendre le temps de me requinquer, de manger normalement et de ne plus courir. Mais tout ce chamboulement apporta une surprise inattendue dans mon existence.

Mon petit ami avait fini son service militaire mi-mai : nous allions enfin connaître ce que pouvait être la vie à deux. Il commença tout de suite un travail dans lequel il s'était spécialisé : la boucherie-charcuterie. Il ne rechignait ni à la tâche ni sur les horaires. Il se déplaçait à moto quel que soit le temps, et prenait ma voiture lorsque je ne m'en servais pas. C'est ainsi que ma petite voiture finit sa vie lorsqu'il eut un accident en sortant du travail. Elle était bonne pour la casse !

Il n'avait pas été blessé, mais la perte de ma voiture me chagrinait beaucoup. C'était la deuxième voiture qu'il détruisait, parmi tant d'autres choses. Il ne valait mieux pas s'attacher au matériel avec lui, faute de vivre avec une frustration continuelle.

De plus, c'était apparemment la période des accidents, car j'appris que j'étais enceinte. Disons que cela n'était pas envisagé…

Une grossesse, lorsqu'elle ne figure pas dans ses projets immédiats, ne peut pas mettre en joie. Je m'imaginais faire les choses dans un ordre logique : vivre à deux, se connaître à travers des activités communes, puis, pourquoi pas, se marier et avoir des enfants. Là, tout arrivait dans le désordre en commençant par la dernière étape !

De plus, je voyais qu'il n'était pas enclin à m'aider à l'appartement et que l'annonce d'une paternité ne le ravissait pas.

Je pris donc rendez-vous à l'hôpital de Valence pour remettre les choses dans l'ordre. J'eus ma première consultation pour une IVG. L'infirmière me signala que je portais une vie précieuse et que cela demandait réflexion. Elle me fixa un second rendez-vous quelques jours plus tard. Rémi était au courant, mais indifférent à ma démarche. Cela me confirma que j'étais seule face à cette lourde décision. Cependant, alors que je m'apprêtai à aller seule à ce second rendez-vous, il me fit la promesse d'assumer ses responsabilités. Et j'eus la faiblesse de le croire. En même temps, avoir cet acte sur la conscience m'aurait gâché la vie, cela pesa dans la balance.

Une fois l'idée de cette interruption de grossesse balayée, je me projetai rapidement dans ma nouvelle vie de maman. J'avais une pièce de libre et c'est avec beaucoup de joie que je me mis à confectionner absolument tout le nécessaire pour accueillir notre bébé : draps, tour de lit, turbulettes, serviettes de bain, bavoirs. Bref, tout ce qui pouvait être cousu ou tricoté.

Les six premiers mois furent éprouvants à cause de nausées terribles qui me firent perdre 6 kg. En même temps, alors que j'étais enceinte de cinq mois – même si ça ne se voyait pas – mon employeur me proposa la direction du magasin. Je me retrouvai à faire bien plus qu'un temps complet dans une fonction pour laquelle je n'avais aucune formation.

J'avais vingt ans et des employés, du double de mon âge que je devais manager. Et à cette responsabilité s'ajoutait ma vie domestique, sans aucun soutien. Lorsqu'arriva l'automne, il se prit de passion pour la chasse et s'absenta souvent, même les fins de semaines. Lorsqu'il rentrait, il était grisé par l'alcool alors qu'il n'y touchait pas auparavant.

Je dus commencer à demander de l'aide pour les tâches ménagères, mais il explosa de colère. Je finissais par croire que son comportement était celui d'une personne avec des tendances bipolaires : il était tranquille et d'un seul coup, sans cause apparente, il partait en vrille. L'image de son père planait au-dessus de lui !

Les portes commencèrent à claquer chez nous, comme

chez ses parents. La première fois qu'il eut un accès de rage, sa furie me fit me réfugier dans la chambre, enfermée à double tour. Alors enceinte, je ne mangeai qu'après son départ pour le travail, le lendemain matin. Je tenais tant bien que mal. Enceinte d'environ sept mois, suite à une énième colère, je pris peur et m'enfuis tard le soir, dans l'avenue Victor-Hugo. Il me rattrapa et m'agrippa tandis que j'essayais de me dérober. Une voiture s'arrêta à notre hauteur : il s'agissait de la BAC[2]. Des collègues de mon père ! Ces policiers en civil intervinrent, mais je ne souhaitais pas que mon père ait connaissance de mes déboires. En définitive, je minimisai l'incident et mes problèmes de couple.

Durant ma grossesse, j'eus de grosses douleurs au ventre. J'étais pliée en deux et je savais qu'il fallait aller à l'hôpital. Cependant, il me dit qu'il se levait tôt le lendemain et que je devais me débrouiller seule. Même si l'hôpital n'était pas si éloigné de chez nous, conduire dans cet état avec une telle douleur fut une épreuve. Lorsque j'arrivais aux urgences, les contractions persistaient et la prise en charge fut immédiate. Après divers examens, je fus admise aussitôt à la maternité, pour qu'ils puissent calmer la douleur. Il s'avéra que je faisais une infection urinaire nécessitant un traitement antibiotique qui m'immobilisa une semaine à l'hôpital. Je dus me rabaisser à demander de l'aide à ma mère. Je la chargeai de prendre des affaires chez moi pour mon séjour médicalisé. Avec cette requête, j'avouais implicitement mon échec sentimental – et l'irresponsabilité de Rémi face à cette grossesse ! Dans un premier temps, je gérai mon magasin à distance, puis une fois sortie, je repris un rythme effréné : boulot, maison, dodo... Mon grand-père, ne sachant pas ce que je vivais, me mettait la pression pour que je me marie, puisque tous les couples dans la famille l'étaient.

Pour moi, un mariage était un engagement pour la vie et par évidence, il ne devait y avoir aucune ombre au tableau au moment de la décision. Sauf que là, il n'y avait même pas un rayon de soleil... Cependant, Rémi était très apprécié par ma famille de chasseurs, et il est vrai qu'il semblait particulièrement doux et gentil.

---

[2] Brigade anticriminalité.

Mais, une fois la porte fermée, les personnalités se révèlent souvent dans leur vraie nature et cela peut être bien différent. Je ne dis rien sur ce que je vivais et ne me mariai pas en sachant que ma relation n'irait pas loin.

C'est ainsi que je reconnus mon enfant avant l'accouchement afin qu'il porte mon nom, ce qui serait plus simple pour la suite. J'avais bien compris qu'il ne s'en occuperait pas.

Je gérai mes responsabilités jusqu'au début de mon congé de maternité. Pour la première fois, je pouvais me poser, ne pas travailler, juste tenir propre la maison. Une grande première pour la petite fille cachée en moi qui n'avait pas le droit de regarder le petit écran : vu que j'avais fini mes préparatifs pour la naissance, je pouvais regarder sans contraintes, et à volonté, la télévision. Et je ne m'en privais pas ! Je me rattrapai sur les films que je voulais tant voir, sachant que bientôt je n'en aurai plus le temps. Lorsque la date prévue d'accouchement arriva, toujours pas de bébé ! Je fus invitée à me rendre à la maternité tous les deux jours. C'est lors d'un suivi qu'une sage-femme me fit m'allonger et m'introduisit un long tube creux et métallique afin de, selon ses dires, regarder le liquide amniotique. Et là, sans prévenir, elle me mit un grand coup dans le col ! La douleur fut telle que je hurlai à travers tout l'étage. Une douleur vive et déchirante comme un coup d'épée donné directement à mon bébé !

J'avais connu des douleurs, mais celle-ci était juste insupportable. Lorsque je sortis de cette salle de torture, j'eus bien du mal à rentrer chez moi. J'étais littéralement pliée en deux par un feu qui m'irradiait l'entrejambe. Cela devait être leur technique de déclenchement puisque le lendemain, je fus prise de contractions et accouchai en fin de matinée. À cette époque, la péridurale n'était pas pratiquée et, de toute façon, je n'en aurais pas voulu, tant les aiguilles me faisaient peur. Malgré la perte de six kilos sur les cinq premiers mois, je pris douze kilos sur les derniers. C'est avec une sciatique dans chaque jambe que j'accouchai par voie basse. La douleur fut bien vite oubliée par la récompense d'un beau bébé de trois kilos, trois cents grammes.

Même si ma mère m'avait avertie que dans la famille, on ne pouvait pas allaiter, car elle-même avait eu des crevasses avec moi, je décidai tout de même d'allaiter ma fille.

Il me semblait que, à contrario, si on le voulait, le fait de le faire avec son cœur pouvait permettre d'y arriver. Outre une alimentation saine pour mon bébé, ce lien créé avec ma fille mena à un amour fusionnel qui ne peut être décrit. Et c'est lors de ma sortie, de retour de la maternité et en voulant traverser la rue pour me rendre à la pharmacie, que l'angoisse me prit de me faire écraser. J'eus alors conscience que ma vie avait enfin un sens, mais qu'elle était aussi essentielle pour mon enfant. Allaiter avait des avantages indirects : le père n'avait pas à se lever la nuit. Il continua sa vie comme un célibataire, changeant très rarement une couche, et pas plus sur les week-ends où il était présent, quand la chasse n'était pas ouverte.

J'avais 21 ans, l'avenir devant moi et la conviction que je trouverais toujours du travail et que je continuerais à évoluer. Aussi, je ne pouvais concevoir de laisser mon bébé de trois mois en garde, de briser notre lien mère-fille, et qu'une autre femme puisse profiter de chaque instant de son évolution m'était trop pénible. Je décidai de quitter mon plein-temps – qui dépassait les cinquante heures par semaine – pour rester avec elle pour quelques mois encore. Je me retrouvai au chômage à me délecter de chaque minute passée avec elle et à calquer mon rythme sur le sien. C'étaient des moments forts qui se passaient de tous dialogues. C'était télépathique, on se comprenait sans paroles.

Puis vers ses neuf mois, j'envisageai à nouveau de travailler, pour ne pas me retrouver financièrement dépendante. Ceci fut une vraie angoisse pour moi ! De plus, j'avais trouvé la nourrice agréée idéale : ma tante. Je pouvais la lui laisser sans crainte pour trouver des formations et du travail. Ma tante était la femme du frère de ma mère, et l'autre pilier de la famille. Une *mama* italienne dont les qualités humaines permettaient de maintenir le chapiteau. Elle eut trois enfants tout en travaillant et en assumant seule sa maison. Une femme courageuse comme ma grand-mère ! Et tout comme elle, elle ne jugeait ni ne critiquait jamais personne. Elle était pleine d'amour pour tout le monde et je ne l'entendais jamais se plaindre.

Suite au baptême de ma fille le jour de ses un an, nous partîmes, son père et moi, pour une semaine en voyage organisé. Érika resta chez ma tante cette semaine-là afin que de notre côté, nous expérimentions pour la première fois des vacances tous les deux, comme un dernier espoir pour notre couple.

On peut dire que cela nous a permis de tenir un peu plus longtemps.

J'avais également la chance d'avoir la jeune sœur de ma mère. C'était comme une aînée pour moi dû à nos treize ans d'écart. Selon les dires de quelques membres de la famille, ma mère aurait tenté de la jeter du haut des escaliers, alors qu'elle était dans son landau. Elle fut donc envoyée en pension chez les sœurs et en garda, semble-t-il, un très mauvais souvenir – culinaire entre autres. Adolescente, je réalisai que ma mère n'avait pas d'amies et je trouvais ce vide social bizarre.

Je compris plus tard pourquoi...

Quant à ma tante Marie – femme très perspicace –, jeune d'esprit et protectrice par nature – c'est elle qui me fit découvrir Jean-Jacques Goldman, et j'en tombai raide dingue. J'avais quatorze ans et ensemble, on mettait ses disques trente-trois tours sur sa chaîne HI-FI et on les écoutait à fond.

C'est un souvenir où je sens encore mes cellules vibrer d'une douce chaleur se diffusant dans tout mon corps et jusqu'à la racine de mes cheveux.

Déjà, plus jeune, j'avais un mange-disque orange et deux quarante-cinq tours : « Les Lacs du Connemara » de Sardou et « Avant de nous dire adieu » de Jeane Manson. Je connaissais les paroles par cœur ! J'adorais chanter, car la vibration du son dans mon corps caressait chaque fibre de mon être ; je ne me lassais pas de cette détente passagère.

Ils étaient trois frères et sœurs, ma mère étant née bien avant la fratrie. Trois caractères différents – rien d'anormal à cela – mais très clairement, ma mère nourrissait une jalousie sans pareille envers eux, et pas qu'eux !

Mon appartement se situait juste au-dessus de celui de

mon grand-père dans une résidence où vivaient une majorité de personnes âgées. Mon père profitait de ses visites à son père ou aux voisins pour continuer à me surveiller. Ceux du premier étage passaient leur temps à noter les allées et venues dans la copropriété, et tout nouveau véhicule se voyait relever sa plaque d'immatriculation. Ils se sentaient missionnés pour la sécurité des lieux. J'avais conscience que mon emploi du temps et mes fréquentations étaient restitués à mon père. Bref, le moindre de mes faits et gestes !

Faisaient-ils cela d'eux-mêmes ou était-ce pour rendre compte à leur ami de longue date, de surcroît policier ?

De même, lorsque Rémi voulait garer sa moto au sous-sol dans l'espace réservé à cet usage, un autre voisin intervenait pour l'en empêcher. Ils ne voulaient pas de jeunes dans la résidence. Je m'interposai plusieurs fois, tellement le conflit générationnel prenait de l'ampleur : aucun des deux ne voulait céder sur son bon droit.

Cependant, j'aimais beaucoup mon appartement, même s'il était coincé entre la voie de chemin de fer et la plus grande avenue de Valence.

Ma fille montrait déjà à neuf mois les signes avant-coureurs d'une petite fille espiègle. Elle se déplaçait sur le sol telle une chenille ondulant son corps, non pas de droite à gauche, mais bien comme pour un crawl, les bras le long de son corps. C'était incroyable de la voir se mouvoir ainsi. Elle était dure à suivre !

Un jour, une eau à la couleur du lait s'écoula du tuyau de vidange de la machine à laver. Lorsque j'ouvris le hublot, j'y trouvai tous mes pots de crème de beauté, ouverts et parfaitement propres. Elle avait ouvert le placard du bas dans la salle de bain, avait pris mes produits et avait déposé ses trésors bien au chaud dans la machine. Une autre fois, alors qu'elle avait deux ans, je la retrouvai sur la commode de sa chambre : elle avait bu tout son sirop contre la toux qui se trouvait sur l'étagère du dessus.

Elle avait récupéré une chaise pour monter dessus et accéder à l'objet de ses désirs !

Pour la première fois, à quinze mois, je la laissai à son père, pour que je puisse passer une journée en immersion dans mon nouveau travail. Je lui donnai toutes les consignes, car il n'avait jamais eu à rester seul avec elle. Je rentrai en fin d'après-midi et lui demandai si cela s'était bien passé. Sa réponse ne me surprit pas : elle avait été pénible !

C'est en changeant sa couche que je découvris la trace de cinq doigts sur le côté de sa fesse. Horrifiée, je lui demandai des explications et j'appris que ça datait du matin. C'en était trop et le moment de prendre une décision : je préparai un sac avec mes affaires et celles de ma fille. Je l'invectivai et le sommai de quitter mon appartement. Je le voulais parti avant à mon retour.

Nous partîmes une semaine chez une amie qui accepta de nous recueillir. Mon père intervint à la demande de Rémi pour nous ramener à l'appartement en omettant de dire pourquoi nous avions plié bagage. À notre retour, il n'avait pas bougé et nous promit que ça ne se renouvellerait pas. J'eus encore la faiblesse de le croire. Lors d'un autre épisode de violence, je dus m'enfuir avec ma fille « sous le bras ». J'atterris chez Didier, un ami de mon père. Mon père lui avait demandé de nous mettre à l'abri. En parallèle à la spirale infernale dans laquelle je m'enfermais, j'allais régulièrement porter secours à ma belle-mère qui, elle aussi, cherchait à fuir les coups de son mari. Je la récupérais soit à la gendarmerie quand il avait tenté de la noyer dans la baignoire, soit dans sa voiture quand elle n'avait nulle part où aller.

Je l'aimais beaucoup : elle était ce qu'on peut appeler « une vraie maman » pour ses fils, comme pour moi. Elle avait passé sa vie à se sacrifier pour les autres, et tout particulièrement ses enfants et sa sœur. À Noël, malgré ses petits moyens, elle se montra généreuse même avec moi, quand ma mère offrit à Rémi une boîte de mouchoirs en tissu.

Sa vie tourmentée la plongeait dans un vortex médicamenteux entre antidépresseurs et somnifères et à plusieurs reprises, j'avais remarqué ses absences et comportements irraisonnés.

Je l'avais croisée, entre autres, déambulant à pied dans le grand rond-point de Chabeuil, accompagnée de son neveu dans la poussette. Endroit tout aussi incongru que dangereux.

Néanmoins, on s'appréciait bien, je crois. J'avais du respect pour elle, mais aussi de la pitié. Son mari, qui était un homme à femmes, avait une maîtresse officielle connue de tous. Apparemment, cela ne lui était pas suffisant puisque, attiré par la chair fraîche que je représentais à vingt ans, il me draguait sans vergogne et me faisait des propositions devant son propre fils ! Rémi ne réagissait ni devant lui ni derrière non plus. Et pour moi, ça n'était pas acceptable : j'avais besoin de me sentir protégée et je ne l'étais à aucun niveau. Je déclarai à Rémi que je ne voulais plus voir son père.

Pourtant, un jour, alors que je rentrais plus tôt à l'appartement, je le trouvai là avec son fils. Je m'adressai à lui en lâchant qu'il n'avait rien à faire chez moi. Il me méprisa et prétexta avoir autant le droit d'être là que moi et ajouta, avec une méchanceté évidente, que son fils ne pouvait pas être le père de l'enfant que je portais.

Ne supportant pas qu'une femme se confronte à lui, la vexation d'avoir été rembarré rendit l'égo de cet homme des plus mauvais. Refuser son rôle de futur grand-père était une chose, mettre en doute la paternité de son fils en était une autre, et cela me rendit furieuse.
Prise de dégoût par Rémi qui ne bougeait pas, j'agrippai son père, le poussai en dehors de l'appartement et lui criai de ne jamais remettre les pieds chez moi.

J'aurais voulu avoir ce même courage pour faire face à mon père. Je réalisais à ce moment-là qu'il fallait que je me protège seule. Rémi avait peur de lui, mais ne réalisait pas qu'il était en train de devenir comme son père.

Son père portait un double masque déconcertant pour ceux qui le côtoyaient : gentil et généreux d'un côté et, sans en comprendre la raison, colérique et violent de l'autre vous emportant dans un cataclysme de rage d'où il valait mieux s'enfuir.

La relation fusionnelle entre ma fille et moi me permettait de créer notre cocon dans lequel je m'occupais entièrement d'elle.

Lorsque Érika avait neuf mois, je tirai parti de nos balades pour retrouver mon oncle que je cherchais depuis des années. Chef d'entreprise à l'époque, il avait été condamné à de la prison ferme pour un délit dont j'ignorais tout. À la suite de ça, il avait tout perdu, sa famille avec. Passé au rang d'oncle infréquentable, de honte de la famille, un tel jugement de la part de mes parents m'avait évidemment poussée à le rechercher. De prisonnier à clochard, il avait été aidé par une brave femme qui devint ma tante après leur mariage. J'avais de bons souvenirs de lui : travailleur et généreux, c'était le tonton que je voyais le plus. Ensuite, nous nous étions longtemps fréquentés dans le dos de la famille. Chez lui, c'était *L'Arche de Noé.* Il recueillait tous les animaux abandonnés : chats, chiens, lapins, etc.

Un hypersensible bien cabossé par la vie ! C'est lui qui était tombé sur l'accident de ses parents, d'après ses dires. Lui non plus ne s'en était jamais remis et tombait, comme son frère, dans un alcoolisme sévère.

Je pressentais que la mort de ma grand-mère avait été vengée par une expédition punitive, néanmoins, je ne lui parlai pas de mes présomptions. La mort de leur mère avait été, il est vrai, à peine punie par la justice de l'État, mais la peine de mort avait été prononcée et exécutée par la famille. Mes cauchemars étaient fondés.

Mon grand-père paternel, après s'être remis de ses blessures, refit rapidement sa vie. Sa gentillesse attira à lui deux femmes vénales qui le plumeront, l'une après l'autre, jusqu'à la tombe. Il avait fière allure : mélomane, cultivé, président des évadés de guerre de la région, c'était une vedette. Il adorait s'acheter de belles voitures, surtout des décapotables et des coupées, mais dès que quelqu'un dans la ville possédait la même que lui, il en achetait une autre. Il avait compris que c'était un vrai atout pour « pécho » comme on dit maintenant. De plus, c'était un fou du volant et sans permis, il serait vite mort.

D'ailleurs, il devait avoir quatre-vingt-deux ans lorsqu'il se fit flasher, encore une fois, à plus de 180 kilomètres-heure sur l'autoroute. Cette fois, son fils n'avait rien pu faire pour lui.

Alors il écrivit au « bon dieu[3] » de la région pour éviter le retrait de permis. Comme il était connu au sein de la ville, on lui accorda simplement de faire un stage pour récupérer ses points, mais en lui expliquant qu'il n'aurait pas d'autres fleurs.

Il nous en expliqua le déroulement.

Tour à tour, chacun s'était levé pour expliquer le délit causé. Tous bien plus jeunes que lui, ils avaient avoué leurs « petits » excès de vitesse. Quand était venu son tour, avec une grande fierté, il avait fanfaronné, devant cette audience de jeunes amateurs, qu'il avait battu tout le monde à plate couture. Ils avaient beaucoup ri de son esbroufe et, lui-même, en gardait un bon souvenir. Il avait été le *boss* de la session !

Avec Rémi, nous achetâmes une petite caravane pas chère. Mon grand-père maternel m'avait avancé la moitié de la somme et nous le remboursions chaque mois. Mon grand-père alla la chercher en Ardèche et l'installa sur un magnifique terrain qu'il nous prêtait, au-dessus de sa piscine. Nous y passions tous les beaux jours, d'avril à fin septembre. Trois mètres trente d'intimité doublée d'un auvent. J'adorais cette vie à la *Ingalls !* Mes grands-parents et ma tante Marie n'étaient pas loin. On respirait l'air frais de la campagne et on écoutait la nature sans aucune nuisance. La « petite maison dans la clairière[4] » avait quand même ses limites : des WC à la *Robinson Crusoé*, dans les bois. J'allais faire les lessives chez moi, à Valence, en même temps que je faisais le plein de nourriture. Nous avions aussi la magnifique piscine familiale à cent mètres. Mon grand-père l'avait fait rénover avec éclairage sous l'eau, machinerie, robot, dallage et douche. Tout ça alors qu'il ne s'y baignait pas, et ma grand-mère non plus. C'était juste pour faire plaisir à tout le monde.

Et c'est au milieu de ce petit paradis que Rémi piqua une nouvelle crise en fin d'après-midi. Je ne compris pas ce qui le fit vriller d'un seul coup. Il entra dans la caravane en me menaçant, je saisis ma fille et courus en hurlant pour lui échap-

---

[3] Préfet.

[4] Caravane

per. Personne ne vint à mon secours et un bruit claqua derrière moi. Je ressentis une vive douleur au crâne. Je tombai à genoux et je portai ma main à l'arrière de ma tête. J'étais pleine de sang ! Il arriva précipitamment, dégrisé et blême, en me répétant qu'il avait visé mes pieds et qu'il ne comprenait pas comment j'avais pu recevoir ce plomb dans la tête. Plomb qui toucha mon crâne et non mon cou : l'issue aurait été plus dramatique ! Étant chasseur, viser à vingt mètres et se tromper de cible ? Encore une fois, je n'avertis aucun membre de ma famille. S'ils avaient été à l'écoute, je l'aurais fait, mais son air si gentil, aux yeux de tous, tronquait sa vraie personnalité.

Je décidai que je ne voulais pas mourir, car ma fille était ma priorité et je ne voulais pas la laisser grandir dans cette famille de fous. C'était un point de non-retour, je le quittai pour de bon ! Je lui annonçai les choses calmement et clairement. Son accord fut immédiat. Nous nous partageâmes nos affaires sans conflits. Il récupéra la caravane pour vivre au camping de Chabeuil, ville où il travaillait. Nous avions loué l'étage d'une maison depuis peu de temps et je pris le parti d'y rester avec Érika. Il récupéra sa vie sans autres contraintes que celle de travailler, et encore, il aimait son travail. Il ne contribuait jamais ni financièrement ni paternellement.

Toutefois, il avait changé de taille de caravane pour en acheter une comme les gens du voyage. Il avait supprimé les lits superposés pour y mettre ses fusils et la machine à laver, alors qu'il m'avait demandé de l'argent en me faisant croire qu'il souhaitait aménager une chambre à notre fille. Il ne la prit qu'une seule fois, en tout et pour tout, en même temps qu'il m'emprunta mon aspirateur. Je le retrouvai un jour devant ma porte, mais il ne fonctionnait plus. À ma demande, il m'expliqua qu'il avait roulé dessus en reculant avec sa voiture.

Finalement qu'il ne veuille pas prendre notre fille m'évitait bien des sueurs froides. D'ailleurs, je lui répétais souvent qu'elle ne l'intéresserait que lorsqu'elle serait majeure et qu'il serait libéré de ce qu'il prenait pour un fardeau. Je n'étais pas loin du compte.

De mon côté, je retrouvai rapidement du travail grâce à un cousin dont j'étais proche. Il venait de temps en temps chez mes parents quand j'étais adolescente. Il recherchait une technico-commerciale dans son entreprise, et cela faisait partie de mes compétences.

Néanmoins, mon grand-père me prévint de me méfier, car il était connu pour être mauvais payeur. Malgré tout, j'étais contente de retrouver du travail dans ma situation de mère isolée. Il était éleveur de cochons et mon travail consistait à démarcher les bouchers pour les vendre en les faisant passer pour des cochons fermiers – ce qui n'était pas le cas – pour en obtenir une plus grande marge.

Mon statut de chômeuse lui faisait bénéficier d'une exonération de charges et de primes si je signais un contrat de deux ans d'aide à l'emploi. Il n'avait pas hésité, moi non plus. J'étais contente des conditions de travail : j'avais une voiture de fonction ; je travaillais du lundi au vendredi ; je bénéficiais d'un jour de télétravail pour être avec ma fille. J'étais payée au SMIC avec une promesse d'augmentation rapide, mais, à l'époque, on s'en sortait avec peu.

J'avais trouvé une nouvelle nounou extraordinaire à côté de chez moi. D'origine indienne, elle ne parlait pas un mot de français, et s'intégrer était par conséquent incommode. Elle se parait toujours de saris brodés et de son bindi[5] entre ses sourcils. Divorcée, elle vivait avec ses enfants qui, eux, maîtrisaient la langue française et qui servaient d'intermédiaires entre leur mère et moi. Érika était traitée comme une princesse. Elle y était bien et sa nourrice avait agréé de s'en occuper quels que soient mes horaires de travail. Je me sentais sereine que ma fille soit entre de bonnes mains. Ils lui offrirent même un petit sari et lui dessinèrent un troisième œil.

J'étais souvent invitée à manger avec eux les week-ends. C'était un vrai moment de régal gustatif et d'apprentissage de coutumes très respectueuses. Au milieu de ces sourires et de ces couleurs vives, Érika et moi appréciions l'ambiance de cette maison accueillante. J'adorais cette période de ma vie : je pouvais enfin jouir d'une certaine sérénité et de calme bien mérités, pour vivre des jours heureux avec ma fille. Je vivais ma vie de femme fraîchement célibataire et j'avais enfin le droit de choisir de vivre de nouvelles expériences.

---

[5] Motif peint ou posé sur le front des hindoues.

Pour m'y aider, je m'achetai une voiture neuve à crédit et bazardai notre vieille voiture. Je la choisis d'un vert éclatant et l'appelais « ma pomme ».

Je compensais l'absence du père du mieux que je pouvais et j'achetais à Érika des habits neufs et des jouets de son âge. Elle ne manquait de rien, sauf d'une présence paternelle – qu'elle n'avait jamais eue de toute façon…

Mon bel appartement dans cette maison me plaisait énormément. J'avais enfin mon chez-moi ! Ma fille avait une chambre de 16 mètres carrés, décorée en *Roi Lion,* et moi aussi, mais toute blanche. Ma chambre donnait sur un champ planté de pêchers à perte de vue. J'avais là aussi fait tous mes rideaux et tout était très harmonieux. J'avais des voisins au-dessous et nous avions tout le sous-sol pour entreposer nos affaires. Eux d'un côté et moi de l'autre, et au fond des caisses de terre où le propriétaire faisait pousser des endives. C'est là qu'un jour, en cherchant je ne sais plus quoi dans cette cave, je tombai sur des armes au milieu de mes affaires, et ce n'était pas de celles qu'on utilise pour chasser le gibier à quatre pattes. Il y en avait un certain nombre et les munitions étaient nombreuses aussi. Je ne cherchai pas à avoir des explications auprès de mon ex, je n'aurais eu encore que des mensonges, aussi j'appelai directement la police. Ils vinrent tout récupérer et mon père l'apprit certainement, mais je n'en entendis plus parler. Il faut dire que je ne fréquentais plus mes parents et que ma sœur était en train de faire ses études d'aide-soignante pour construire sa vie d'adulte.

Rémi continuait ses crises au téléphone, me harcelant. Il passait pour m'intimider et, en mon for intérieur, je savais que jamais je ne serais tranquille dans la région si je restais près de mon père et de lui. Au travail, la situation évoluait, mais pas comme mon cousin me l'avait promis. Le souvenir innocent que j'avais de ses frôlements et attentions lorsqu'il venait chez mes parents ne l'était plus désormais. Et lorsque ses gestes déplacés et ses regards insistants ne reçurent pas l'effet escompté, les choses se corsèrent pour moi.

De mémoire, il était, lui aussi, fort attiré par les très jeunes filles. Par son comportement à la frontière de la légalité, il eut d'ailleurs une histoire avec ma camarade de terminale qui mit au monde un de ses nombreux enfants.

Outre mon refus des avances faites par cet homme – qui soit dit en passant avait l'âge de mon père –, j'enfonçai le clou en lui rappelant qu'il n'avait pas encore tenu parole quant à mon salaire. Les brimades commencèrent en changeant mes horaires de travail. J'étais désormais, provisoirement, missionnée au contrôle de la conformité des tueries des porcs dans les abattoirs de la région. Je n'eus pas le choix que de me réorganiser et de faire dormir ma fille chez sa nounou. Je me levais à trois heures du matin pour être sur place vers cinq heures. Ma vie de mère solo s'en trouvait pénalisée et ma situation financière en pâtissait tout autant. Je ne me plaignais pas, car j'assumais mon choix de rester dans la société.

Je débarquai pour la première fois avec la fraîcheur de mes vingt-trois ans, en talons hauts, à l'abattoir ardéchois d'Aubenas – il n'existe plus sous cette forme depuis plus de vingt ans et heureusement. Il ne faisait pas encore jour quand je m'avançai sur les dallages de pierre et sous ce vieux préau. J'eus l'impression d'être transportée au Moyen Âge. Étaient suspendues, par les pattes, des vaches fraîchement éventrées. Leurs boyaux pendaient jusqu'au sol et de la fumée sortait de leurs entrailles. Je sentis pour la première fois l'odeur de la mort, vaseuse et vaporeuse, qui s'infiltre jusque dans les cheveux et les habits. J'avais conscience que tout le monde me regardait puisque j'étais très clairement une attraction dans ce monde dominé par les hommes. Un bout de viande savoureuse, mais vivante.

Deux chats étaient en train de s'attaquer aux tripes encore attachées aux bêtes, et malgré mon envie de vomir, je fis de mon mieux pour ne rien montrer de ma répugnance. Passivité que je conservais quand je me rendais dans les autres abattoirs de la Drôme. Même s'ils étaient modernes, ils n'en étaient pas moins cruels dans leurs pratiques.

On pourrait écrire un livre exclusivement sur le sujet. Lorsque je vois encore aujourd'hui des vidéos cachées sur le sujet, je me rends compte que rien n'a changé, même les bêtes issues de l'élevage biologique sont logées à la même enseigne. Il faudrait mettre des murs transparents pour que les gens voient la viande traumatisée qu'ils mangent.

Mon rôle consistait à confirmer le bon déroulement du processus de l'abattage, quand bien même les cochons subissaient des électrocutions défaillantes ; aussi étaient-ils trop souvent égorgés encore vivants. Certains se relevaient et couraient en hurlant jusqu'à ce qu'ils fussent exsangues et s'écroulassent quelques mètres plus loin. Devant mon effroi et chacune de mes protestations, les responsables rétorquaient que c'était normal : leur système nerveux répondait encore jusqu'à la mort, mais selon eux, ces pauvres bêtes n'étaient déjà plus conscientes à cette étape-là. Mon patron espérait ma démission, cependant, je tins bon !

Mon cousin tenta bien d'autres choses pour me déstabiliser. Il me fit faire le ménage chez lui et sur l'exploitation – lieu où mon père se rendait pour voir ses maîtresses pour un cinq à sept, en échange de quelques amendes à faire sauter. Pour finir, je fus privée de bureau et devais rester assise sur une chaise, au fond d'un couloir d'*Algeco*. Punie comme une enfant, mise au coin ! Il ne pouvait pas rompre mon contrat sans être obligé de me payer l'intégralité des deux ans de salaire. L'idée était donc que je quitte mon poste de moi-même. Mes clients étaient satisfaits de mes services, et mon patron ne pouvait donc me virer pour faute professionnelle.

Son fils travaillait aussi avec nous et il me le mettait sur le dos pour me faire craquer. Un soir de week-end, il débarqua à mon appartement alors que j'habitais à vingt kilomètres. Il prétendit venir chercher quelque chose que j'étais censé avoir, mais il ne trouva rien.

La pression était quotidienne et c'était avec la boule au ventre que je me rendais au boulot. La colère de mon cousin allait crescendo, et chaque jour était pire que la veille. Bien sûr j'avais remarqué que le personnel ne restait pas, car dès que les employés revendiquaient les augmentations promises, ils devenaient persona non grata.

J'endurai ou plutôt je résistai au poids de ma situation, car, d'une part, mes parents avaient fait de moi un modèle de résilience et, d'autre part, je n'avais pas de plan B professionnel.

Ma persévérance le désarçonna et il finit par craquer avant moi – par la voie des plus faibles. Il m'appela à l'arrière d'un semi-remorque pour ne pas être vu, m'agrippa par le bras et me jeta violemment au sol. Ses mots sont flous dans mes souvenirs, mais j'étais impuissante face à lui et son fils. Celui-ci m'avait dit la veille : « Tu sais qu'en mettant un corps dans une fosse à lisier, on ne le retrouve jamais ? ».

J'étais à nouveau à terre et l'instinct de survie prit le dessus. Je me mis en arrêt de travail et engageai une procédure prud'homale. Malgré les avertissements de son bras droit et de mon grand-père qui m'avaient averti que personne n'avait osé le poursuivre pour ses agissements contestables, je gagnais mon combat juridique au bout de sept ans ! Il utilisa tous les recours possibles, mais en vain : le dossier était accablant à tous les niveaux.

Cependant, il fallait que je rebondisse sans tarder. Je décidai de reprendre une formation, mais avant de pouvoir entamer mon stage, il s'écoula des mois. En cette période d'attente, ou de gouffre financier, je touchai le fond et je dus me résoudre – à mon grand désespoir – à quémander de quoi manger. Dépourvue de papiers de fin de contrat et considérée comme démissionnaire, les droits au chômage me furent refusés. Je n'avais pas l'âge pour toucher le RSA, à l'époque appelé RMI.

J'avais toujours le fameux argent touché à mes dix-huit ans, mais il représentait tellement de mauvais souvenirs que je ne voulais même pas l'effleurer. Et puis je n'aurais pas tenu longtemps avec. L'unique raison pour laquelle le système m'aidait était que j'avais un enfant à ma charge. On bénéficiait de bons alimentaires du Secours catholique. En présentant les bons en caisse, j'avais au moins la possibilité d'un minimum alimentaire. La première fois avait été des plus horribles, car je ne m'attendais pas au jugement de la caissière, qui me dévisagea et m'examina de la tête au bassin, le reste étant caché par la caisse – il s'en fallut de peu pour que je me sente complètement déshabillée du regard. Comment se sentir plus bas que terre en un coup d'œil ?

Cette situation dura plusieurs mois, parfois entrecoupée de versements d'aides d'urgence, pour payer le chauffage. Je survivais pour ma fille. Je ne réclamai pas l'argent que me devait ma famille, entre ma sœur qui ne m'avait jamais remboursé l'avance que je lui avais faite pour acheter un cadeau à nos parents, et mon ex qui ne versait rien pour notre fille. Hors de question de me rabaisser à réclamer ce qui aurait pu, aujourd'hui, me dépanner ! Je partais du principe que lorsqu'on doit acquitter ses dettes, on ne doit pas attendre qu'on nous relance. Plus jeune, j'étais heureuse de rendre service quand je le pouvais, et maintenant que je me retrouvais dans le besoin, tout le monde était encore aux abonnés absents ! Mon dossier de financement pour ma formation professionnelle en attente, je travaillais pour d'anciens clients, notamment des traiteurs, avec lesquels j'avais gardé un bon contact. Certains me payaient en espèces, et en nourriture.

De jours heureux, je dégringolai rapidement dans un puits sans fond. Je tombais et je ne savais pas où m'accrocher, et encore moins comment me réceptionner.

Le malheur ne s'arrêta pas là : entre ma procédure aux prud'hommes, mon ex qui faisait esclandre sur esclandre malgré notre séparation, et mon budget au plus bas, vint s'ajouter le pire de tout.

Mon grand-père maternel avait commencé à se plaindre de problèmes digestifs dès la fin de l'année. Il n'était pas du genre à gémir, grand gaillard qu'il était, mais il finit par être admis à l'hôpital de Valence pour subir des examens qui durèrent des semaines. J'allais le voir régulièrement et je le trouvais bien pessimiste. Il se disait « foutu », pour reprendre ses propres mots. Je lui disais d'arrêter d'être défaitiste puisqu'ils n'avaient encore rien trouvé : ça ne pouvait pas être bien grave !

Mais, un jour, le verdict tomba. Ils trouvèrent enfin ce qui le rongeait de l'intérieur. Un cadeau maudit du nuage de Tchernobyl, passé plus lourdement dans la Drôme. Lui qui pensait avoir eu une vie saine : légumes du jardin, animaux de la chasse nourris aux glands de chênes et aux champignons – radioactifs – et sa tasse d'ail journalière !

Bien au contraire, il s'était empoisonné chaque jour un peu plus. Sans compter le *Roundup* qu'il utilisait pour désherber les allées de son jardin… Tout était contaminé, et tout son système digestif était atteint.

Il fut transféré au Centre Léon Bérard pour suivre un traitement. Je réussis à aller le voir une fois en attendant qu'il revienne. Ma grand-mère était constamment près de lui, et aux petits soins. Elle était devenue, pendant cette phase de six mois, la tutrice par procuration de la famille.

Un jour de mai 1996, alors qu'Érika et moi revenions du marchand de bonbons, on croisa son père. Moi, je me sentais d'humeur joyeuse, mais il fit une drôle de tête en me voyant ainsi. Il s'arrêta à notre hauteur et je crus qu'il me voulait encore des histoires. Au lieu de cela, il enchaîna :

« T'es pas au courant ?
– Au courant de quoi ?
– Ton grand-père est mort !
– N'importe quoi ! Ce n'est pas possible ! »

Je vis à son expression sérieuse qu'il ne me mentait pas. Que cette réalité était possible ! Il avait été mis au courant avant moi par son ami du groupe de chasse : mon oncle ! Non, mais quelle famille… !

Heureusement assise dans ma voiture, je ne pouvais pas tomber plus bas. Mon sang se retira, mes pieds se déconnectèrent du sol et ma tête siffla fort dans mes oreilles. J'avais perdu mes racines : l'arbre maître était parti, nous laissant orphelins dans nos cœurs et dans nos vies. Sa sève nourricière n'était plus. Sans successeur, je comprenais que les bêtes sauvages allaient être à l'affût dans cette jungle familiale sans merci.

Ma foi qui avait grandi depuis quelques années fut anéantie en un instant. Il ne pouvait pas y avoir de bon Dieu, sinon il n'aurait pas pu permettre qu'un être si bon disparaisse à jamais ; c'était d'une telle injustice ! Qu'il emporte les mauvaises âmes, mais pas celle de mon papi !

Mort, tout petit et chétif dans son cercueil : ce fut ainsi que je le vis pour la toute dernière fois. De grand homme, il gisait là, minuscule, au fond de cette boîte, le visage cireux semblant encore souffrir. J'avais l'impression que même ses os avaient rétréci. Je croyais tellement qu'un tel homme ne pourrait pas être rappelé aussi vite que je ne lui avais pas dit combien je l'aimais et ne lui avais pas dit au revoir. Personne ne m'avait informée qu'il allait si mal. A priori, il ne voulait pas qu'on le voie si malade. Pourtant, certains savaient que sa fin était proche et lui avaient rendu une dernière visite. J'appris ainsi que ma mère y était allée et que son excès de parfum l'avait tellement incommodé qu'il en avait vomi.

Je me demande encore si j'ai bien fait de lui dire adieu dans son cercueil, gardant ainsi cette image de la cruauté du cancer, plutôt que de respecter sa volonté de garder en mémoire son intégrité physique.

Comme beaucoup, il avait attendu d'être seul dans sa chambre pour rendre son dernier soupir. Ma grand-mère, qui le veillait toujours, s'en voulait de ne pas avoir été à ses côtés lorsqu'il était parti. Tous mes espoirs partaient en terre avec lui : adieu notre complicité, adieu nos bons moments dans mon refuge, adieu sa maison caverne, adieu les repas de famille, adieu le Rustic au Col de Rousset, adieu Noël, adieu son odeur d'eau de Cologne, adieu le : « je m'entends ronfler », adieu le patriarche !

Le jour de son enterrement, ils organisèrent un déjeuner dans sa demeure. À un moment donné, je partis à la recherche des cheffes de famille qui s'étaient éclipsées. J'ouvris la porte d'une des chambres et le ciel me tomba à nouveau sur la tête. Ma mère, ma tante et d'autres personnes siégeaient au milieu de la pièce, les armoires ouvertes, et se partageaient les affaires de mon grand-père ! Je dus faire une sacrée tête, car l'une d'entre elles, qui tenait un gilet, me le tendit en disant : « Tiens ! »

Écœurée, je lui pris des mains et je tournai les talons, sans un mot. Comme le chat n'était plus là, les souris dansaient.

Je gardai longtemps ce gilet sur lequel l'odeur de mon grand-père était incrustée. J'étais tout autant nostalgique que chanceuse d'avoir pu conserver ce souvenir de lui. Par la suite, ma grand-mère, qui avait déjà la maladie de Parkinson, brisée d'avoir tant donné, se cassa littéralement en deux, se retrouvant la tête au niveau de son nombril. Elle ne s'en releva jamais. Elle était jusque-là restée droite pour ne pas attirer l'attention sur elle vu qu'elle portait tout à bout de bras, mais surtout pour supporter le rôle de soutien auprès de son mari.

Pour finir, mon grand-père avait, semble-t-il, mal fait son testament. Malgré tout le patrimoine qu'il leur laissait, les chacals finirent de l'achever même une fois six pieds sous terre : ses héritières dilapidèrent la société ancestrale en vendant leurs parts de SCI[6]. Il n'en restait plus rien !

Mon grand-père et mes arrière-grands-parents ont dû se retourner dans leur tombe s'ils les ont vus se délester de cette entreprise qu'ils avaient durement mise sur pied et fait vivre ! Tant d'efforts et de malheurs surmontés pour, au final, une succession sacrifiée par des descendants sans état d'âme.

Peu de temps après, mes nouvelles études commencèrent. Du lundi au vendredi, elles m'occupaient l'esprit et les samedis et dimanches matin, je continuais à travailler chez un traiteur. Je réalisai vraiment le décès de mon grand-père six mois plus tard. Éprouver son absence, voir ma grand-mère ailleurs que dans la maison caverne : tout avait disparu, la santé de cette dernière avec !

Heureusement, Érika et moi étions bien aidées par la famille de sa nourrice indienne. Grâce à eux, tout se passait bien entre son école et le temps passé chez eux. Ma fille était pleine d'entrain et s'épanouissait entre une culture orientale et occidentale.

Vivant seules, nous créâmes notre petit nid et je savourai une nouvelle tranquillité. Nous nous comprenions juste en nous regardant. Je menais une vie bien chargée entre mon rôle de maman, mes études, mon travail, mes amis et le badminton.

Une vie qui me laissait enfin espérer un avenir meilleur.

Je m'étais malgré tout résignée sur le fait qu'il me serait difficile de trouver un nouveau compagnon. Effectivement, je comprenais qu'une mère célibataire, avec un enfant à sa seule charge, fasse fuir les engagements. Et de mon côté, trouver un homme non violent, sobre, fidèle, travailleur et qui nous accepte toutes les deux, relevait presque de l'utopie. Cependant, ma vie me convenait ainsi. Je n'étais pas dans l'attente d'un partenaire pour me sentir entière, et mon quotidien sans répit remplissait ma vie sept jours sur sept.

[6] Société civile immobilière.

J'avais retrouvé, depuis peu, mon ami Luc qui avait fini son BTS audiovisuel à Toulouse. Il travaillait la semaine et était à son compte les week-ends pour filmer des événements comme des mariages, des concerts, etc.

Ayant besoin d'une aide ponctuelle les samedis soir, Luc me proposa de reformer notre équipe. Toujours admirative de sa débrouillardise, et ce, malgré ses handicaps, c'est moi qui me faisais guider sur le travail à faire.

Notre collaboration nous entraîna, un samedi soir, à Chanas pour filmer un gala de danse. À l'époque, il pouvait encore conduire, sa cécité était encore partielle. Il avait une *Twingo* et je le charriai sur la fiabilité des *Renault* ! Finalement, il la garda longtemps, alors que j'enchaînai les pannes avec mon *Opel* toute neuve. Je fus même victime d'un incident mineur, mais improbable.

La première fois que je l'avais récupérée, neuve, à la concession, j'avais une mouche qui volait à l'intérieur de mon compteur ! Comment s'était-elle glissée là ? C'étaient les prémices de bien des soucis avec elle. Cependant, j'allais si souvent chez *Opel* que le mécano eut pitié de ma malchance et me proposa de la réparer sur son temps personnel, une fois la garantie terminée.

Nous sommes toujours amis encore aujourd'hui, mais on a tourné le dos à *Opel* tous les deux !

Luc nous emmena au gala par l'autoroute. Il s'amusa à piquer une pointe à 173 kilomètres-heure dans la descente du Grand-Bœuf. Entre son champ visuel très restreint et « Madame Twingo » qui couinait dans tous les sens, notre taux d'adrénaline monta dans les tours, à tel point qu'on en parle encore aujourd'hui.

Une fois sur place, nous n'eûmes pas beaucoup de matériel à installer, seulement besoin d'un peu de place. Dans cette salle, il y avait une estrade bien située, le spectacle se passant à l'opposé de la scène.

Côté sonorisation, tout était déjà agencé, ne nous laissant

que peu de place pour mettre ne serait-ce que les pieds de la caméra. Après nous être présentés au DJ comme étant les personnes mandatées pour le tournage de l'événement, il nous rembarra en nous disant qu'il était installé et prêt et qu'on n'avait qu'à se mettre ailleurs, soit en bas et sur le côté de la scène pour ne pas gêner ses lumières. Je lui expliquai qu'il n'avait pas vraiment le choix et que nous devions partager l'espace. Il était très énervé, mais dut se résoudre à bouger une de ses enceintes. Autant dire qu'on n'était pas les bienvenus dans son champ opératoire. La soirée semblait mal engagée. Cependant, sur nos trois heures de présence, bizarrement il se détendit jusqu'à venir nous parler et me poser des questions comme si de rien n'était.

Finalement, l'après-midi se passa plutôt bien, et c'est au moment où je partis et que la porte de la salle se refermait derrière moi, qu'elle se rouvrit d'un coup. Le DJ me proposa de se revoir et me demanda mon numéro de téléphone. J'étais abasourdie par un tel revirement de situation. Je pensai lui donner un faux numéro, mais à la fois, je me disais que c'était peut-être une technique de persuasion pour m'amadouer et me prouver, au final, qu'il était plutôt sympa. Certaine de ne plus entendre parler de lui, je le lui donnai sans rien attendre de sa part.

Trois ou quatre jours s'écoulèrent avant que je ne reçoive son appel.

Pour avouer la vérité, je l'avais zappé avec ma vie à cent à l'heure. Je fus encore plus surprise lorsqu'il me dit que j'avais occupé ses pensées depuis notre rencontre et qu'il aimerait bien me revoir. J'étais confuse de recevoir une telle déclaration alors que je ne gardais pas un super souvenir du personnage, et je m'étais imaginé que c'était le cas pour lui également.

Pourtant, il demanda à me voir après son travail. Aussi je l'invitai à dîner chez moi.

Je ne me souvenais pas, avant de le revoir, à quoi il ressemblait précisément ni même son prénom : Alban. Ce n'est que lorsqu'il se présenta à la porte que je le détaillai plus franchement : grand, au physique sportif, son visage n'avait rien de charmant… Malgré ces traits physiques, je ne manquai pas de remarquer sa boucle d'oreille en or qui capta mon attention à son approche. J'avais préparé un repas très *light,* comme à mon habitude. Ayant récupéré de bons plats de mon travail de traiteur, il eut droit à du foie gras, du saumon fumé et du gratin dauphinois.

Il se força à manger, m'avouant plus tard qu'il ne se nourrissait que de choses légères…

Outre ce mauvais départ, ce qui me revient le plus à l'esprit, c'est la posture on ne peut plus décontractée qu'il prit dans mon canapé. Il se mit en tailleur, révélant ses chaussettes trouées. Je trouvais ça mignon : son détachement du matériel me plaisait. On discuta de choses et d'autres, mais une phrase resta gravée dans ma tête – même si sur le moment je ne la comprenais pas. Il me balança, dixit : « Je n'aimerais pas avoir une belle femme, j'aurais trop peur qu'on me la pique ! »

Nous finîmes la soirée sans plus de formalités et il repartit à Lyon. Se revoir ne fut pas évoqué. Ce n'était pas mon style d'homme et rien ne m'avait attiré chez lui. Pas de points communs, pas de profondeur dans les sujets abordés.

Je ne m'attendais pas à ce qu'il revienne à la charge pour me rencontrer à nouveau.

Nous étions début octobre 1997. L'automne est une saison que je déteste. Elle signe la fin des beaux jours et la période la plus longue pour retrouver enfin le printemps, la saison où les pêchers fleuriront et m'en mettront plein la vue de mes fenêtres. Mon moral déclinait de manière significative tout comme la présence de notre astre durant cette époque de l'année.

Je rentrais ainsi dans la période la plus vulnérable de l'année.

Alban revint un samedi matin, au grand jour cette fois. Il me posa beaucoup de questions sur moi, ma vie, mes blessures, etc. Je trouvais son intérêt touchant, car il s'intéressait à moi, non pas pour mon corps, mais pour mon âme que je mis à nue en toute confiance. Il découvrit ma nature profonde, sans pudeur.

De lui, il me dit simplement qu'il avait été pompier de Paris pendant deux ans et qu'il n'avait pas souhaité y rester à cause de la mauvaise mentalité de la profession. Il était titulaire d'un bac+2 en électronique et exerçait ce même métier la semaine, faisant usage de ses compétences pour son activité de DJ, les fins de semaine.

J'étais donc bien peu de choses par rapport à lui, et j'étais clairement admirative de sa modestie. À mes yeux, cela paraissait incroyable et inattendu qu'il puisse donc s'intéresser à moi !

Je ratai mon travail pour pouvoir lui faire visiter les alentours. Sur les ruines du château médiéval de Crussol, nous appréciâmes la vue panoramique – et magnifique – du site. Une étendue à perte de vue sur mon Vercors avec ses montagnes majestueuses à 180 degrés, sur les monts ardéchois et ses vignes, sur le Rhône en contrebas délimitant les départements de l'Ardèche et de la Drôme. Ce fut en haut de ce beau tableau paysager que notre histoire débuta. Sur des vestiges de forteresse. L'initiative du premier pas ne fut pas de mon fait, loin de là, mais il paraît que les coups de foudre ne durent pas. Alors je laissai l'histoire se créer, notre histoire, pour voir si cela pouvait faire naître une flamme en moi.

J'avais eu d'autres brèves relations que je n'avais pas voulu poursuivre, car les hommes s'étaient montrés intéressés parfois juste par mon physique et parfois juste pour ma générosité. Je devenais le porte-monnaie et la « bonne poire », celle qui donne sans compter.

Là c'était différent : il s'intéressait à moi, et à ma fille !

Il est vrai que je lui servis le menu à la demande et sur un plateau d'argent, voire d'or. À la question : « Qu'est-ce que tu recherches chez un homme ? » Je lui énumérai tout ce que je ne voulais surtout pas ! Ni menteur, ni jaloux, mais un homme ouvert et prêt à accepter mon enfant dans sa vie.

Magnifique hasard, il n'était justement pas tout ce que je fuyais.

Son physique sportif, bien entretenu, fit chavirer mes dernières appréhensions une fois dans l'intimité.

On peut avoir de belles idées, comme des valeurs que l'on

souhaite trouver chez l'autre et on peut dire aussi que le physique n'est pas si important et je le crois vraiment. Cela appartient à notre âme, mais ce n'est pas forcément elle qui l'emporte sur le cœur. Ce truc qu'on ne peut pas contrôler même si l'on en a envie et qui nous fait chavirer d'un côté ou de l'autre.

Lorsqu'il repassa le week-end suivant, je me rendis tout de même au travail les deux matins. Je n'avais pas d'autre choix que de le laisser seul chez moi tandis que ma fille était chez sa nounou. À mon retour, il avait rangé ma table de salon où j'accumulais tous mes papiers administratifs en cours de traitement. Cette intrusion dans mes affaires privées m'interpella, néanmoins, je ne commentai pas l'impolitesse du geste. Puis, je notai que le fil de mon téléphone était dans une position inhabituelle. J'appuyai sur la touche *bis* à son départ et je tombai sur le serveur de la gare de Valence. Lorsque j'eus l'occasion de l'interroger et que j'insistai pour savoir s'il s'était servi de mon téléphone, il se défendit par la négative et en jurant qu'il ne serait pas permis !

Je savais qu'il mentait et je lui demandai de partir. C'était une condition sine qua none que d'avoir un homme honnête à mes côtés – j'avais assez souffert à cause des imposteurs qui avaient traversé ma vie.

Je lui déclarai que je savais pour son coup de fil à la gare et que ça ne méritait pas un mensonge. S'il me baratinait sur un sujet sans importance et aussi futile, quelles fausses vérités pourrait-il inventer par la suite ? Il m'expliqua que c'était pour éviter de faire la route jusque chez moi, considérant le temps du trajet, l'autoroute à emprunter et les désagréments de la nationale. Il me vint fugacement à l'esprit qu'il souhaitait mégoter sur les frais d'autoroute entre Lyon et Valence, mais son mensonge pour un fait aussi anodin m'interpella plus encore. Non seulement il s'était immiscé dans mes papiers personnels, mais il mentait éhontément sur ses actes et son comportement. Son attitude aurait dû me mettre la puce à l'oreille !

Il me jura qu'il ne mentirait plus, que cela ne se reproduirait plus. Je crus ses mots sans jamais les remettre en question pendant vingt ans ! Il continua à venir et à me poser des questions sur mes relations familiales et même sur mes économies. Je ne lui cachai rien des raisons qui m'avaient mené à prendre mes distances avec mes parents et de l'échec vécu avec le père de ma fille, qui tourmentait encore mon quotidien.

Un soir de semaine, alors que je rentrais chez moi avec ma fille, et après l'avoir couchée, j'entrai dans ma chambre et j'eus une surprise pour le moins embarrassante. Il était dans mon lit !

Il s'était introduit chez moi en utilisant la clé sous le pot de fleurs. Vu qu'il voulait me surprendre pour me faire plaisir, je ne remis pas un seul instant sa parole en doute. J'avais craint qu'un inconnu puisse s'introduire chez moi, donc je fus presque soulagée de le voir. Je n'avais pas conscience que c'étaient les prémices d'une surveillance sournoise qui commençait pour moi.

Je continuais ma formation et travaillais toujours les week-ends ; aussi c'est lui qui s'imposait chez moi chaque fin de semaine. Je n'avais plus l'occasion de voir mes amis. Les choses se succédaient à un rythme effréné…

Je m'étais acheté, depuis quelques mois, un ordinateur neuf qui trônait dans ma chambre. Je l'utilisais pour écouter de la musique grâce aux enceintes dont je l'avais équipé. Il n'avait pas de code d'accès, c'était inutile. Très rapidement, il en prit possession pour y enregistrer ses musiques. Son activité de DJ lui demandait de mixer et de créer des listes de sons et mon ordinateur se prêtait tout à fait à la mission, au détriment de mon propre usage.

Sans que je m'en rende compte, il laissa sa brosse à dents et d'autres affaires un peu partout dans l'appartement. Il envahissait mon espace, marquait son territoire et je perdais mon repaire et mes repères…

À la fin de l'année, mon père passa me voir. Je ne l'avais pas vu depuis un bail et c'était très bien comme ça. Je restais toujours paralysée de peur devant lui ; il continuait à exercer sa toute-puissance sur moi, telle une hyène attendant la faiblesse de sa proie pour la soumettre à sa soif animale. Laisser la porte fermée était inenvisageable : je n'étais pas encore assez forte pour le confronter ! En partant, il me dit que je pouvais « passer » pour Noël.

Je ne m'engageai pas dans un débat inutile : j'étais estomaquée de ne pas être tout simplement invitée. « Passer » ? Dans ma propre famille ? À quelle heure ?

Plus de Noëls chez mes grands-parents et plus de Noëls pour ma fille et moi.

En ce jour de fête, je travaillais chez mon ami traiteur le matin. Nous mangeâmes ensemble à la fermeture de treize heures, puis je récupérai ma fille chez sa nounou.

De son côté, Alban passa ce moment chez ses parents.

Lorsqu'il était avec nous – tous les week-ends –, il se montrait très prévenant avec ma fille. Pour elle, qui avait un père indifférent à son existence, c'était une deuxième chance avec une figure paternelle. De plus, il était drôle, trait de caractère que j'aimais chez un homme.

Pour Noël, je lui offris un très beau cadeau que je dus lui révéler à l'avance pour qu'il obtienne son passeport à temps : quatre jours à Istanbul alors que nous n'étions ensemble que depuis deux mois ! Il faut bien avouer que c'était un cadeau que je me faisais aussi puisque je ne serais jamais partie seule où que ce soit. À l'époque, il était moins onéreux de partir loin que de partir en vacances en France. Néanmoins, ce séjour me coûta une sacrée somme entre le voyage, les frais de nourrice et le surplus à acheter. Les économies que j'avais mises de côté, grâce à mes heures supplémentaires, s'envolèrent pour cette escapade à deux, mais j'étais heureuse qu'il vienne avec moi. Je confiai donc ma fille à sa nounou, en qui j'avais une confiance absolue ! Érika y était bien mieux, du haut de ses quatre ans à peine, que bringuebalée dans une escapade en Orient.

Quant à moi, j'avais passé toute mon adolescence à me projeter dans la péninsule du Yucatán pour fêter mes dix-huit ans, plonger dans la mer des Caraïbes pour caresser les requins pendant leur sommeil (j'avais lu cette possibilité dans un de mes livres du commandant Cousteau) et visiter le merveilleux Machu Picchu. Je n'avais rien fait de tout ça, entraînée par la tornade qui m'avait aspirée. À vingt-cinq ans, c'était donc un petit préambule à mes envies d'ailleurs en attendant de futurs voyages, que j'imaginais nombreux.

Janvier 1998 ouvrait ses portes.

Même si ma formation n'était pas finie, je savais que je ne raterais aucun jour, car je m'étais organisée.

Lorsque l'on ne connaît pas quelque chose, on se l'imagine, et ces fantasmes peuvent alors nous attacher à des idées reçues, de bons vieux clichés.

Je pensais atterrir, pour quelques jours, dans une ville peu développée, émergeant du sable, des dromadaires au détour de ruelles pittoresques… Un dépaysement total ! J'atterrissais en même temps que l'avion que je prenais pour la première fois de ma vie. Une ville bien plus moderne que celle que j'habitais, des panneaux publicitaires géants, pas un grain de sable, rien de bien différent de nos métropoles françaises. Seuls les minarets, à mon sens, révélaient l'exotisme du pays et le paradoxe entre l'ancienne architecture et la modernité du pays.

Ce qui me choqua le plus fut le voile de pollution dont nous ne sortîmes jamais lors de notre séjour. Le muezzin nous rappelait cinq fois par jour que nous étions dans un pays musulman. En dehors de l'appel à la prière, le côté religieux n'empêchait pas, à ma grande surprise, de déambuler dans une ville très ouverte et tolérante. Nous vîmes des hommes se tenir par la main en pleine rue, sans cacher leur amour. Chose dont je n'avais pas été témoin chez nous. Aussi, tandis que nous visitions un bâtiment ecclésiastique transformé en mosquée, la grande Sainte-Sophie et son cloître, Alban m'embrassa sans retenue. La sanction tomba aussitôt vu que nous avions pénétré un lieu saint ! La sécurité des lieux nous invectiva immédiatement en turc : nous comprîmes à leurs visages que le ton de leur voix égalait l'ampleur de leur mécontentement. Le mieux était de quitter les lieux et je ne pus donc pas continuer à admirer sa magnificence.

La fin du voyage ne fut pas plus dépaysante ! Je prenais conscience qu'Alban n'avait pas le même attrait pour l'architecture que moi et que déambuler dans les rues lui aurait suffi.

Nous rentrions en France au quatrième jour et je gardais à l'esprit de revenir visiter les merveilles archéologiques de l'arrière-pays. Toutefois, j'étais heureuse de retrouver ma fille et de lui offrir les souvenirs que je lui avais rapportés.

Avant de partir, j'avais postulé à un emploi occupé par peu de femmes. À ma grande surprise, et avant même d'obtenir mon diplôme, je fus contactée par le service de recrutement. Ils s'intéressaient tellement à mon profil qu'ils me proposèrent de me recruter d'office. Ce fut une joie immense pour moi ! Puis ce fut une déception cuisante : je demandai quelle serait ma ville d'affection et ils m'annoncèrent que je serais affectée à Paris. La capitale, seule avec ma fille, une nouvelle vie à organiser dans une ville où mon salaire ne nous permettrait pas de nous loger et de payer une nourrice ? C'était inenvisageable, d'autant plus que j'allais avoir des horaires décalés incompatibles avec mon rôle de pourvoyeuse familiale. Trop d'argent à dépenser et un manque à gagner évident nous plongeraient dans une situation plus que difficile. Lorsque je demandai au bout de combien de temps je pourrais espérer une mutation, la réponse me fit bondir sur place : trente ans !

J'étais terriblement accablée par la désillusion, ça n'était pas possible, un point, c'est tout... J'avais poursuivi un objectif pendant si longtemps alors qu'il était voué à l'échec dès le départ. Déjà à quinze ans, j'avais demandé à rentrer à l'école des jeunes sous-officiers de la marine de Brest. C'était un moyen détourné pour intégrer la section plongée de l'armée. Mes parents ne m'avaient pas aidée, ni pour les papiers ni pour le support pécuniaire. Elle par pingrerie, lui parce que je lui aurais échappé.

Cette carrière m'était définitivement fermée et ma déception fut immense.

Je rebondis en trouvant un stage pour valider mon diplôme qui ne pouvait être fait que dans une grande ville. Ce fut donc à Lyon que j'entamai ce nouvel apprentissage. Alban m'hébergeait à Villeurbanne, habitant dans un des gratte-ciels de la ville. Pour une quasi-campagnarde comme moi, ce fut un sacré dépaysement. Il logeait de manière très rudimentaire avec son frère dans un petit T2 et je m'installai tant bien que mal. Je travaillais la nuit et essayais de dormir le jour, les murs n'étant pas vraiment à l'épreuve des bruits environnants. L'isolation sonore y était inexistante, à tel point que j'y entendais le chien du dessus taper ses griffes contre le sol quand il se grattait.

Je découvrais un Alban qui me faisait laver les draps à la laverie automatique en bas de l'immeuble, à chaque fois que je dormais chez lui. Il me mettait son aspirateur-balai dans les mains pour que je comprenne que je devais le passer et me fit voir comment laver sa plaque de gaz. Je pouvais assurer sans aucun mal qu'elle n'avait pas dû être lavée depuis longtemps.

Interloquée par son culot, je laissais couler ; après tout, il m'accueillait chez lui. Peut-être voulait-il voir ce que je savais faire... Il avait pourtant vu comment j'entretenais ma maison et que je prenais à cœur de la rendre propre.

Trois à quatre jours par semaine, la nourrice de ma fille était aux petits soins et s'occupait d'elle avec tendresse, le temps que je finisse mon stage de trois semaines. C'était une vie où je devais vite m'adapter aux opportunités et aux changements qui arrivaient sans prévenir. Je passais trois à quatre jours par semaine à Valence avec Érika et divisait le reste entre mon stage à Lyon et Alban. Je le voyais peu, car il travaillait de jour et moi, de nuit. J'avais arrêté mon travail chez le traiteur ne pouvant pas tout assumer et surtout parce que mon stage requérait parfois d'être disponible les week-ends.

Il n'avait pas échappé à mon ex, Rémi, que ma vie prenait un tournant. J'ignorais comment il connaissait les détails de notre vie, mais il me mettait la pression de manière plus violente chaque fois. Un jour que je sortais de chez moi – ce qui ne pouvait pas être une coïncidence vu que j'habitais dans un hameau –, il me pourchassa en voiture dans une course-poursuite sur le périphérique de Valence. Voulait-il savoir à quelle vitesse ma nouvelle voiture pouvait monter ? Pourquoi cet acharnement ? Pour que je le craigne ? Il n'avait pas besoin de tels agissements : j'avais déjà la peur au ventre ! Ce fut un moment terrifiant où je me fis quelques frayeurs pour lui échapper, mais je réussis. Je parlai de ce nouvel épisode à Alban qui décida d'aller lui parler pour arrêter son délire. Malgré mes protestations, il exigea que je l'emmène jusqu'au camping où logeait Rémi. Il se présenta seul et jamais je ne sus ce qu'ils s'étaient dit. Il me soutint simplement que c'était réglé. J'étais soulagée qu'il ait pu en sortir indemne, et contente qu'il ait eu le courage de l'affronter.

Enfin, cet énorme poids à ne plus supporter ses coups de sang ; du moins, le croyais-je !

Mon stage à Lyon se passait bien, très bien même, à tel point qu'ils décidèrent de m'embaucher. Fin janvier 1998, j'obtins à la fois mon diplôme et un travail bien rémunéré.

Alban décida que nous allions vivre ensemble. Cela me semblait précipité : on se connaissait si peu. Finalement, je me suis laissé porter par son élan et emportée par cette décision qu'il mena d'une main de maître. Je ne me méfiais pas : la toile se tissait doucement autour de moi !

Entre la tension qu'exerçaient mon père et Rémi sur ma vie, la promesse d'avoir un homme bienveillant à la maison me rendait heureuse pour ma fille et moi.

J'étais sur un nuage, une vraie lune de miel : il était prévenant et participait à toutes les tâches. C'était reposant de compter enfin sur quelqu'un d'autre que moi. Il effectua des recherches d'appartements et trouva rapidement un T4 dans la même ville et pour un prix très raisonnable. C'était tout à refaire, mais cela ne me faisait pas peur !

Début février, la location de l'appartement fut signée. J'y travaillais le jour, après mes nuits de travail, et refis entièrement tous les murs de l'appartement. Alban disparut de nouveau du paysage : je me débrouillais toute seule pour la rénovation de notre futur logement. Je continuais à diviser ma vie entre Lyon et Valence, où se trouvait ma fille, le temps de donner ma lettre de dédite d'appartement et de finir les travaux du nouveau.

Je savais ce que je quittais : un très bel appartement, dans une maison, que j'avais décoré à mon goût, situé dans la proche périphérie de Valence, et au milieu d'arbres fruitiers. Je m'éloignais de mes amis, je perdais mes repères, mais je prenais le large et déménageais loin de la pression de mon ex et de cette famille nuisible à laquelle presque aucun membre ne me retenait. Et ça, ça n'avait pas de prix !

Je transférai mes comptes bancaires personnels à la *Caisse d'Épargne* de ma future ville et Alban et moi ouvrîmes à sa demande un compte joint pour nos dépenses communes. Cela s'était fait à la vitesse de la lumière, celle qui aveugle...

Je me suis aperçue que s'il est facile d'ouvrir un compte à deux, il est plus compliqué de le fermer si l'autre personne n'est pas d'accord.

Pendant deux mois, les mois de caution, les deux loyers à payer – dont un pour moitié avec Alban – les travaux à avancer et tous les frais annexes pour les aménagements nécessaires sortaient de mon porte-monnaie. À cause du changement de statut en me déclarant avec lui, je perdis, dès le mois de février, mon allocation logement. Je gagnais un travail en CDI, mais je perdais en pouvoir d'achat. J'étais amoureuse et l'argent ne me freinerait pas dans mon entreprise de construire une famille, MA famille !

Alban orchestra tout le déménagement et m'ôta une belle épine du pied. Mi-mars, j'avais fini les travaux de l'appartement et mes cartons étaient prêts à être enlevés. À la veille de déménager, mon ex m'appela une nouvelle fois en crise et tenta de m'intimider de plus belle. Il menaça de venir me tuer le soir même en me disant qu'il me préférait morte plutôt que de me savoir avec un autre. Nous étions pourtant séparés depuis plus de dix-huit mois, mais il espérait probablement que je ne refasse pas ma vie. Pour le calmer, je l'incitai à revenir le lendemain soir pour mettre à exécution ses desseins. Il était prévu que nous déménagions le matin suivant. S'il vint pour commettre son forfait, il trouva une porte fermée et des voisins qui durent lui confirmer que j'avais déménagé. Ma fille et moi étions parties sans laisser d'adresse.

Pour le déménagement, Alban avait débarqué avec un gros camion de son entreprise. Mes deux autres beaux-frères, dont je fis la connaissance ce jour, étaient venus prêter main-forte ; certains de mes amis avaient été également recrutés par mes soins. Le camion était suffisamment grand pour contenir toutes mes affaires. Néanmoins, il opéra un tri sur place. Tous mes jeux de société partirent à la déchetterie ainsi que nombreuses de mes possessions. Ma vieille mobylette fut laissée sur place à sa demande. Elle représentait beaucoup pour moi, car elle m'avait donné la liberté d'aller travailler deux étés de suite lorsque j'étais mineure. Quant à mes jeux, ils étaient tout aussi importants : ils symbolisaient les temps forts de rigolade avec ma fille et mes amis. Cependant, j'avais cru son argument sur le fait qu'il n'y aurait pas assez de place dans le camion. Mes amis m'avaient apostrophée sur mon indulgence et ma résignation, mais Alban ne m'avait pas laissé le temps de réfléchir m'occupant de part et d'autre pour gérer d'autres sujets.

Nous nous installâmes dans notre nouvel appartement, sans regarder en arrière. Un autre éventail de choses furent mises de côté dans la cave, certaines furent carrément jetées dans la poubelle de l'immeuble, comme ma friteuse électrique neuve – trop souillée à son goût.

Quand la porte se referma, après que tout le monde fut parti, le sort de ma fille et de moi-même était scellé.

L'appartement donnait d'un côté sur un boulevard et, de l'autre, on voyait le centre d'incinération des déchets de Rillieux-la-Pape. Au sixième étage et sans balcon, dans le bruit et les odeurs de pots d'échappement, le cadre était bien différent de notre ancien et tranquille lieu de vie.

Ma fille était enfin là. J'étais contente de lui avoir fait une nouvelle chambre joliment décorée. Même si celle-ci était plus petite et bruyante, elle semblait contente d'y retrouver ses meubles et ses jouets.

Nous avions, dès le lendemain, tout le mobilier à assembler de nouveau. Je possédais une magnifique armoire moderne à trois pans coulissants et pourvus de miroirs qui se trouvaient démontés contre le mur, mais bien calés. Puis je remarquai un des pans qui avait été déplacé et qui était penché plus qu'il n'aurait dû l'être, au milieu du passage. Là, il vint vers moi, se prit le pied dedans et ne fit rien pour le retenir. Le pan tomba et le miroir se brisa. Plein de choses se sont bousculées dans ma tête : il était clair qu'il avait tout fait pour le faire tomber et pour ne pas le retenir. La symbolique que j'y voyais était qu'un miroir brisé signifiait sept ans de malheur.

Je le questionnai afin de comprendre pourquoi il s'était pris le pied dedans, alors qu'il pouvait très bien passer à côté ? Plein d'aplomb, il me répondit que ce n'était pas sa faute. Je restai sidérée par le culot de sa réponse, mais, encore une fois, avec la pagaille qui nous entourait, il me coupa dans ma tentative de poursuivre cette discussion et me fit remarquer qu'il fallait ramasser les bouts de verre éparpillés pour ne pas se blesser. Là encore, je laissai s'échapper le papillon hors du filet.

J'avais inscrit Érika dans l'école du quartier et avait trouvé une nouvelle nourrice pour la garder en périscolaire. Alban continuait sa vie sans forcément nous intégrer à la sienne, puis rapidement devint absent quasiment tous les week-ends.

En plus de son travail hebdomadaire, il était toujours DJ. Travaillant moi-même de nombreux week-ends, nous nous croisions plus que nous vivions ensemble. Ses absences étaient bien plus fréquentes que ce qu'il m'avait annoncé avant notre vie à deux. Je dus trouver une nounou pour m'aider les fins de semaine. Puis une troisième, les nuits où je travaillais et qu'il était je-ne-sais-où. Au début, il passait récupérer ma fille chez sa nourrice, quand le travail me retenait.

Lorsque je rentrais, je les trouvais assis tranquillement dans le canapé sans que rien de particulier n'attire mon attention. Une seule fois pourtant, ma fille tourna la tête vers moi, le regard dur, rempli de reproches et cela me saisit d'effroi. Je le garderai en mémoire sans le comprendre.

Chaque jour passant, le comportement de ma fille me posait question.

Je ne la reconnaissais pas et je me forgeais l'idée que les troubles qu'elle développait étaient causés par sa perte de repères dans ce changement de vie : sa famille indienne, sa belle maison, son école. Cela faisait beaucoup, j'en avais conscience, mais elle manifestait son mécontentement par des destructions et excès anormaux en tous genres, et son attitude perturbée allait crescendo.

Ce n'est que tardivement que je compris sa froideur soudaine et ses colères démesurées.

Entre-temps, le plus jeune de mes beaux-frères avait emménagé chez nous, sans que je le sache. Alban me répondit qu'il pensait me l'avoir dit. J'appris plus de vingt ans après qu'il touchait de l'argent de ses parents pour héberger son frère.

Nous nous retrouvions donc à cohabiter à quatre plusieurs années, mon beau-frère dormant dans le canapé du salon.

Le mois qui suivit, je reçus le relevé de nos comptes bancaires. Là, je découvris que l'argent dont j'avais délibérément fait abstraction et que je m'étais refusé à toucher – même dans les pires situations – avait disparu et avait été transféré sur les comptes d'Alban. Lorsque je lui demandai de m'expliquer cette transaction qui remontait à quelques semaines, il me dit simplement que c'était une erreur. Il bifurqua sans plus attendre sur un autre sujet – belle technique pour noyer le poisson.

J'insistai quand même pour qu'il me rende mon argent, ce qu'il fit dans un premier temps.

Je constatai que je n'avais jamais de retours, sur quelque sujet que ce soit. Il répondait toujours à une question par une question. Son histoire familiale et ses ex étaient scellées dans le béton et je prenais ce silence pour de la souffrance dont il n'avait pas encore guéri.

Au préambule de notre histoire, je tenais à ce qu'il me parle de ses qualités, il me sortit un truc bateau dixit : « J'ai le défaut de mes qualités. »

De mon côté, je pleurais très souvent sans savoir pourquoi, ou sans vouloir accepter le pourquoi.

Mon ami du garage *Opel* me rendit visite. J'étais dans un tel état dépressif qu'il récidiva ses mises en garde et insista, en répétant qu'Alban n'était pas fait pour moi. Je ne voulais pas l'entendre, car, certes, j'étais amoureuse, mais ma relation physique avec Alban me satisfaisait et cela me suffisait pour croire qu'il m'aimait.

Cependant, là aussi, nos rapports s'espaçaient et étaient toujours plus brefs, sous prétexte que j'étais « trop bonne ». Je mis ça sur le compte d'un début de relation et que les choses s'amélioreraient doucement, le temps que tout le monde s'adapte à ce virage à 90 degrés dans notre vie.

La routine s'installait. Je m'occupais de tout le monde ; je faisais le ménage, les courses, la cuisine, je travaillais durement, avec des horaires décalés de jour comme de nuit, et je gérais tout l'administratif – sauf les comptes.

Il m'enjoignit de dresser un cahier comptable, comme ma mère me l'imposait, où tout devait être retranscrit, au franc près, pour les dépenses et les entrées.

Je notais, il calculait.

Dès l'incident avec mon argent – qu'il avait tenté de dérober –, je n'ai plus eu accès à ses relevés bancaires. Il m'interdit d'ouvrir son courrier, mais lui ouvrait le mien sans aucun remords. Nous recevions encore la version papier du compte joint par courrier, qui était adressé aux deux noms, seul moyen qui me permettait de voir les transactions mensuelles.

Il gérait tout à distance grâce à des mots de passe qu'il me refusait. Pas même ceux qu'il créait pour mes comptes… À chaque fois que je revenais à la charge pour les obtenir, il me reprochait de toujours faire des histoires concernant l'argent. Mais outre le fait de ne pas pouvoir accéder à mes propres comptes autrement qu'en me déplaçant au guichet, le ratio des entrées et sorties ne correspondait pas du tout à l'argent que j'avais épargné. Il en manquait… et beaucoup !

Du côté de ma fille, cela n'allait pas mieux.

Elle abîmait tellement ses habits et ses chaussures qu'Alban finit par me contraindre à lui acheter uniquement des vêtements d'occasion. Je trouvais, à une centaine de mètres de chez nous, une association qui récupérait les dons pour les revendre à bas prix. C'est en devenant cliente que je commençais du bénévolat, pour y apporter mon aide.

De ce jour, ma fille fut exclusivement habillée en recyclé.

Dès le premier mois de notre vie commune, alors qu'Érika venait d'avoir quatre ans, il me dit qu'elle était assez grande pour faire son lit toute seule et se laver sans mon aide. Pensant qu'il avait raison et que je la couvais trop, je mettais en doute mon rôle de mère. Je cédai à sa requête et la laissai prendre de l'autonomie, bien plus vite que je ne l'aurais voulu. Insidieusement, je finis par m'occuper bien plus de lui que de ma propre fille. Je lui préparais tous ses repas sur demande : ceux du midi qu'il emportait au boulot et ceux du soir qui l'attendaient à la maison, même si j'étais au travail. Tout était prêt pour qu'il n'ait jamais rien à faire. Ces mêmes repas étaient entièrement préparés à partir de légumes frais. Le temps que j'y consacrais, que ce soit en faisant les courses, en arpentant les marchés ou en cuisinant était tout autant chronophage, mais je faisais mon maximum pour que ça se passe le mieux possible. Il m'avait averti qu'il n'était pas question d'acheter des conserves, mais je ne m'attendais pas à ce qu'il ne fasse ni les commissions, ni la cuisine, ni le ménage. Il sollicitait toute mon attention me réclamant des massages les dimanches après-midi dans le canapé, parce qu'il était fatigué et avait besoin d'attentions – Érika s'occupait, seule.

Malgré les caprices de ma fille, j'observai Alban avec Érika et je ne pouvais qu'apprécier sa bienveillance envers elle. Il lui apprit à faire du vélo, ce qui mit à rude épreuve sa patience d'ange. Il ne levait jamais la voix. Pour moi, cela était réconfortant, apaisant même, à l'opposé de ma précédente relation qui m'avait laissée exsangue. Vu son besoin de contrôle, il prenait les devants pour tout ce qui était administratif et je me laissai porter aveuglément.

Nous avions, sur notre porte, une plaque au nom de l'ancien occupant. Il souhaita la garder pour, selon lui, semer la confusion au cas où Rémi souhaiterait débarquer. Il ne saurait alors pas quelle porte de palier était la nôtre. Cependant, avec le recul, sa première préoccupation devait être l'économie sur l'achat d'une nouvelle plaque.

Je voyais son malaise lorsqu'il n'avait pas mis de côté au moins la moitié de nos salaires. Le nœud coulissant se resserrait de plus en plus. Prise à la gorge, je me sentais de plus en plus piégée.

Mon côté sociable était mis à mal, moi qui aimais tant passer du temps avec mes amis. Personne ne pouvait venir, ni moi aller à leur rencontre : il me taxait de sa présence intrusive. Bien sûr, il faisait en sorte que mon esprit me persuade que c'était ma volonté de couper mes liens amicaux et familiaux. Je ne vis plus aucun proche y compris ceux que je fréquentais avant mon départ. Ils ignoraient même où j'étais partie. Alban m'avait convaincue que cela pouvait être dangereux pour moi et que nous devrions déménager sans arrêt pour être « tranquilles ».

Il avait écarté tout le monde de ma vie, à l'exception de mon ami mécanicien. Les tentatives d'Alban pour m'en éloigner avaient toutes échoué, et il le craignait même certainement.

Probablement parce qu'il se méfiait de la nature de notre relation doutant qu'il n'y ait jamais rien eu d'intime entre nous – ce qui pourtant était le cas. Sa première idée, je le soupçonnais, provenait de sa peur qu'il réussisse à me convaincre de le quitter. Mon ami Luc comptait parmi les gens qui disparurent de mon sillon pendant longtemps. Il y eut deux évènements en vingt ans où je le croisai parce qu'Alban, pouvant m'accompagner, avait accepté les invitations. Je me retrouvais isolée, et ceci sans en prendre conscience. Ma vie roulait à cent mille à l'heure, pas de temps mort pour réfléchir à la toile d'araignée dans laquelle j'étais prisonnière et le tourbillon qui m'emportait loin de tous. La tête dans le guidon, je ne contrôlais plus rien. Ma fille pourtant envoyait bien des messages de son mal-être, entre élans destructeurs, crises de nerfs et terreurs nocturnes.

Par deux fois, il se montra intransigeant avec elle devant moi, mais sans élever la voix. Calmement, il lui avait mis son petit sac sur le dos et l'avait sortie hors de l'appartement en lui disant que si elle n'était pas contente, elle pouvait partir.

C'était violent pour Érika, elle n'avait pas l'habitude qu'il la chapitre de cette manière. Elle pleura jusqu'à ce qu'elle décide de revenir, calmée. Son sale caractère prenait de l'ampleur alors que tout lui était servi sur un plateau. À aucun moment, je n'imaginais que cela pouvait être autre chose. Aussi, le feu entre nous tous était attisé par ses tempêtes émotionnelles.

Sur ces entrefaites, nous fûmes présentées à mes beaux-parents dans leur ferme des monts du Lyonnais. Je fus choquée d'y trouver un confort spartiate au milieu des vaches, cochons et volailles. Nous rencontrâmes ma belle-mère, habillée d'une blouse comme portait ma grand-mère Blanche pour cuisiner.

Tout me rappelait la vie simple à la ferme. Enfin, l'image que l'on peut s'en faire…

L'évier de la cuisine servait de lavabo, n'ayant pour salle de bain qu'un bac à douche. La cuisine, d'un vert pétant, était équipée d'un poêle à bois, exactement comme chez Jeannot, notre voisin du Vercors. Les conditions de vie étaient des plus rudimentaires.

Je fus mitraillée de questions par ma belle-mère et trouvais cette première inspection plutôt légitime, pensant qu'elle souhaitait me connaître. Cependant, lorsque celles-ci revinrent sous une forme différente, je compris qu'elle avait un problème avec moi.

J'avais l'impression de subir interrogatoire sur interrogatoire par un policier qui essaye de vous faire avouer quelque chose. À table, elle ne lâchait pas l'affaire et continuait ses inquisitions, revenant sur certaines de mes réponses. Elle les rejetait en bloc et spéculait sur leur probabilité. Comme lorsqu'elle me questionna sur le baptême de ma fille et que je lui dis qu'elle avait deux marraines et non un parrain et une marraine. Comme elle était dans la religion, elle m'expliqua qu'elle savait très bien que cela n'était pas possible. Et personne autour de la table ne tentait de mettre un terme à toutes ses paroles, ses interrogations, ses humiliations permanentes envers moi.

D'entrée de jeu, elle m'avait fait remarquer que je couchais avec son fils sans être mariée !

Mon beau-père, brave homme, courbait l'échine et ne manquait pas de gentillesse. Jamais d'ailleurs, je ne l'entendais critiquer qui que ce soit, alors que sa femme n'avait de cesse de le faire. Pratiquants, ils se rendaient à la messe chaque fin de semaine pour se retrouver ensuite au bar du village où elle pouvait recommencer à déblatérer sur les uns et les autres.

Ma belle-mère s'était prise d'amour pour ma fille. Ayant eu quatre garçons, je comprenais son regard sur Érika. Elle répétait souvent qu'elle aurait tant voulu avoir une fille !

Par ma part, j'étais contente qu'Érika soit si bien acceptée, car aucun de ses grands-parents – ni de mon côté ni du côté de son père – ne faisait partie de sa vie de petite fille. Elle recevait enfin l'attention si importante d'un aïeul. En fin de compte, cela importait peu si elle ne partageait pas leur sang.

De plus, être avec les animaux de la ferme était un ravissement pour elle, puisque nous n'en avions plus à la maison.

C'était LA sortie de famille les week-ends soit tous ensemble si je ne travaillais pas, soit juste eux deux.

À chaque fois, Alban rapportait du fromage blanc fabriqué par sa mère, et dont il se nourrissait en quantité. L'amour dans cette famille se traduisait par la nourriture. Jamais en vingt ans, je ne les vis se toucher ou se faire la bise. Une salutation distante, c'est tout.

Ma fille s'y rendait pour les vacances scolaires, mais pas à ma demande. Simplement, je ne contrariais pas ses plans, car elle y était heureuse. Je compris plus tard que, d'une part, Alban avait pour objectif de s'acquitter de tous frais de garde, et, d'autre part, il offrait à sa mère la fille qu'elle avait toujours tant voulue.

Elle était ravie à son arrivée, mais chaque ouverture du sac de vêtements était sujette à de nombreuses critiques. Cela ne convenait jamais ! Je préparais pourtant des habits pour chaque occasion : une tenue pour la messe et d'autres pour traîner au milieu des animaux. Des vêtements sans grande valeur bien sûr, mais il ne manquait jamais rien. Alban s'abstenait de la contredire et ne prenait jamais ma défense. Pourtant, elle me faisait passer pour une mauvaise mère !

J'étais sa première belle-fille, celle de leur fils aîné, et pas de belle-sœur pour lui tenir tête ou partager les coups de bélier. Personne ne mouftait. Ses humiliations me faisaient pleurer : je me sentais seule et sans soutien. Me retrouver avec elle était une véritable angoisse, car elle savait où me piquer, et ce, sans que je m'insurge, par respect pour son âge. Alban ne restait jamais avec moi et montait dans sa chambre pour vaquer à des occupations mystérieuses dont je ne pouvais lui demander la raison.

Je me retrouvais souvent seule dans la cuisine alors que ma belle-mère faisait la sieste à côté et que ma fille suivait le papi dans ses besognes. Tout le monde partait : je devenais transparente !

Mon beau-père aimait réellement s'occuper de ma fille et il l'emmenait à travers champs, écurie, poulailler et jardins. Elle y était véritablement heureuse. Aucun câlin digne de ce nom ne lui était donné, mais elle avait de quoi manger et gambader.

Il n'y avait pas de lit pour elle chez eux, alors Alban leur avait fourni une chauffeuse que je possédais. Pendant des années, elle dormit dans leur chambre sur ce matelas de fortune.

De leur enfance jusqu'à l'âge adulte, les quatre frères avaient toujours partagé un lit pour deux…

Nous ne partîmes pas en vacances pendant plus d'un an. Alban n'en ressentait soi-disant pas le besoin. Son excuse était tout aussi déplorable qu'hypocrite : lui-même n'était parti qu'une fois, en voiture, tout seul, mis à part les camps dans lesquels il me dit avoir encadré les jeunes du village. Il m'expliqua également que ses parents les avaient amenés au parc de la Tête-d'Or à Lyon, soit à une trentaine de kilomètres de leur domicile – seul voyage dans toute sa jeunesse.

Pour moi, c'était compliqué de ne pas avoir de soupape de décompression pour m'échapper de mon travail trop pesant à cause des responsabilités, d'une vie citadine intense et du manque d'attention d'Alban.

À cette envie d'ailleurs s'ajoutait une intimité physique en passe de devenir inexistante sous prétexte qu'il était trop « fatigué ». Pas de vacances, pas de sexe, pas d'activités sportives, malgré des clubs à foison dans cette grande ville. Je me sentais prisonnière d'un train-train écrasant ! Sa défense, ses mots, ses arguments pour m'isoler étaient des plus obscurs, mais le résultat s'imposait de lui-même : je ne vivais qu'à travers lui.

Même quand Érika était en vacances chez les grands-parents, et qu'il arrivait que nous ne travaillions pas tous les deux, nous n'étions pas plus actifs ou ne partagions pas davantage de moments romantiques. Quand il se décidait – selon les désirs de « Monsieur » –, il ne répondait qu'à des invitations qui ne lui coûtaient pas un sou. Les concerts étaient les seules sorties auxquelles il consentait. Pourquoi ? Elles lui étaient offertes par ses collègues du métier…

Il m'avait emmenée quelquefois lors de ses soirées d'animation. Et c'est lors de ces soirées qu'une femme lui avait rapporté un bracelet en or avec des perles de culture anthracite. Elle lui avait demandé de faire une annonce au micro afin de retrouver la détentrice du bijou. Il lui avait assuré qu'il le ferait par la suite. Il ne l'avait jamais fait. Environ deux ans plus tard, il me l'offrit bien emballé lors d'une fête des Mères. Je me confrontai à lui en reconnaissant le bracelet de la fameuse soirée. De son audace habituelle, il osa me dire que je me trompais !

Ma façon de m'habiller ou de me maquiller était également sujette à remarques. Restrictions et j'en passe… Plus de jupes, plus de robes ! Il cachait sa misogynie derrière des propos désobligeants qui me poussaient à me remettre moi-même en question ainsi que mes tenues vestimentaires. Un jour que je voulais exceptionnellement mettre du rouge à lèvres, il me stoppa dans ma lancée en me disant qu'il détestait la sensation que cela lui procurait lorsqu'il m'embrassait. Il préférait que je n'en utilise pas et par conséquent, je n'en remis plus. Le succès était relatif puisqu'il ne m'embrassait pas pour autant – à part devant les autres, pour se donner des airs d'homme amoureux, et donc irréprochable.

Dès sa première venue chez moi, je me rappelais qu'il m'avait annoncé la couleur : « Je ne veux pas d'une belle femme, j'aurais trop peur qu'on me la vole ! » Sachant qu'il m'avait choisie, je me doutais du regard qu'il portait sur moi aujourd'hui.

À l'époque, j'étais fière qu'un homme charismatique comme lui me choisisse : j'avais l'impression d'être l'élue !

Il n'y avait plus de petites histoires au coucher de ma fille ; la vie était réglée comme du papier à musique, entre l'école et ses trois nourrices. Très rapidement, Alban me prévint qu'il n'était plus disposé à la récupérer en fin de journée. Il ne rendait pas les choses simples et il nous imposa très vite son rythme de vie. Il était tout le temps indisponible et ça l'arrangeait bien.

Pour faciliter les choses, j'avais accepté de ne travailler que les nuits, de dix-huit heures à six heures du matin. Après mes quarante minutes de trajet, marche et métro compris, je rentrais pour m'occuper d'Érika et la déposer à l'école. Je tentais, tant bien que mal et dans un état semi-comateux, de gérer mes devoirs de maman. Dormir jusqu'en début d'après-midi, s'atteler aux corvées, faire les courses et préparer les repas pour qu'il n'ait pas à le faire, aller chercher ma fille à la sortie de l'école et repartir dans la foulée pour une nuit de travail. Je m'astreignais à ne pas lâcher, à tenir, pour elle. Je devais les laisser seuls, cependant, je savais que je pouvais lui faire confiance. Je savais reconnaître les hommes violents et les pervers sexuels, et je savais qu'il ne faisait pas partie de ces catégories-là. Puis je changeai de travail pour un poste avec des amplitudes horaires moins importantes, et beaucoup moins de responsabilités. Pas moins difficile, je continuais à faire un maximum d'heures en décalé me rendant ainsi plus disponible pour ma vie de famille. De plus, je gardais un salaire honorable et des avantages non négligeables, ce qui m'encouragea à accepter ce CDI.

Je décidai donc de me mettre à la recherche d'un bien immobilier.

C'est quelque chose qui me tenait à cœur, peut-être que j'étais animée par le sentiment de sécurité d'avoir un toit au-dessus de ma tête et d'être ainsi à l'abri de la précarité.

J'avais déjà tenté ma chance à vingt-deux ans, mais le banquier qui m'avait reçue avait ajourné ma demande et m'avait encouragée à repasser dans quelques années. À l'époque, j'avais visité de belles et vieilles bâtisses à des prix bien modestes, avant l'euro et la venue de la Ligne à Grande Vitesse dans la région. Malheureusement, on ne m'avait de toute façon pas accordé de prêt. Après réflexion, ce n'était pas mon salaire qui était mis en cause, mais mon jeune âge.

Comme je ne pouvais pas honorer la promesse de jeunesse que je m'étais faite d'aller au Yucatán pour mes dix-huit ans, je m'étais juré de devenir propriétaire avant mes trente ans. Maintenant toutes les conditions étaient réunies : un CDI et un salaire suffisant pour réaliser mon objectif.

Alban ne l'entendait pas non plus de cette oreille, cachant ses intentions derrière une pincée de peur et de conseils déguisés : « Si ton ex nous retrouve, comment veux-tu déménager si on achète une maison ? » J'avais beau lui expliquer que cet argument n'était pas valable selon moi, car nous étions locataires depuis plus d'un an sans qu'il nous ait importunés jusqu'ici et je doutais qu'il le fasse à l'avenir. L'autre raison que j'évoquai, sans conteste la plus convaincante, était que je refusais de verser des loyers à vie. Il n'en démordait pas, et moi non plus du reste.

Ainsi je commençais à visiter des T2 pour ma fille et moi, car je pouvais me le permettre entre mon petit apport, mon salaire pour rembourser le crédit et des prix du marché qui restaient encore raisonnables. Je m'intéressais à un logement en particulier et de ce fait, il comprit le sérieux de ma démarche et mon départ définitif, sans état d'âme. Aussi, telle une anguille, il émergea du monde abyssal de la radinerie et exprima le souhait de faire cet achat en commun. Je le crus sincère et me laissai amadouer par ce soudain retournement de veste.

Je trouvai un excellent projet de maison de ville qui allait se construire dans un bon quartier de Villeurbanne, et proche de nos lieux de travail respectifs. Cet investissement sur plan apportait de nombreux avantages fiscaux grâce à mes faibles revenus des années précédentes et à la part fiscale de ma fille.

Les travaux commencèrent et le chantier devint notre sortie régulière afin de suivre l'avancement et, parfois, de corriger quelques erreurs. Nous étions en mesure de choisir l'agencement et les matériaux. Il m'attribua un rôle supplémentaire dans toute cette entreprise : trésorière officielle devant réduire au maximum les prix des factures. Ce n'était plus un budget serré, mais étriqué !

Le niveau de stress d'Alban atteignait des sommets. Il m'assurait que son travail en était la cause, je ne creusai donc pas plus avant le sujet.

Dès le début de notre couple, j'avais remarqué qu'il me sollicitait beaucoup pour lui rappeler les choses et qu'il oubliait souvent des faits récents. Je lui signifiais que je n'étais pas son cerveau et qu'il devait envisager de muscler sa mémoire. Alors que je lui avais acheté des livres d'exercices pour la renforcer, il n'en avait rien fait, ce qui ne m'étonnait pas outre mesure.

Une fin de journée, comme un boulet de canon, il m'annonça qu'il avait passé un examen cérébral et qu'il n'y avait pas d'évolution. Je tombai des nues devant une telle déclaration et lui demandai des explications. Un blanc envahit la pièce ne sachant comment répondre assurément. Les mots lui manquaient et il finit par m'avouer qu'il avait deux kystes au cerveau, mais que ce n'était « rien » ! Sauf que pour moi, c'était un nouveau mensonge – ils étaient déjà nombreux. Cette révélation expliquait de nombreux comportements que je trouvais douteux.

Comme à l'accoutumée, il passa vite à autre chose pour ne pas avoir d'autres questions de ma part. La chose que j'appris était qu'il devait passer des examens chaque année. Il ne me tenait pas au courant ni des dates des rendez-vous ni de l'évolution des kystes.

Ma charge mentale, quant à moi, commençait à déborder à force de devoir tout gérer. Les travaux, les matériaux à choisir, l'agencement... Mon esprit était en mode automatique, pas le temps de penser au superflu.

Les petites accalmies que j'expérimentai arrivaient lorsqu'Érika était chez les grands-parents, ce qui me permettait de ne pas courir entre les trois nounous ! Je ne subissais plus cette pression qui était à son paroxysme quand elle entrait dans ses moments de rébellion, ceux où elle n'avait aucune maîtrise de ses émotions. Néanmoins, après chacun de ses retours, la situation empirait à vue d'œil. Je mis cela sur le compte d'un trop grand laxisme chez eux. L'hygiène s'avérait très secondaire pour eux, alors qu'à la maison elle devait faire son lit et se laver tous les jours – le corps ET les dents.

Bien sûr, les contraintes ne l'intéressaient pas. Cependant, on élève ses enfants pour en faire des adultes respectables et respectueux et ne pas tenir cet engagement, c'est les abandonner à un avenir bien terne.

Je retrouvais régulièrement Alban et ma fille sagement sur le canapé, mais entre ma fille et moi, cela devenait électrique. Érika me rejetait de plus en plus sans que je sache pourquoi, alors que tout allait bien entre elle et son beau-père. Mon cœur de maman était blessé.

L'été 1999, je réussis à le convaincre de partir en vacances pour décompresser de tout ce lourd quotidien qui m'oppressait. Il fut d'accord, mais la condition sine qua none était de partir avec son utilitaire, afin de dormir à l'arrière. Érika ne pouvait pas nous accompagner faute de place. La belle-mère se montrait ravie de s'en occuper pendant notre périple. Entre ça ou rien, il est vrai que je n'hésitai pas, car tout le monde était ravi de cette organisation. De mon côté, j'acceptai – encore – de leur confier ma fille pendant quelques jours pour retrouver notre complicité d'avant. Nous partîmes plus d'une semaine dans les Pyrénées-Orientales, où je découvris le plus extraordinaire des monuments que j'avais pu voir de toute ma vie. En insistant, je le visitai. Il s'agissait du Fort Libéria et je tombai ainsi en admiration devant ses presque huit cents marches souterraines qui le relie au village de Villefranche-de-Conflent, ville fortifiée par Vauban et admirablement conservée.

Je ne pus m'émerveiller devant ses trésors que vingt ans plus tard. Si j'avais dû résumer en un mot la conception des vacances pour Alban, le seul me venant spontanément aurait été « frugalité ». Subrepticement, il inventoriait ou évaluait chaque dépense.

D'un caractère arrangeant, je m'adaptai au mini-matelas posé sur la tôle du coffre, malgré mon mal de dos, ainsi qu'à l'absence de sanitaires et d'eau chaude, aux repas frugaux, etc. La seule dépense qui sortait de l'ordinaire était le carburant. Je ne pensais pas à réclamer plus : j'étais contente d'avoir réussi à m'extraire des charges quotidiennes. Une lourde bataille de gagnée !

À Collioure, je dérapai sur un rocher alors que j'allais chercher une épuisette qu'Alban m'avait demandée. À force de douleur et d'insistance, je réussis à le convaincre d'aller à l'hôpital le lendemain : je m'étais fracturé le poignet et je fus immobilisée pendant plusieurs semaines. Il ne me témoigna aucune compassion, j'avais même l'impression d'exagérer à quel point j'avais mal.

J'avais pu téléphoner à ma fille, mais toujours de manière hâtive sous prétexte de ne pas déranger ses parents. Au bout des treize jours, lorsque je la récupérai, elle sentait le fumier et avait le dessous des ongles souillés de vieille terre. À contrario, ses habits étaient lavés et rangés dans son sac, les soins apportés aux vêtements semblant plus essentiels aux yeux de ma belle-mère. Pourtant, elle ne manquait jamais une occasion pour me critiquer sur ce qui lui semblait inadmissible – de son point de vue. Inversement lorsque j'adressais mon mécontentement à Alban sur l'énorme manque d'hygiène de ma fille parce qu'on ne l'avait ni lavée ni encouragée à se brosser les dents durant des jours, il ne m'écoutait pas. De plus, il fermait les yeux sur les paroles constamment blessantes de sa mère à mon égard.

Jamais il ne me soutenait pour quoi que ce soit.

Lors d'un de ses nombreux interrogatoires, je racontai que nous étions allés au cinéma. Sans préambule, elle me demanda combien cela avait coûté. Surprise, je lui répondis que les places étaient revenues à cent francs. Elle rétorqua, mauvaise : « Vous n'avez pas d'autres choses à payer que ça ? »

Ses paroles claquèrent dans ma tête. Je restai scotchée par cette réflexion de nouveau basée sur l'argent. Décidément, son manque d'ouverture sur le monde m'accablait chaque fois un peu plus.

C'est vers cette période que je développai une nouvelle intolérance peu banale : je devins hypersensible au soleil ! Ma peau brûlait et des plaques rouges apparaissaient et me démangeaient sur tout le corps. Pour une sudiste comme moi qui, tels les lézards, avait besoin de cette énergie pour recharger mes batteries, c'était une sacrée épreuve de devoir m'en cacher, de devoir prendre des antihistaminiques, d'appliquer des écrans solaires indice 50, et d'avaler des gélules pour colorer ma peau, afin de contrecarrer cette malédiction.

Se battre contre le soleil… Mon corps devenait mon propre ennemi. Je n'avais même plus cette caresse pour me réchauffer le corps et le cœur.

Mes ailes de papillon se brisaient comme du verre et je ne voyais rien, je ne sentais rien : je devenais hermétique aux obstacles qui se présentaient à moi.

Les choses s'accéléraient sur tous les plans, et notamment dans notre vie de couple. Notre achat immobilier nous incitait à envisager une protection fiscale. Alban proposa de se pacser et là encore, je ne m'imposai pas et je suivis le mouvement.

J'apprendrai plus tard qu'il n'y avait pas d'avantages supplémentaires à être sous ce type ce contrat. Par contre, avec la demi-part fiscale de ma fille, le fait que nous puissions faire notre déclaration d'imposition en commun nous faisait économiser une belle somme sur ses impôts. Tout était consciencieusement calculé, et je ne voyais rien.

Le jour du pacs, au tribunal de Villeurbanne, il me rejoignit sur place en milieu de matinée pour signer les documents. Il repartit aussitôt au travail – sans même un regard – me laissant abasourdie et déçue. Certains organisent une cérémonie pour fêter leur union : un moment heureux attendu et partagé avec des invités autour d'un bon repas. Je restai saisie de solitude devant l'agent assermenté. Ce n'était, en fin de compte, que la continuité de tout le reste.

À la suite de cette « formalité », nous passâmes devant le notaire pour acter notre achat immobilier et, comme conseillé par notre juriste, établir notre testament. La liste de chacun devait stipuler nos possessions respectives. Ayant construit une vie avant lui, la mienne aurait dû être longue. J'y notai pourtant que les biens de grande valeur, telle que ma voiture neuve, le reste était superflu. De son côté, quasi rien définissait son patrimoine, donc je pensais qu'il n'y mettrait que sa vieille voiture. Ce fut le cas, mais il y ajouta son vieil aspirateur-balai, son radio-réveil et… sa trousse de toilette ! Le notaire lut sa liste et, consterné, il m'observa avec un regard rempli de compassion.

Alban enchaîna : « Avec les parents que tu as, on ne sait jamais, s'il t'arrive quelque chose… » puis il rebondit en posant une question au notaire.

Quelques semaines plus tard, il suggéra de changer ma voiture, car ma trois portes n'était pas pratique, d'après lui. Il était pourtant très content de s'en servir à la place de la sienne. Je dis donc adieu à « ma pomme verte » qui fut remplacée par un *Citroën Berlingo* d'occasion, le premier des neuf que nous eûmes.

Cependant, il se rendait tous les jours à son travail à vélo s'obligeant à faire de nombreux kilomètres pour économiser sur le carburant.

Dans mon état de fatigue psychologique et physique, il me fallut plusieurs semaines pour me rendre compte que ce véhicule était désormais aux deux noms. Il avait été principalement financé par l'apport provenant du rachat de ma voiture et Alban n'avait pas rectifié le déséquilibre vu que le dernier quart à payer venait du compte commun. La valeur de la reprise de ma propre voiture était discrètement partie dans la communauté de biens. Je lui en fis la réflexion, mais encore une fois, Alban me renvoya dans les dents que je tournais en boucle avec l'argent. Il me donna l'impression que je n'étais qu'un disque rayé... Sa critique me toucha, car je savais que c'était faux. Je ne pus exprimer mon sentiment d'injustice : son verbe ne me laissait pas le temps de former une répartie. C'était sa technique pour esquiver les sujets sensibles.

Je ne récupérai jamais mon investissement et ne compris que bien plus tard ses mécanismes de manipulation pour dévier la conversation contre moi. Je devenais la rabat-joie de la maison !

Vers la fin du CP d'Érika, les choses se corsèrent encore : colères destructrices, crises sans filtre et pleurs sans fin. Je versai autant de larmes qu'elle. Comment le corps pouvait-il libérer autant de chagrin ? Épuisée, portée par une incompréhension quotidienne, j'étais accablée de doutes, de remords. Ma confiance en mes capacités de maman semblait avoir été piétinée à terre. Échec, échec, échec, j'étais ensevelie sous des montagnes d'échecs !

J'en vins pour la première fois à la fesser ayant épuisé

toute ma diplomatie. Je n'avais pas conscience qu'Alban était déjà à l'œuvre en coulisses… Et lui, il ne supportait plus nos pleurs et il me lança un ultimatum : « C'est elle ou moi. ». Un choix cornélien que je me refusai à prendre, mais il fallait bien se rendre à l'évidence : ce n'était plus vivable ! Nous étions dépassés par le comportement de ma fille.

Pour autant, je n'envisageai pas une seule seconde de l'envoyer chez son père, car il aurait été bien incapable de s'en occuper, à la condition même de vouloir la prendre chez lui – ce dont je doutais fermement. Sans autre choix, il ne restait plus que l'internat. À sept ans, elle partit donc de la maison toutes les semaines, ne rentrant que les week-ends et les vacances scolaires.

La ville disposait d'une pension pour les enfants en primaire en Isère. Ce qui avait attiré mon attention, c'était le château qui abritait l'internat et les classes qui accueillaient des effectifs inférieurs à six élèves. De plus, j'avais embelli son cursus avec des cours d'équitation. Malgré cette situation douloureuse pour moi, j'y trouvai un certain apaisement. Érika ne montrait pas de signes de mécontentement pour cette nouvelle existence en internat et s'adaptait bien à la vie en communauté. Elle m'avoua bien des années plus tard que cela avait tout de même été une bonne expérience.

Je m'occupais seule de l'emmener au car le lundi matin et de la récupérer le vendredi soir, devant ainsi jongler avec mes horaires décalés pour ne pas être défaillante sur ces trajets. Les belles paroles tombaient encore aux oubliettes : Alban ne voulait plus entendre parler d'elle et abandonnait son rôle de beau-père !

Je n'avais plus d'allocation d'aide à la garde, mais les frais de l'internat étaient dérisoires. Plus de frais de nourriture, de cantine, de nounou, hormis les week-ends où je travaillais. Alban y gagnait sur tous les plans !

De son côté, toujours égal à lui-même, il menait sa vie comme il l'entendait. Absent et injoignable, je ne savais pas ce qu'il faisait en dehors des heures de bureau. Il veillait à m'appeler avant chaque pause-repas. Ce n'était pas des mots doux, mais je me persuadai qu'il cherchait à s'intéresser à ce que je faisais. Comme dans un film intérieur que je visionnais seule, je prétendais qu'il était attentionné et que ses petites attentions suffisaient à mon bonheur – même fugace.

Il disait avoir des cours du soir de guitare et d'anglais, mais les lieux restaient un mystère, et je n'en voyais aucun résultat. Je me renfermai et ne m'autorisai aucune question. Je vivais dans un vide d'incompréhensions.

Il avait également régulièrement de gros soins dentaires dus à l'absence d'hygiène dans sa jeunesse, et, en plus de vingt ans, les implants et autres traitements coûteront le prix d'une voiture neuve. Le compte joint lui servait de puits sans fond, ce qu'il n'aurait pas toléré que je fasse pour moi ou pour ma fille !

Nous priver, oui, se priver, non…

Avant que l'on déménageât, son frère nous quitta pour loger chez les curés villeurbannais. Celui-ci me présenta par la suite son petit ami, mais c'était absolument tabou d'en parler. Alban me rembarrait d'un ton sec lorsque j'évoquais le sujet, même entre nous. Il fallait surtout ne rien révéler à sa famille. Je le plaignais de ne pas pouvoir être lui-même auprès de ses proches et de devoir cacher son compagnon.

Se taire était une règle commune dans sa famille autant que dans la mienne.

La présence de son frère chez nous avait été discrète, mais elle avait entravé notre intimité. Cela arrangeait bien Alban, il ne me touchait presque plus sans subir le poids de l'abstinence. Du moins, son attitude ne trahissait aucune frustration.

À défaut de vivre des moments réjouissants avec lui, je palliai ma solitude avec des sorties randonnées les jours ou demi-journées de libres en semaine. C'était ma manière de décompresser, un peu… Je m'y rendais avec un collègue que j'affectionnais et avec lequel je ne risquais rien au vu de son attrait pour la gent masculine. Je lui fis rencontrer Alban pour que ce dernier soit rassuré sur mes fréquentations. Ce besoin imperceptible se répandait dans mon corps et dans ma tête. Il me dictait silencieusement ce que je devais faire pour satisfaire sa curiosité sans bornes, tandis que la mienne ne l'était jamais.

Je parcourus quelquefois ainsi la région lyonnaise. Cette soif de liberté contrebalançait mon sentiment d'être prise à la gorge. Je respirais, loin de chez moi, loin de lui !

Ces balades ne durèrent pas : Alban s'arrangea pour greffer toujours plus de tâches dans mon emploi du temps. Je croulais sous cette montagne de choses à gérer, y compris les préparatifs pour notre maison. Mon beau-frère, menuisier de métier, fut chargé de nous fabriquer les meubles de la cuisine et de la salle de bain. Hormis son aide pour les gros ouvrages, je me débrouillai seule. C'était un triplex avec un grand garage au rez-de-chaussée, un escalier menant à un étage où se situaient la salle de bain, les toilettes, la chambre et un grand placard. Un autre escalier en bois conduisait au dernier étage desservant directement une cuisine provençale ouverte sur le salon et sur une terrasse de dix-neuf mètres carrés. Notre chambre attenante était également à ce niveau de la maison.

Je me donnai du mal pour que tout soit « parfait ». Cette perfection conférait du sens à ma mission. Je n'avais pas peur de m'y atteler en conjuguant mes efforts entre mon activité professionnelle et l'ameublement. Mes matinées commençaient à quatre heures et je sautais dans mon bleu de travail dès mon retour à la maison. Je ne laissais pas la fatigue me gagner : j'assumais, tout simplement.

Alban avait des exigences auxquelles je me pliai.

Je commençai par peindre le sol du garage avec une peinture spéciale anti-traces : je cautionnais sa maniaquerie et pris sur moi pour que *Monsieur* valide la propreté de l'endroit. L'adage pour motiver l'opération revenait à me mettre la pression pour que l'on puisse y « manger par terre ».

Ce garage était destiné à abriter seulement sa vieille voiture, ses amas de tout et de rien, son vélo, et avec toute sa sollicitude coutumière, il m'accorda un minimum d'espace pour mon vélo. Mon véhicule neuf dormait dehors alors que c'était un garage deux places !

Il protégeait cet endroit pour que nous ne l'envahissions pas. Je ne comprenais pas cette obsession ni cette surveillance excessive.

Je décidai de faire les stages de *Castorama* pour apprendre à installer la douche et les WC. Je posai le lino, le lambris et la faïence dans les sanitaires et la cuisine. Un de mes amis fabriqua à ma demande des doubles barres de rideaux, pour porter ceux que je confectionnai pour les grandes baies vitrées. J'étalai un petit crépi grésé sur tous les murs et peignis toutes les portes tandis que je fis appel à un autre ami pour teinter ceux des escaliers que je ne pouvais pas atteindre. Pour finir, je fabriquai le dessus et la tête de lit.

Tout était harmonieux, mais, comme dans l'ancien logement, pas question de faire un trou dans le mur pour y mettre un tableau. Alban trouvait la décoration superflue et arguait qu'il n'était pas nécessaire d'ajouter des « attrape-poussières ».

Il investit dans une alarme qui le rassurait. Je n'avais aucune idée pourquoi elle le sécurisait alors que les maisons étaient les unes sur les autres avec une vue imprenable sur chacune des propriétés voisines.

Son frère fit un excellent travail qui rendait à merveille. Cependant, ses créations coûtèrent extrêmement cher. Alban le paya avec l'argent tout droit sorti de notre compte, mais toujours sans que je sois présente. Je fus choquée par de tels montants, mais évidemment j'eus la discrétion de ne pas interroger mon beau-frère. Ma sensibilité inhibait ma curiosité.

Sans que je le sache, il demanda à son frère d'équiper notre cuisine avec des rangements secrets où il planquait ses plus précieux trésors.

En parlant d'économies compulsives, tout était matière pour lui à ne pas dépenser d'argent. Il rapportait ainsi nombre de stylos, de tee-shirts publicitaires, neufs ou pas, du matériel de bureautique, des outillages de marque – des piles par centaines, encore emballées. Il rapportait du café, de l'essuie-tout, du papier toilette, des produits ménagers, des sacs-poubelle, et j'en passe : je n'en achetai pas pendant VINGT ans !

Je savais que toutes ces fournitures provenaient de son travail. Il avait beau me dire que c'étaient des cadeaux offerts par son employeur, ses explications foireuses ne tenaient pas la route.

Je n'avais aucune place dans aucune pièce. Je ne me sentais pas chez moi et j'étouffais dans ma propre maison.

Devant l'amoncellement de ses larcins qui envahissaient tout le garage et la maison, je lui recommandai d'aller consulter un psychiatre.

Il accepta sans que j'aie à insister.

Y alla-t-il réellement ? Le jour J du supposé rendez-vous, quand il revint à la maison, je le questionnai sur le déroulement de son entretien avec le psychiatre et il me soutint que j'étais le problème selon le docteur et que tout allait bien chez lui. De nouveau, j'étais celle qui compliquait sa vie ! Et comme par hasard, il n'avait rien à se reprocher. Était-ce une ruse pour renverser la situation et nier qu'il avait bien un trouble de santé mentale ? J'étais stupéfaite qu'un psychiatre puisse émettre un tel diagnostic sans avoir rencontré les deux parties. Je préférai ne pas relever et n'évoquai plus le sujet. Je savais qu'il ne règlerait pas ses tendances compulsives.

Un autre incident arriva peu de temps après : nous étions en voiture et je ne sais plus pour quelle raison, sans que rien ne se soit passé pour qu'il s'emporte, un « Mais quelle conne ! » lui échappa. J'arrêtai la voiture tellement j'étais choquée. Les mains serrées sur le volant, je lui demandai de répéter ce qu'il venait de me dire. Il me renvoya dans les dents qu'il fallait que je consulte à mon tour et il enfonça le clou en me disant que j'entendais des voix !

Il jouait avec les humiliations comme un prodige des mots : avec emphase et maîtrise… Il accumulait les bassesses et les propos détournés.

Ce qui était tout aussi déviant étaient ses pratiques sexuelles, le peu de fois où il était disposé à me montrer son affection. Je doutais depuis un moment de son hétérosexualité. Il me choquait parfois avec ses demandes qui semblaient tout droit sorties d'un film de relations homosexuelles jusqu'au jour où je lui en fis la remarque. Sa démarche, ses manières, ses fréquentations, ses bijoux : je ne pouvais que faire le triste constat que peut-être il niait sa vraie nature et son attirance envers les hommes.

Il eut un petit rire indéchiffrable et se détourna de moi sans essayer de se défendre ou de se justifier. Me rassurer ne semblait-il pas être la première chose à faire ? Est-ce que je me faisais des idées ? Le lendemain, il n'avait plus sa boucle d'oreille qu'il portait pourtant depuis des années. Il prétendit l'avoir perdue, comme par hasard... À la suite de cette histoire, il n'arrêtait pas de m'identifier à un homme malgré mes cheveux longs, ma voix féminine et posée. Certes, je ne me maquillais pas et je portais des pantalons, mais Alban en était la cause. Mes fréquentations ne me renvoyaient pas cette image masculine qu'il avait de moi. Je me sentais femme et lui soutenais que je n'en étais pas une ! Il insistait comme si ça l'amusait.

Lorsque ma fille revenait pour le week-end, nous étions heureuses de nous retrouver, mais avant la fin des deux jours, la tension était telle que nos disputes éclataient de nouveau. Alban n'utilisait même plus le prénom d'Érika et la nommait seulement « ta fille » d'un air dédaigneux et plein de fiel.

Que faire quand l'une était remplie de colère et l'autre ivre de mépris ?

À la fin de son CE1, l'internat ferma ses portes définitivement et elle fut inscrite à celui de Lyon. J'avais cependant le cœur serré de laisser ma fille dans ce château au milieu d'enfants dont les familles échouaient dans leurs rôles de parents. Je cochais plutôt la case de « parent absent », car j'avais dû accepter un travail aux horaires décalés, ce qui me faisait culpabiliser. Cependant, je n'étais pas la seule dans cette situation, l'établissement accueillait un fils de gendarme, papa solo.

Alban ne revint jamais sur sa décision de ne plus s'occuper d'Érika. L'organisation des trajets devenait stressante avec mes horaires. J'ajoutais du poids sur mes épaules et je devais vite trouver une solution. Je dénichai, en dernier recours, une habitante du quartier dont la fille suivait l'école au même endroit : nous nous organisions pour partager les trajets, une le lundi, l'autre le vendredi.

Pendant les vacances scolaires, Érika partait à la campagne où elle adorait passer du temps. Ma belle-mère en profitait pour me faire comprendre qu'elle avait élevé quatre enfants et me ramenait toujours à une position d'infériorité. Je prenais des coups invisibles sans protester. Cependant, je n'en pensais pas moins : je me défendais auprès d'Alban en appuyant sur le fait qu'elle n'était ni affectueuse ni tolérante. Elle critiquait tout et tout le monde. Elle était plus douée pour ouvrir des boîtes de petits pois et cuire des pâtes que pour cuisiner les légumes du jardin.

D'après son fils, elle ne pouvait pas assumer le linge et préparer des plats élaborés comme je le faisais, car cela lui demandait beaucoup trop de travail. Foutaises ! Je ne pouvais bien évidemment pas m'exprimer à mon aise, de toute façon, personne ne serait venu à mon secours, alors à quoi bon ?

Les fêtes pointaient le bout de leur nez. À Noël, la magie n'existait pas. Quoique catholique pratiquante, ma belle-mère n'hésita pas à me demander, devant ma fille toute jeune, si Érika croyait encore au père Noël. Une autre année, elle nous divulgua à ma fille et moi – sans aucun tact – qu'elle avait mis les cadeaux de Noël dans l'armoire de la chambre du haut. De mon côté, je faisais tout mon possible pour que ma fille puisse y croire le plus longtemps possible, car jeune, j'avais découvert beaucoup trop tôt que le père Noël n'existe pas et je ne voulais pas qu'elle soit privée de cette période précieuse où notre cœur d'enfant est encore pur et innocent.

Ma belle-mère rigola, moqueuse, et m'interpella sans se soucier de l'air interrogateur d'Érika : « Mais elle y croit encore ? »

La délicatesse, elle ne connaissait pas et ne faisait pas d'efforts. Chaque parole proférée relevait soit de l'inquisition, persuadée que je mentais comme je respirais, soit de l'humiliation.

Ces quatre fils lui vouaient une véritable vénération. Cela me faisait penser à ma grand-mère paternelle qui maltraitait ses enfants, mais qui, de toute évidence, était idolâtrée de toutes parts. Je ne comprenais pas le dévouement envers quelqu'un qui n'avait aucune considération pour les autres.

Érika l'appelait quelquefois « maman » et autant dire qu'elle gloussait de joie à l'idée d'avoir cette place privilégiée dans la vie de ma fille. Je tentai de stopper ce manège, car je voyais bien dans son jeu qu'elle s'appropriait mon enfant. Dépourvu de tout discernement, Alban insistait pour l'envoyer chez ses parents, non seulement pour faire des économies, mais toujours pour combler le désir de sa mère d'avoir une fille.

En usant de beaucoup d'arguments avec Alban, car mon CE proposait des tarifs très avantageux, je pus envoyer Érika en colonie de vacances en Corse au lieu de ses vacances habituelles à la ferme. Elle revint avec ses draps mangés à cause des terreurs nocturnes qui avaient gâché son séjour. J'imaginai que c'était notre séparation qui l'avait perturbée : c'était la première fois qu'elle avait voyagé sans nous.

Alban utilisa cette expérience ratée pour s'opposer à de nouvelles colonies de vacances et la confier de nouveau à ses parents.

Toutes les fois où elle revenait de chez ses grands-parents, Érika était toujours plus à fleur de peau et résistait à mes tentatives d'approche. Son caractère empirait et je restais, là encore, dans l'incompréhension la plus totale. J'insistai pour savoir ce qu'il se passait dans sa tête de petite fille. Sa dernière remarque tomba du ciel comme un éclair en plein cœur : « De toute façon, tu ne m'aimes pas ! ».

Estomaquée, ces mots me bouleversèrent. C'était aux antipodes de mes sentiments envers elle ! Du confort, des sorties, de la tendresse, je tentais de lui apporter un semblant de stabilité pour qu'elle ne perde pas ses repères. Cela ne lui suffisait pas, ou ne la contentait pas, sa colère prenait toujours le dessus !

Je me rendais compte que nous avions perdu notre complicité et qu'il n'y avait plus de gestes tendres entre nous. J'avais toutes les peines du monde à percer sa carapace et elle me renvoyait au visage, avec une violence enfantine, mes tentatives ratées.

Durant cette période en demi-teinte, son père se manifesta par l'intermédiaire de la Police nationale. Il apparut comme par magie pour prendre sa place de père dans la vie de notre fille. À bien y réfléchir, je me disais que son problème venait peut-être de la privation de ce père qui s'était écarté volontairement de sa vie. Une attente passive à la hauteur d'une rébellion active : une petite fille qui peinait à gérer ses émotions. Alors j'accordai à son père de la prendre chez lui un weekend, en essai. Mais en la récupérant le dimanche, il s'empressa de me dire qu'elle avait été pénible et que ces deux jours avaient été compliqués pour lui.

Il ne nous donna plus aucun signe de vie – ni en chair et en os ni par un quelconque soutien financier. Rémi ne semblait pas rongé par les remords de me laisser l'entière responsabilité de cette enfant que nous avions conçue ensemble.

Le plus dur à supporter était qu'Érika en fut blessée, et encore plus perturbée. Quelle petite fille ne l'aurait pas été ? Dans mes tripes, je savais qu'il n'était pas capable de s'intéresser à quelqu'un d'autre que lui-même. J'étais persuadée qu'il ne reviendrait vers elle qu'une fois qu'elle serait majeure et vaccinée.

Par ailleurs, elle était autant fatiguée de moi que je l'étais d'elle. Elle explorait de nouvelles sortes de bêtises – dangereuses et inquiétantes – qui me rendaient folle. Je savais qu'elle exprimait son mal-être, mais j'étais exaspérée par son attitude. Quant à moi, les charges mentale et physique débordaient de toutes parts ; mon vase émotionnel n'était plus assez grand… Je passais mon temps à pleurer ne trouvant pas de solutions à ses problèmes. Je l'avais conduite chez plusieurs pédopsychiatres, mais aucun ne parvenait à donner le même diagnostic. Restant dans le flou et ne pouvant l'aider, j'étais perdue et à bout.

Et ce qui devait arriver arriva, pour mon plus grand malheur ! Étant écrasée par la pression d'un quotidien rempli de cris et de larmes dans lequel je m'asphyxiais, je lui mis une fessée sur le haut de la cuisse. Je ne me rendis pas compte qu'elle avait été marquée par mon geste. Bien sûr, ce fut une réaction mécanique, mais j'étais pourtant désarçonnée par la tournure des évènements.

Quelques jours plus tard, je fus informée qu'un signalement de l'internat avait été déposé sur la base d'un constat physique. Ils avaient considéré que ma fille pouvait être dans un environnement toxique et maltraitant. Pouvais-je me trouver plus au fond de l'abîme ? Plus le temps passait, plus je sentais que le sol se dérobait sous mes pieds. Ce fut dans un état second que je me présentai devant le juge pour enfants, pour les faits d'avoir administré une fessée et d'avoir privé Érika de desserts. Pour elle, les desserts étaient synonymes de crèmes au chocolat et vu que je lui en donnais d'autres sortes, elle pensait que je la punissais. La juge constata l'incompréhension de ma fille et abandonna la charge.

En outre, je fus sermonnée pour la fessée, incident que je n'avais pas nié.

Il était facile de supposer qu'avec mon passé, le schéma familial pouvait peser dans la balance et que je tombais dans les mécanismes d'un mimétisme malsain. Néanmoins, je n'avais jamais levé la main sur ma fille avant de vivre avec Alban. Il avait bien travaillé...

Il m'accompagna à l'audience, mais sans la moindre intention de témoigner en ma faveur. Il n'était pas question de lui dans cette confrontation alors son intérêt ne fut que limité. Je ne compris que plus tard – avec le temps – qu'il prenait un malin plaisir à me voir m'enfoncer et à souffrir en silence d'une situation qu'il avait entièrement créée en douce !

Je n'arrivais pas à comprendre comment j'en étais arrivée à ce point de rupture avec ma fille. J'avais quitté son père parce qu'il l'avait fessée et je me retrouvai citée à comparaître devant un juge pour la même raison. La juge décida d'une AEMO[7] pour six mois : procédure qui consistait, à cette époque, en trois rendez-vous avec une assistante sociale qui, je dois bien l'admettre, ne furent d'aucune utilité.

Au bout des six mois, la mesure fut levée, et la vie reprit son cours, du moins en apparence.

---

[7] Action Éducative en Milieu Ouvert.

Cela précéda de près les vacances de l'été 2002, période qu'Érika passa chez les parents d'Alban. Cet interlude juridique fut une invitation ouverte à une débâcle de commentaires durs et bruts dans la bouche de sa mère. Elle jubilait, car cela apportait du crédit à ses réflexions.

J'y devenais presque insensible, ou peut-être que je voulais m'en persuader.

Seuls, nous partîmes de nouveau sur la route avec la voiture d'Alban, et son confort spartiate, pour faire un petit tour d'Europe. Des vacances qui baignèrent dans sa pingrerie légendaire, me privant de découvrir les monuments que je m'étais mis en tête de visiter. Ma frustration, elle, macérait dans la plus piquante des sauces ! Je n'avais pas mon mot à dire et Alban traçait la route sous prétexte que cela n'avait pas d'intérêt.

Le premier soir, je me sentis mal. Plus les jours passaient, plus les malaises s'aggravaient. À chaque moment, je me sentais mourir ; mon corps tombait en ruines tel un château de cartes fragile. Dans le même temps, je n'arrivais pas à entrer en contact avec ma fille. Étant le seul détenteur d'un téléphone, Alban ne me laissait pas l'appeler en toute liberté et du côté de mes beaux-parents, je soupçonnai qu'elle était délibérément écartée des conversations téléphoniques. Je souffrais de ne pas pouvoir lui parler, mais j'étais impuissante et lui, il était sourd à mes revendications de maman.

Durant les dix-sept jours du voyage, les malaises apparaissaient de plus en plus tôt et la sensation que mon cœur allait lâcher ne me quittait plus. Alban s'impatientait et me renvoyait l'image d'une affabulatrice. Le retour ne fut donc pas plus heureux que le départ…

Je commençai alors des examens qui ne révélèrent rien, jusqu'au jour où je ne pus plus me lever. Un médecin se déplaça à la maison et prit ma tension. Elle était si basse qu'il me fit hospitaliser sur-le-champ.

Ils me firent une batterie d'examens, des prises de sang à l'IRM. Bref, toute la panoplie pour déceler ce que le médecin ne pouvait diagnostiquer. J'y restai une semaine, où je passai mon temps à dormir. Ils restaient dans un flou clinique, et moi je me desséchai dans ce désert médical. Finalement, on me conseilla de consulter un psychiatre et d'aller en cure thermale pour me reposer.

Chaque jour était un cauchemar : c'était forcément le dernier de ma vie, tant la sensation de sombrer était grande. Comme une loque, je me traînais pour faire mes corvées ménagères. Je me recouchais dès que je le pouvais. Mon arrêt de travail dura un semestre. Je partis en cure thermale à Gréoux-les-Bains, où j'avais loué un studio pour les trois semaines de soins. Cette cure n'avait pas d'autre objectif que de me reposer. Les bains me firent du bien et je recommençai à apprécier les marches à pied.

Vers le milieu de mon séjour, un soir très tard, quelqu'un tambourina à ma porte. Prise de panique, je regardai par l'œilleton : il était là ! Alban était arrivé sans prévenir, de nuit. Le coup de la surprise passé, je me demandai pourquoi il avait préféré ne pas m'en informer. Étant séparée de lui depuis plus d'une semaine, j'étais contente de cette attention : il avait avalé les kilomètres pour me voir. Il ne resta qu'un jour, et j'avais à nouveau perdu mes forces !

Je retournai chez moi en meilleure forme qu'à mon départ. Je m'étais appliquée à peindre des cailloux ramassés à la rivière sur mon temps libre et je les offris à Érika en rentrant.

Pendant la cure, j'avais également eu la chance de faire la connaissance des personnes de l'étage du dessus qui m'avaient invitée à manger à leur table tous les soirs. Ce fut une belle rencontre et nous sommes restés amis, malgré la très grande distance qui nous sépare.

À ma sortie, le rendez-vous pour ma première consultation psychiatrique fut fixé.

Le plus difficile commença…

Je revécus intensément mon enfance faisant défiler les souvenirs en mots. Je vis des larmes remplir les yeux du psychiatre. Après m'être épanchée, il ne put retenir sa question : « Comment avez-vous fait pour tenir jusqu'à maintenant ? »

Dans cette phrase, j'entendais clairement mon corps qui avait crié à l'aide et l'origine des tensions qu'il avait subies : le premier jour de mes vacances, j'avais fait une décompensation et je m'étais effondrée.

Je repris mon travail à mi-temps thérapeutique et sous antidépresseurs. Ces médicaments étaient censés m'aider à ne plus pleurer et à supporter ma vie. Ces cachets n'étaient qu'un palliatif artificiel et voilaient mon désespoir à coups de produits chimiques. Je savais que je devais en passer par là pour remonter la pente ; cela ne m'empêchait pas de penser que ce n'était pas le traitement dont j'avais besoin. Bien sûr, il était hors de question que je trouve un thérapeute plus adapté, mais non remboursé. Alban ne l'aurait pas accepté.

La folle que j'étais consulta ce thérapeute pendant sept ans sans que je démêle ces nœuds dans ma tête. Est-ce que ces séances m'apportaient du réconfort ? Je ne pouvais pas le nier : quelqu'un m'écoutait une fois par semaine, pendant quarante précieuses minutes.

Il ne fut jamais question de mon conjoint, uniquement de ma fille, de moi et de mon enfance. Tous les jours, j'avais la mort qui venait frapper à mon cœur. J'hésitais entre abréger mes souffrances ou subir encore un peu en m'accrochant à l'espoir que ça passe.

Un jour, en rentrant à la maison, Alban afficha un visage grave. On venait juste de fêter ses trente ans pour lesquels j'avais tout organisé en cachette, la location de la salle des fêtes, la préparation des plats chez les uns et les autres, la venue d'un ami DJ, les invitations, etc. Ce fut une journée bien arrosée.

Il m'annonça que ma sœur avait téléphoné. Comment avait-elle eu mon numéro ? La question resta sans réponse. Comme lui, je n'étais pas ravie de cette soudaine apparition dans notre vie. Nous nous étions revues brièvement quelques années plus tôt alors que sa fille avait six mois. Lors de cette rencontre, j'avais constaté, peinée, que chacune de ses paroles était le reflet exact de celles de notre génitrice et que nous ne pourrions pas construire une relation saine entre sœurs. Il n'y avait rien d'anodin dans son approche : les « mouches à merde » revenaient à la charge pour avoir de nouveau la mainmise sur ma vie, comme ils le faisaient sur la sienne. Néanmoins, je ne refusai pas de la revoir et acceptai son invitation à dîner. Nous y allâmes tous les trois, et j'étais pleine d'espoir à l'idée de renouer nos liens.

Notre conversation n'était pas aux confidences, aussi elle resta des plus banales. Marraine de ma fille, elle lui offrit un paquet de bonbons. Ma foi, c'était déjà ça en neuf ans !

La soirée se déroula sans heurts, et sans épanchements non plus. Je ressentais toutefois une certaine joie d'avoir pu passer ce moment avec ma sœur, son mari et sa fille. Mais j'aurais dû me douter que ça ne durerait pas... Quelque temps plus tard, elle m'accusa d'avoir fait une réflexion concernant un coffre à jouets qui était posé chez elle et que j'avais reconnu. Blessée par cette accusation – moi qui ne voulais absolument rien posséder qui puisse me rappeler mon enfance –, je tombais une fois de plus sous les feux des reproches. Alban me dit : « Tu vois, je t'avais dit que je ne la sentais pas ! C'est une conne ! » Franchement, avais-je vraiment envie de le contredire après ce qu'elle était en train de faire ? Elle était toujours influencée par ses parents et la méchanceté de sa mère...

Je ne m'attardai pas sur ce semblant de relation et passai vite à autre chose. Nous coupâmes à nouveau les ponts.

À cette époque-là, de grande faiblesse pour mon corps, Alban revint à la charge pour avoir un enfant. Avec moi ! la mère maltraitante ! J'avais toujours refusé et j'avais jusqu'à présent réussi à avoir le dernier mot.

Profitant de cette usure mentale, il abattit avec force ses dernières cartes et, acculée par une extrême fatigue, je cédai à sa demande quelques mois plus tard.

Cette grossesse marqua le début d'un autre cycle. Un enfant ensemble me liait à lui pour la vie.

Au cours de ma grossesse, mon collègue préféré, mon frère de cœur, Flo, m'emmena à son club de boules lyonnaises. Dans cet espace improbable en plein centre-ville, le club du troisième âge s'adonnait à sa passion. J'étais émerveillée par ce petit écrin. Je voyais des gens heureux ! Je me sentais mieux dans mon corps et mes attaques de panique s'estompaient.

C'est là que je rencontrai mon vrai père, celui qui manquait tant dans ma vie ! Lulu était tout de suite venu vers moi et me confia immédiatement les grandes lignes de sa vie : il venait de perdre sa femme et essayait de se relever de cette perte douloureuse. Il continuait malgré tout de venir à son club pour se changer les idées.

Nous nouâmes rapidement une forte relation et il me dit que j'étais la fille qu'il n'avait jamais eue. Il était devenu mon père, mon grand-père, mon meilleur ami. Il habitait à deux cents mètres de chez moi, et nous ne nous quittâmes plus pendant des années. Nous comblions chacun nos manques, et nul n'aurait pu dire que nous n'étions pas de la même famille.

Je compris, grâce à lui, qu'il peut exister plus d'amour entre deux personnes à l'ADN différent et qui se sont choisies, qu'entre deux personnes partageant le même sang.

J'arrivais sur la fin de ma grossesse et je pensais que je ne tarderais pas à rencontrer ma seconde fille. Malheureusement, le terme bien dépassé, il fut décidé en urgence d'une césarienne.

La sage-femme avait constaté lors du dernier monitoring que le rythme du cœur du bébé était très instable. Alban assista à l'accouchement derrière une vitre. Il avait tellement insisté pour être dans la salle que j'en avais été gênée au plus haut point, mais le personnel hospitalier ne céda pas à son insistance et il fut prié de rester à l'écart. Le gynécologue de la clinique qui allait mettre au monde ma fille me demanda qui était le gynécologue qui me suivait d'habitude : je l'avais bien choisi, lui aussi, car c'était lui mon praticien !

J'eus l'impression que cela dura une éternité. J'avais surmonté la panique de la piqûre dans le rachis pour endormir le bas de mon corps et je sentais quand même comme quelque chose qui tapait dans mes côtes. Mais toujours pas de cris de bébé ! Je commençai à pleurer en m'imaginant qu'elle était décédée, faute d'avoir pris les choses à temps.

Au bout du compte ma fille se présenta, le cordon autour du cou. Sa peau était toute brûlée par le liquide amniotique vu que la date limite du terme était dépassée de huit jours. Je continuais à pleurer, mais de joie et de soulagement maintenant que je m'apprêtai à rencontrer mon bébé. On la posa sur moi : j'aurais pu mourir là, dans cette salle, car vivre cet instant était le summum du bonheur. Je me félicitai d'avoir choisi de continuer à vivre ; la souffrance se taisait un peu et je savourais ma nouvelle maternité.

Je perdis ensuite conscience pendant les soins et j'émergeai, comateuse, en salle de réveil avec une infirmière qui m'appuyait régulièrement et fortement sur le ventre. C'était douloureusement supportable, une pratique moyenâgeuse, mais nécessaire, apparemment.

Un peu plus tard, je me réveillai dans ma chambre, nauséeuse et la vision dédoublée. La sage-femme entra et me parla, mais je ne comprenais rien. Tout était flou et confus, et Alban n'était pas là !

Il était parti pour une réunion de futurs mariés, d'après ses dires. Je l'avais supplié de rester, car je me sentais mal et j'avais besoin de lui à mes côtés. Il ne décala pas son rendez-vous, sans prendre la mesure de ce que je traversais après cette naissance. Je me retrouvais seule à délirer et à vomir ! Les souvenirs de mon opération de l'appendicite resurgirent : ma réaction à la morphine fut la même et mon corps n'en supporta pas les effets. Le ventre fraîchement agrafé, ce fut un supplice de supporter de telles douleurs, d'avoir l'impression de m'éventrer à chaque vomissement.

Heureusement, une nouvelle voisine arriva dans la chambre double dont j'entendais la voix brumeuse. Au moins, je ne me sentirais pas seule si je passais l'arme à gauche. Lorsque le lendemain je parlai à Alban de ma réaction douloureuse à la morphine, il bifurqua sur un autre sujet, semblant ne pas supporter ce qu'il prenait pour des états d'âme.

L'agente de l'État civil passa dans la chambre deux jours plus tard pour la déclaration de naissance. Nous avions parlé du prénom en amont, mais je n'avais pas obtenu celui que j'avais en tête. Au final, je laissai Alban décider vu que j'avais donné son prénom à ma fille aînée. C'est ainsi que Maya-Lou fut acté et enregistré ! Cependant, la surprise surgit sur le nom de famille. Comme ma fille aînée portait mon nom de famille, il était évident pour moi que ma deuxième pourrait porter les noms de ses deux parents. Sans prendre le temps d'en discuter, je fus complètement éclipsée même lorsque je protestai pour que ma fille ait aussi mon nom. Il me répondit, irrité, qu'on règlerait ça en sachant très bien que le sujet ne serait plus jamais abordé.

J'étais la mère de deux petites filles qui portaient des noms différents, ce qui faisait d'elles deux étrangères sur le papier, je n'étais que la mère d'Érika. Maya-Lou appartenait à Alban et moi, je n'avais pas de place officielle.

Je compris bien plus tard la raison de son inflexibilité.

Après huit jours, nous rentrâmes à la maison. Alban semblait si fier de me dire qu'il avait passé l'aspirateur – la seule fois qu'il fit le ménage en vingt ans ! Bien sûr, il s'en servit sans honte par la suite quand je lui reprochai de ne m'avoir jamais aidé pour m'entendre dire que je mentais et qu'il prenait part aux tâches ménagères.

Comment convaincre quelqu'un qui croit fermement à ses propres mensonges ?

J'avais remarqué sa technique consistant à se mettre en scène une seule fois et à faire croire qu'il m'épaulait à la maison. Il ne cuisina qu'une fois en vingt ans, mais en grand seigneur, il me dit que je cuisinais si bien, qu'il préférait me laisser la main aux fourneaux. Quant au ménage, j'étais trop exigeante d'après lui, alors il utilisait des excuses minables pour s'y soustraire. Pas une seule fois il ne fit notre lit, et lorsqu'en fin de grossesse, il m'était arrivé de ne pas le faire, j'avais constaté plusieurs fois qu'il s'était planté devant sans rien dire.

Lorsque j'avais croisé son regard, cela avait été du dégoût. Comme mon père, il utilisait le silence telle une claque punitive : pas de reproches, juste ce silence encore plus effrayant, et un masque facial glacial.

Et comme dans ma jeunesse, je culpabilisai de ne pas avoir été parfaite et d'avoir déçu.

Érika était ravie d'accueillir une petite sœur. Je la voyais heureuse et fière de l'avoir dans les bras. Elle ne manquerait jamais de bienveillance envers elle. Cependant, elles partageaient la même chambre, avec leurs dix ans d'écart, ce qui me posait un problème, car cela entamait l'espace d'Érika. Elle n'était là que les week-ends et les affaires de bébé envahissaient le peu de place qui lui était réservé. La naissance de Maya-Lou fut la libération de ma maladie. Ses gazouillis qui me chantaient son envie de communiquer me faisaient pleurer de bonheur : j'étais heureuse d'avoir à nouveau un échange d'amour. À l'instar de sa sœur, je l'allaitai et la fis dormir à côté de moi toutes les nuits.

Je pris un congé maternité jusqu'à ses sept mois pour profiter au maximum de ses premiers instants auprès de moi. Si cela n'avait tenu qu'à moi, j'aurais prolongé de quelques mois, mais Alban trouvait que c'était déjà pas mal. À n'en pas douter, un salaire moindre pendant aussi longtemps n'était pas bon pour les finances. Un autre casse-tête se présenta à moi lorsque je repris le travail : trouver un mode de garde à cause de mes horaires décalés. Je dénichai une crèche parentale, gérée exclusivement par les parents, mais qui requérait une astreinte de chacune des familles à raison d'un jour par semaine. Est-il utile de préciser que je dus m'y soumettre, m'obligeant ainsi à prendre un 80 % ? Alban avait tout de même la décence d'emmener Maya-Lou et de la récupérer lorsque je travaillais.

Dès le début, et à chaque fois, sans se défaire d'un certain dédain, Alban me reprenait systématiquement lorsque j'appelais les filles « les sœurs » en rectifiant qu'elles n'étaient QUE « demi-sœurs », ce à quoi je ripostais toujours : « Je n'ai pas de demi-enfant, ce sont toutes les deux mes enfants ! »

Lorsque je repris le travail, je dus arrêter l'allaitement et passer au lait en poudre. Cependant, Maya-Lou commença à tomber malade avec de fortes fièvres et diarrhées. Je consultai les spécialistes et elle enchaîna les hospitalisations. Je dormais à côté d'elle à l'hôpital et je repartais travailler le lendemain dans la foulée. C'était une période de stress et de fatigue extrême. Au final, il fut avéré qu'elle ne tolérait pas le lactose qui engendrait des pyélonéphrites.

Un jour que je retournais à Valence pour régler la procédure prud'homale avec mon avocate, j'y croisai en plein centre-ville ma tante de la souche familiale italienne. Cela faisait des années que nous ne nous étions pas vues et j'étais ravie de cette coïncidence ! Grâce à cette rencontre fortuite, je recommençai à revoir ma famille du Vercors dont ma tante Marie, la petite sœur de ma mère. Nous reprîmes notre complicité d'antan, et je pus enfin passer un Noël en famille digne de ce nom. Nous nous réunissions désormais pour les fêtes, une année sur deux chez mon oncle, l'adepte de la chasse. L'endroit était perdu au fond d'une vallée de Combovin, avec un passage à gué. C'était difficile de faire plus caché. Mais, ce repaire ajoutait à la magie, surtout lorsque la neige était là. Nous nous y rassemblions tous, sauf ma sœur et nos géniteurs qui étaient en froid avec le reste de la famille. Aussi ne restait-il que les personnes que j'appréciais énormément. Alban se déguisait en Père Noël et distribuait les cadeaux aux enfants de la famille – il se donnait en spectacle et préparait le terrain pour de futurs coups à jouer.

Une année fut plus magique que les autres : ma cousine trouva un petit faon au bord de la route et le ramena à la maison. Mon oncle, pourtant chasseur, se prit d'affection pour lui et l'éleva comme un animal de compagnie. Aussi, l'enchantement était total quand le Père Noël se présenta en déambulant avec le faon dans le salon. Même les adultes avaient des regards émerveillés ! C'étaient des moments d'extases rares, comme sortis de l'espace-temps et on aurait voulu que ça ne s'arrête jamais ! Ma tante, excellente cuisinière, préparait des mets savoureux et je trouvais l'ensemble parfait. Le seul qui manquait à la table était notre aïeul.

En dépit des apparences qu'affichait Alban, il ne cessait de critiquer mes oncles et particulièrement celui qui nous recevait en disant qu'il ne parlait que de cul. Par deux fois et sur cette excuse, il m'obligea à ne pas y aller. Je dus expliquer nos absences en prétendant que nous avions été invités trop tard et que nous avions prévu autre chose - faux et lamentable. Noël ne signifiait rien d'autre pour lui que des dépenses inutiles. Mon cœur lourd était avec eux à distance. Je savais ce que je loupais, et lui essayait de plus belle de me couper des personnes que j'aimais.

Il se fichait de ne jamais connaître mes parents vu les souffrances qu'ils m'avaient infligées, et ne souhaitait évidemment pas associer notre famille à de telles personnes. À vrai dire, aucun membre de ma famille et pas un de mes amis ne trouvait grâce à ses yeux.

Alban réussit à se faire élire représentant du personnel à son travail, et je compris très vite l'intérêt qu'il y trouvait. Chaque événement organisé était propice à se servir dans les ressources de la société. Les arbres de Noël étant l'abondance absolue concernant les chocolats et autres friandises, il se servait généreusement et alimentait nos stocks à la maison. Il avait beau dire vouloir manger sainement, il se réservait des paquets de gâteaux et les mangeait en cachette. Non seulement les emballages disparaissaient des étagères et surtout il arrivait que nous le surprenions en entrant sans prévenir dans le garage. Il se retournait vivement, comme pris en flagrant délit. Je comprenais qu'il se planquait pour manger des friandises afin de ne pas les partager avec nous.

Lors d'une conversation anodine sur la boulimie, sa mère le trahit en me racontant qu'il avait déjà cette manie de prendre de la nourriture en cachette lorsqu'il était jeune.

Un autre exemple flagrant, je le voyais donner son sang, persuadée que cela était un don de générosité et j'en étais admirative au début. Comment ne pas remarquer qu'il revenait de chaque prélèvement les bras chargés de confitures, de sucre et de petits gâteaux destinés aux collations post-dons ? À la fin, je ne me gênais plus pour lui dire que je connaissais le but de ses manigances et qu'il n'était pas censé s'adonner à du racket !

Pendant des mois, je visitai des biens immobiliers toute seule afin de trouver un logement où chacune des filles pourrait avoir sa chambre. Un week-end où il se proposa de m'accompagner pour une visite, nous trouvâmes notre futur foyer. C'était une maison récente, mais tellement mal entretenue à l'intérieur que cela me refroidit de prime abord. Cependant, la vue sur la vallée du Rhône, les Alpes, le Mont Blanc et le Vercors me firent vite oublier tous les travaux dans lesquels j'allais m'embarquer pour la rendre agréable.

La maison de Villeurbanne fut très vite vendue et en bonus, avec une énorme plus-value. Grâce à l'explosion des prix de l'immobilier après l'euro et aux travaux d'embellissement que j'avais réalisés, elle fut achetée par le premier visiteur. Alban était frileux à l'idée de ne pas la vendre à temps vu que nous avions déjà signé pour la nouvelle, alors le prix fixé n'était pas à la hauteur de sa vraie cotation.

Je n'avais pas de regrets de la quitter, si ce n'est de m'éloigner de mon Lulu !

Lorsque nous passâmes devant le notaire, il fut décidé que le nouveau bien serait acheté pour moitié par chacun de nous. Je ne réalisais pas à quel point cette erreur me coûterait. Alban me prêta une partie de l'argent et je dus faire une reconnaissance de dette pour la somme de vingt-neuf mille euros. N'ayant pas d'imprimante à la maison, j'écrivis à la main deux exemplaires : un pour lui, un pour moi – le mien disparut très rapidement.

Inutile de préciser qu'Alban se contenta de mettre une alarme et des détecteurs volumétriques sur chaque ouvrant : la sécurité avant tout. Mon beau-frère s'attela encore une fois à la fabrication des meubles de cuisine, de salle de bain et à la création de la terrasse extérieure. Son travail était à la mesure de nos attentes et quand vint le moment de le payer, je fus mise de nouveau de côté. Une énorme somme fut débitée de notre compte, mais je n'étais absolument pas sûre qu'elle fut versée dans sa totalité à mon beau-frère.

J'avais dessiné les plans de ma cuisine et Alban et son frère y ajoutèrent de nouvelles planques afin d'y dissimuler ses plus précieux trésors bien qu'il ait installé une alarme. Lui seul pouvait accéder aux doubles fonds des placards grâce à un système complexe.

Des travaux plus importants m'attendaient cette fois-ci. Tout ce que je ne pouvais pas faire, des artisans s'en chargèrent. Charpente du salon, carrelage intérieur, chauffage, système d'assainissement... J'orchestrai tout le programme de rénovation en même temps que mon travail, la tenue de la maison, les courses et la gestion des filles.

Ce déménagement en fin d'année scolaire et en fin de cycle de primaire pour Érika justifiait son retour immédiat à la maison. Je lui préparai sa chambre au même titre que sa petite sœur. Je m'étais renseignée sur le transport scolaire et il s'avérait que le bus pour le collège passait en bas de chez nous. Alban tenta de me dissuader en affirmant que la cohabitation avec ma fille ne fonctionnerait pas, mais je ne lâchai pas ! Je ne revins pas sur ma décision : si je pouvais gérer sa petite sœur, pour Érika qui commençait à être autonome, ce serait plus facile encore.

Je voulais ma fille près de moi !

Nous emménageâmes le jour du premier anniversaire de Maya-Lou. Un grand terrain avec une forêt, une piscine, puis un chiot vinrent compléter le tableau familial. Je ne pouvais rien demander de plus, considérant tout ce que j'avais connu : c'était le paradis ! Alban brillait encore plus par son absence : il était toujours affairé dans le garage sans que je sache ce qu'il y faisait. Ni les travaux ni sa famille ne semblaient l'intéresser.

Nous avions de grandes haies qui n'avaient pas été entretenues par les anciens propriétaires. C'était un gros travail, mais la moindre tâche à faire pour entretenir et embellir la maison le laissait indifférent. Je n'avais pas d'autre choix que de faire appel à une entreprise pour dégrossir le travail, mais il refusa net de dépenser un centime. Ainsi, c'est avec Érika que nous nous y collâmes : elle, en haut de chaque arbre afin d'en couper les têtes et les branches, avant d'évacuer ensemble les encombrants dans notre bois. Nous en sortîmes épuisées et griffées. C'était un énorme travail, celui d'un homme qu'il ne sera finalement jamais !

Il tenta également de me refiler la besogne du *Rotofil* thermique entre mes mains pour tondre le terrain escarpé, mais n'y arrivant pas, il s'obligea à le faire trois à quatre fois par an. Sa mauvaise humeur prenait le pas à chaque fois me disant que c'était moi qui avais voulu cette maison et que je devais l'assumer. Je lui proposais encore une fois de contacter une entreprise de paysagistes vu que nous pouvions bénéficier de crédits d'impôt, mais comme à son habitude, il rejeta ma proposition et il prétexta qu'il fallait assumer notre achat.

Ce n'est qu'à cette époque que j'eus enfin le téléphone portable qu'il m'avait refusé jusque-là. Ce *Nokia* des plus basiques me fut offert par un ami avec les recharges pour passer mes appels. Je remarquai bien que ma nouvelle liberté ne plaisait pas à Alban, mais il n'avait aucun argument à avancer : cela ne nous coûtait rien. De plus, avec tous les trajets que j'effectuais seule la nuit sur les routes de montagne pour le travail, avoir un téléphone me rassurait en cas de problème.

Il avait l'art et la manière de faire monter la pression et le stress : il ne décrochait pas un mot et affichait une sempiternelle attitude d'énervement, à l'instar de mon père, que moi seule savais déchiffrer. Celle qui m'amenait à vouloir me faire pardonner pour quelque chose que je n'avais pas fait ! Son jeu psychologique n'avait pas d'autre but que de m'énerver et de me rendre folle. Il testait ainsi ma capacité à me remettre en question, voir tout ce que je pouvais accepter, et combien de temps. Il semblait vouloir détruire ce qu'il me restait d'estime de moi. Il s'amusait à utiliser mon prénom – que je déteste – comme s'il était l'un de mes parents et me traitait comme une petite fille !

Parmi toutes les négociations que j'avais menées, j'obtins une double vasque dans la salle de bain ainsi qu'une baignoire d'angle ; l'idée était de donner une plus-value à la maison en cas de revente. Je n'y pris que deux bains en treize ans, car il surveillait également la quantité d'eau utilisée. Cela allait jusqu'au filet d'eau que je laissais couler lorsque j'ouvrais les coquillages : il me demandait de fermer le robinet entre deux crustacés.

Il autorisa, par miracle, l'installation d'un lave-vaisselle. Cependant, jamais il ne démordit qu'il était plus économique, à son sens, de laver douze couverts à la main. Il fallait donc s'en passer le plus possible pour éviter que je subisse son agacement.

J'étais tellement épuisée que je pleurais souvent de fatigue : mes nerfs craquaient et mon quota d'énergie baissait à vue d'œil. Un jour, je m'endormis même en plein travail…

Puis arriva le jour où je fus écrasée par une montagne de révélations !

Alors que je vidais les derniers cartons du déménagement, je tombai sur plusieurs feuilles qui sortaient d'une chemise en carton. Machinalement, je regardai et je m'écroulai de détresse. Il s'agissait de la liste de toutes mes fautes tenue sur huit années. Les dates – de mars 1998 à juin 2005 – et le détail de chacun de mes agissements : « n'a pas fermé la fenêtre de la cuisine », « a dépensé cent francs pour sa fille », « est partie avec telle somme et n'a ramené que telle somme », « a fini à telle heure, mais je n'ai pu la joindre qu'à telle heure », etc.

Là, c'était le summum ! Je crus mourir de trahison sur place ; je vis l'horreur de sa perversion et je sentis le déluge s'abattre sur mes épaules et pris conscience de ma situation : un bébé d'un an, une fille de onze ans, un nouvel achat immobilier et un travail incompatible avec une mère célibataire. J'étais déterminée à le quitter coûte que coûte malgré tous ces écueils qui se présentaient sur mon chemin. Lorsqu'il rentra le soir, sans m'adresser ne serait-ce qu'un regard, il se précipita sur le cahier de comptes pour y marquer ses dépenses, et moi, je pleurais encore.

Comme d'ordinaire, ça ne l'avait pas interpellé, mais je décidai de lui parler de ma découverte. On parlait d'espionnage, de flicage sur sa propre compagne ! Il me répondit que c'était ma faute parce que je gardais tout en mémoire alors que lui, pour se rappeler ce qu'il se passait dans nos vies, il était obligé d'écrire au jour le jour.

Je le traitai de grand malade et lui dis que, cette fois, je ne lui pardonnerai pas. Pendant toutes ces années, j'avais beaucoup trop excusé ses comportements, ses mots blessants et ses réactions exagérées. Je concluais sans détour que je ne voulais plus vivre avec lui et avec le souvenir que j'aurais toute ma vie d'avoir encore été surveillée et jugée alors que je n'avais commis aucune faute !

Étant toujours suivie par mon psychiatre, je lui apportai la liste pour qu'il la lise. Il confirma, outré par ce qu'il y vit, qu'il fallait être bien dérangé pour écrire de telles choses. Je rapportai à Alban le diagnostic du médecin, mais il minimisa la situation en se cachant derrière mon rôle de coupable : j'étais encore celle à blâmer pour avoir été obligé d'en arriver là. Il devenait odieux et pitoyable. Devant mon obstination à vouloir le quitter, il prit le numéro de mon amie Mimi dans mon téléphone et la contacta pour qu'elle m'en dissuade. Il la fit venir un soir à la maison et je montrai à Mimi les feuilles que j'avais cachées.

Elle était également choquée, mais utilisa l'âge de ma dernière pour induire que notre rupture allait lui gâcher la vie. Bien sûr, Alban ne manqua pas d'avouer – enfin – que c'était une erreur et qu'il ne recommencerait plus. De toute façon, dans ma situation professionnelle, j'étais prise au piège.

Je confiai cette liste à mon ami Flo, mon collègue spécialiste des boules lyonnaises, qui la garda un temps, puis il me la rendit lors de son déménagement. Je planquai ces preuves bien à l'abri pour qu'Alban ne les retrouve pas. Étais-je sous vidéo surveillance ou Alban l'avait-il trouvée par miracle ? Toujours est-il qu'elle disparut définitivement, mais mon cœur savait que les trois témoins seraient là pour soutenir mes dires.

Les jours suivants, il tenta beaucoup de choses pour se rapprocher de moi en adoptant enfin un comportement de conjoint attentif. M'attendrir avec ses massages, vouloir me faire l'amour : c'est dire le sacrifice qu'il faisait !

Et sans surprise, quand je me soumis à nouveau à ses manœuvres, il reprit sa façon de se comporter, et évidemment, la toile se referma sur moi aussi vite que je flanchai de nouveau. Il savait désormais que tout était possible, que j'accepterais tout et que la voie était libre pour tous ses excès.

Les malheurs ne s'arrêtèrent pas là.

À peine arrivée dans notre nouvelle maison, je perdis ma tante Marie, la sœur de ma mère, au mois d'août. Elle était née avec une malformation cardiaque qui s'aggrava à tel point qu'elle dut être équipée d'un pacemaker avant trente ans, puis on lui ôta son cœur pour lui mettre une pompe extérieure en attendant une greffe. Après des années de malaises, de souffrance et d'examens intrusifs, elle mourut à l'hôpital, à quarante-six ans, l'estomac transpercé par les traitements corrosifs.

Alban étant en vacances, il n'avait pas de raison de m'empêcher d'aller à l'enterrement puisqu'il était à mes côtés pour me surveiller.

Ma tante fut incinérée à Valence. Elle aussi, fille gâtée par son père, avait attiré un homme intéressé, comme sa sœur. À la sortie du crématorium, mon oncle me demanda de monter en voiture avec lui et c'est en accrochant sa ceinture qu'il me dit : « Bon ben, la prochaine, c'est mamie ! ». Heureusement que j'étais déjà assise. Quelques minutes auparavant, j'avais vu ma tante partir dans le four et cette incinération avait déjà été comme une seconde mort pour moi. J'étais horrifiée par ce qu'il osait maintenant prédire, alors que les cendres de sa femme n'étaient pas encore froides. Néanmoins, cette odieuse réflexion venait accréditer tout ce que ma tante m'avait confié sur son mariage et toutes les fois où elle avait fait sa valise pour quitter son mari, sans jamais y parvenir.

Malgré l'horrible prédiction de mon oncle le jour de l'enterrement, c'est finalement sa propre fille, ma cousine, et non ma grand-mère, qui mourut quelque temps après. Elle était décédée de la même pathologie que sa mère, à quelques jours de ses trente ans.

Ma vie continua son rythme effréné. Je parcourais une centaine de kilomètres par jour pour mon travail, je m'occupais des filles et des activités, de l'école, des tâches ménagères et jardinières, des animaux, tout reposait sur mes épaules.

J'oubliais que j'étais coincée dans ce quotidien avec Alban. Je me nourrissais d'espoir : c'était mon moteur.

Je commençais mon travail vers quatre heures du matin et je devais me lever à deux heures et demie. Je dormais très peu à cause d'un homme au sommeil très agité et de la peur de ne pas me réveiller. Ma vie de maman prenait beaucoup de place tandis que j'essayais de réduire les frais en tous genres pour ne pas angoisser davantage Alban. L'hiver, je me levais dans un espace frigorifié, à cinq cent cinquante mètres d'altitude, en zone de montagne et dans une maison mal isolée, le chauffage étant coupé pour se déclencher peu avant sa propre heure de lever. J'avais beau exprimer mon désespoir de ne plus pouvoir supporter les treize degrés et de devoir enfiler des habits gelés, il me disait que la programmation de la chaudière ne le permettait pas.

Plus le temps passait, plus on serrait la ceinture. Au milieu de ma grossesse, nous étions tombés par hasard sur un vide-greniers et il avait insisté pour aller voir et il en fit un mode de vie. Cela le conforta sur le fait qu'il était possible d'économiser encore. À compter du jour où il découvrit les braderies, les foires à tout, les enfants et moi-même étions habillés exclusivement de pièces d'occasion. Lui ne s'était pas compris dans cette règle familiale : il n'achetait rien de déjà porté, mais s'offrait des affaires neuves. Je ne comprenais pas qu'il puisse porter des guenilles à l'extérieur alors qu'il entassait ses beaux habits dans ses tiroirs. La monomanie pouvait qualifier ses pulsions étranges. J'en vins à le surnommer le pharaon tant il accumulait des tas et des tas d'affaires.

Je lui demandai maintes fois s'il comptait se faire enterrer avec.

Il n'y avait aucune limite à ses penchants obsessifs : il utilisait les pièces des véhicules de société qui étaient de la même marque que sa propre voiture – je savais que ça n'avait rien d'un concours de circonstances, le connaissant ! Il l'utilisait les week-ends d'animation et avait trouvé le moyen de l'entretenir ainsi, mais pas seulement… Il siphonnait les véhicules de société pour se faire un stock de gasoil impressionnant et dangereux dans le garage. Et c'est uniquement à cette occasion, lorsque les enfants entrèrent dans son antre sans prévenir qu'il leur hurla dessus, pris en flagrant délit.

Mes protestations ne servaient à rien, que pouvais-je bien entreprendre pour lui faire comprendre que sa folie progressait de façon incontrôlable à ce point de notre vie commune ?

Alban s'inventait des excuses toutes plus folles les unes que les autres pour justifier ses vols.

La cohabitation avec ma fille Érika prit aussi rapidement du plomb dans l'aile.

Elle recommençait ses bêtises qui me coûtaient cher en honte et en dédommagement.

Elle commençait à perdre ses cheveux et je m'imaginais, terrifiée, qu'elle avait un cancer, car je ramassais même des touffes de cheveux cachées sous les meubles. Jusqu'au jour où la nourrice de Maya-Lou, ayant son fils dans la même classe qu'Érika, me dit que son fils la voyait enrubanner des mèches autour du doigt pour ensuite tirer fortement et se les arracher. Érika souffrait de trichotillomanie et je pris l'initiative de l'emmener aux urgences pédiatriques de Saint-Étienne, où le pédiatre m'orienta vers le CMP[8] pour un suivi psychologique. Cela dura des mois sans qu'il n'en ressorte rien pour en comprendre l'origine, ni pour son trouble compulsif ni pour ses comportements excessifs.

Elle enchaînait les décisions absurdes dont celle qui avait fini par retourner la nourrice de sa sœur contre elle. Je payai la grosse bêtise, mais elle ne voulut plus la garder. Alban décréta qu'elle attendrait notre retour chaque fin de journée dans la cabane du jardin, il ne voulait plus la savoir seule à la maison, ne lui faisant plus confiance. Effectivement, des choses disparaissaient, comme l'argent dans mon porte-monnaie et surtout la totalité de ma collection numismatique qui s'évanouit dans les airs. J'avais dû insister fortement pour qu'elle en avoue la disparition – tout du moins d'une petite partie.

Enfermée dans mon incompréhension et le manque de soutien au sein de notre famille, je pensais ne pas avoir d'autres recours que les gifles et les punitions. La diplomatie, la gentillesse ayant échoué, je ne savais plus comment la sortir de ce cycle infernal. Je me retrouvais une fois de plus dans la peau d'une mère perdue. J'avais beau demander à Érika comment elle gérerait la situation si elle était à ma place, mais

[8] Centre médico-psychologique.

elle non plus n'avait pas de solutions. Au fond, elle était une adolescente fragile qui se gâchait. Ses pleurs et les miens redevenaient quotidiens. Je ne remarquais pas que sa colère et ses mots n'étaient pas les siens. Je n'avais pas lieu d'en douter vu la teneur de nos échanges houleux…

Lui ne trouva rien de mieux que de me poser un second ultimatum pour choisir entre lui et Maya-Lou ou « ma fille ».

Prenait-il plaisir à me voir à terre, à me laisser me noyer dans cette solitude parentale ? Il ne savait rien des rendez-vous chez le médecin, les suivis chez les spécialistes, les réunions parents-professeurs, des itinéraires pour emmener Érika à son activité extrascolaire. Alban brassait beaucoup de vent, mais que faisait-il ? Je me posais de plus en plus de questions. Il n'était jamais là et ma naïveté s'enroulait autour de mon cerveau comme un voile autour de la vérité. Pensant qu'il s'investissait dans son travail, j'acceptais ses défaillances de père et de conjoint.

Nous ne partagions aucun moment à deux, nous ne faisions que cohabiter. Contrairement à d'autres couples, nous ne nous disputions jamais. Il ne supportait pas que je lève la voix. Lorsque j'insistais pour avoir des explications sur n'importe quel sujet, il me disait que je « gueulais » ce qui me faisait me taire immédiatement. Son emprise imposait le silence !

Je lui répétais régulièrement qu'il ne voyait notre famille que comme une entreprise, avec des entrées et des sorties, et que l'affaire devait dégager beaucoup de bénéfices.

Au même titre, je ne me souviens pas qu'il m'ait un jour dit qu'il m'aimait. Un jour que je le lui fis remarquer, il me dit que « c'était différent ». Au moins je lui accorde de ne pas m'avoir menti cette fois-là.

Quelques mois après le décès de ma tante, je reçus un courrier de ma mère. Comment avait-elle eu mon adresse ? Ce mystère resta entier. Elle m'écrivit qu'ils avaient eu connaissance de la naissance d'une petite fille et qu'ils souhaitaient la connaître. Dans cette même lettre, et malgré ses grandes déclarations que nous manquions à la famille, elle me notifiait en toute fin qu'en cas de refus de ma part, elle saisirait la justice. Je lui fis parvenir une courte réponse : « Je n'attends que cela depuis des années, car j'ai beaucoup de choses à dire ! » Comme je le pensais, et bien que j'eusse affaire à une procédurière aguerrie, elle ne donna pas suite à ses menaces.

Je continuais ainsi à protéger mes filles des dangers auxquels j'avais été confrontée.

Dans la malédiction des enterrements, la série s'allongea. Mon grand-père paternel décéda à son tour et bien sûr, même si je savais que j'aurais malheureusement à y croiser mes parents, je décidais d'y aller.

Soixante-sept kilomètres : c'était trop pour Alban ! Pourquoi la petite-fille du défunt était-elle obligée d'expliquer son besoin d'aller rendre hommage à son grand-père ? Alors que je partais, il m'apostropha : « Pourquoi te rends-tu autant en avance à la cérémonie ? » Je me défendis en lui disant que j'aurais probablement du mal à me garer, car il y aurait du monde vu sa notoriété dans la ville. Il grimaça sans répondre. Je ne me rappelle toujours pas comment se déroula la cérémonie : j'étais paralysée au fond de l'église par la vue de ce couple qui se tenait au premier rang. J'avais vu qu'il s'agissait de ma mère, mais lui, je ne le reconnaissais pas.

À la fin de la cérémonie, cet homme attendait à la porte de la sortie et lorsque tout le monde se retira, je pris mon courage à deux mains pour passer devant lui. Je vis ses yeux dans ce corps bouffi par l'alcool. Sa peau jaune trahissait un foie abîmé. Il m'interpella pour que je reste et que j'aille jusqu'au cimetière. Je ne sortis pas un mot, je tremblais. Je n'avais pas besoin de lui pour savoir ce que je voulais faire. Rien n'avait changé : donner des ordres coulait dans ses veines. Il ne me parlait que pour me dire ce qu'il voulait que je fasse.

Même pas un bonjour pour introduire cette injonction sans émotions.

Il y avait si peu de monde pendant que mon aïeul descendait dans le caveau familial. Quasiment aucun de ses petits-enfants n'était présent. C'est pourtant lors de ce dernier moment de recueillement que l'on sait qui était la personne mise en terre. Les relations entre les parents et leurs enfants deviennent alors évidentes. Lorsque je rentrai chez moi, Alban me posa des questions sur le déroulement de la cérémonie et sur les sombres retrouvailles sur le lieu des au revoir à mon grand-père. Je lui mentionnai que j'avais été étonnée par le peu de monde venu à son enterrement et il me répondit, méchamment : « Qu'est-ce que tu t'imaginais, qu'il était célèbre ? Y a personne d'important dans ta famille ! »

Double peine !

L'hécatombe continua et j'allais aux enterrements comme on va à la messe le dimanche. Prières, hommages et funérailles, encore…

Quelque temps plus tard, ce fut le petit frère de mon grand-père maternel qui disparut prématurément et rapidement de la maladie de Charcot. Je l'aimais beaucoup ; d'une part parce qu'il ressemblait énormément à mon grand-père adoré, mais également parce qu'avec sa femme, ils m'avaient emmenée avec eux en vacances au milieu des volcans auvergnats vers l'âge de quatorze ans en compagnie d'une cousine du sud, à peine plus âgée que moi. J'en gardais un souvenir magnifique !

Aussi, pour moi, il était important de lui rendre un dernier hommage.

Alban ne l'entendait pas de cette oreille. Il considérait que j'avais bien autre chose à faire et il ajouta qu'il ne comprenait pas mon désir de m'y rendre vu que je ne le fréquentais pas.

Son discours tournait en rond : toujours ces soixante-sept kilomètres à parcourir, mais des dépenses inutiles à son sens, un manque de productivité et un contact potentiellement durable avec ma famille.

Je n'en démordais pas. Sur le pas de la porte, il me lança, caustique : « Bonne promenade ! »

Ses réflexions et humiliations blessantes, toujours bien distillées, restèrent gravées au fer rouge dans ma mémoire.

Je fis un rapide aller-retour sans m'éterniser, car je savais ce qui m'attendait au retour : les enfants, la maison, et Alban ne desserra pas les dents quand je rentrais.

Toutes ces dernières années, je lui disais que je n'en pouvais plus et que je le quitterais, un jour... Et à chaque fois qu'on était au bord de la rupture, il me promettait que ça irait bientôt mieux, mais c'était « le chien qui se mord la queue ». Il me tenait en laisse et je lui donnais la patte. Ce n'était qu'un jeu pour lui et bien sûr, je me sentais piégée par son éloquence et la force de sa persuasion.

Alban continuait à me téléphoner chaque jour avant sa pause pour connaître les détails de ma journée, avant et après le travail. Je n'avais pas conscience que sa curiosité était malsaine.

Son employeur lui imposa un téléphone portable, probablement pour pouvoir le joindre étant très souvent absent de son atelier. Il s'en procura un second octroyé par un autre « employeur », ce qui lui donnait un caractère indispensable, selon lui. Cependant, si j'entendais souvent les bips de messages, pas une seule fois il ne s'en servit devant moi et jamais son téléphone n'était laissé à portée de main. Il avait d'ailleurs mis un système de reconnaissance digitale – tout était camouflé tel l'attirail d'un agent secret. Il acheta également un broyeur de documents pour éviter, selon lui, que les gens puissent fouiller dans nos poubelles. Encore cette idée fixe de se protéger d'un danger invisible !

Et moi, je demandais son approbation pour mettre Internet à la maison...

Il me proposa de donner son adresse mail à mes amis et de me transmettre leur correspondance électronique. Cela dura un temps, puis il rapporta à la maison une clé 4G afin de pouvoir m'en servir de temps en temps sur un ordinateur qu'il m'avait mis à disposition. Cet ordinateur remplaçait le mien dont il s'était débarrassé pour trente euros dans un vide-greniers. Il me créa une boîte mail et je pouvais y avoir accès sous sa surveillance.

Je n'y connaissais rien en informatique, j'étais dès lors dépendante de lui. Il me répétait souvent de ne pas hésiter à lui demander de l'aide. Il maîtrisait tellement l'outil grâce aux magazines spécialisés que lui transmettait son employeur qu'il devint même le référent du système informatique de la société. Je ne connaissais que trop bien sa volonté de contrôler ces ressources au cœur de sa société. Il entrait parfaitement dans son rôle d'espion, à la maison et au travail !

Les orages et les ouragans émotionnels de mon aînée agitaient notre quotidien. Alban s'irritait et ne supportait plus ses crises. Il finit par me relancer le même ultimatum !

Le choix n'en était pas un : si je voulais préserver notre couple, aussi difficile que cela soit, je devais derechef éloigner Érika du foyer familial. Je me renseignai pour trouver à nouveau un établissement en mesure de l'accepter. J'avais le choix entre deux internats ligériens et je retins celui qui était le plus pratique en termes de transport pour elle, et c'était déjà corsé !

Elle fut donc inscrite pour sa rentrée de cinquième à Saint-Bonnet-le-Château. Si cela réglait l'ambiance la semaine, les week-ends conservaient leurs lots d'engueulades et de larmes. Pour Alban, ne voulant plus entendre parler de « ma fille », il n'était pas question de faire quelques trajets ou efforts que ce soient. Je contactais ainsi le conseil général de la Loire afin d'exposer mon problème familial et de m'aider à trouver une solution pour les week-ends durant lesquels je travaillais. Heureusement, ma demande fut acceptée et une famille d'accueil nous fut désignée pour certaines fins de semaines et vacances scolaires. Pas un seul instant, encore une fois, je n'imaginais qu'Érika n'était pas entièrement responsable de cet état de fait. Cependant, j'étais mortifiée devant ces échecs de communication et d'éducation que nous vivions, moi qui reprochais tant à mes parents ce mal qu'ils m'avaient infligé. Mon cœur de maman saignait !

Une fois Érika partie, un calme olympien régnait à la maison. Je ne pleurais plus chaque jour. Cela aida à adoucir la culpabilité qui m'habitait. Je me sentais soulagée de ne plus vivre au milieu des cris. A fortiori, tout se passait très bien avec sa sœur qui grandissait sereinement, sans que je me tracasse pour elle.

Nous payions l'internat et la famille d'accueil d'Érika. Alban se crispait de plus belle sur les finances. J'avais pu jusque-là me passer d'une contribution légitime de son père, mais il me mettait une telle pression pour que Rémi paye sa part et pour que nous ne prenions pas tous les frais en charge. Son insistance me poussa à lui demander une pension mensuelle. Je me lançai donc dans une procédure des plus compliquées. Entamer une demande en justice, avoir affaire à des délais extrêmement longs et des démarches coûteuses. Le pire avait été la première introduction devant le juge où son père, pour se soustraire à ses obligations, décréta qu'il n'était pas le père ! Il remettait ainsi en cause ma fidélité, mon honneur et mes valeurs. Par contre, il négligea d'évoquer ses manquements à son statut de père biologique et qu'il avait été loin d'être exemplaire. Pour appuyer sur le lien de parenté, je revins avec un grand portrait de notre fille à la deuxième comparution et demandai au juge s'il y trouvait une ressemblance avec son père…

Afin de faire durer la procédure, Rémi osa soumettre une demande d'évaluation psychologique pour moi – ce qu'il réussit à obtenir –, mais il fut assigné à la même obligation. Cependant, même s'il avait planté la spécialiste pour plusieurs rendez-vous, le verdict fut sans appel : il fut écrit noir sur blanc dans son rapport que « *Monsieur* est un ours » ! D'ailleurs, il vivait toujours dans sa caravane au fond d'un terrain chez son père et menait une vie sans contraintes.

Une de ses amies témoigna et attesta sur l'honneur toute l'horreur que je lui inspirais, alors que nous ne nous étions jamais vues. C'était si blessant de constater qu'un homme que vous avez aimé, et avec qui vous avez conçu le plus beau des cadeaux, puisse renier jusqu'à sa propre chair, son propre sang pour s'économiser du temps et de l'argent.

Pour Érika, ce fut encore moins simple, car elle avait probablement idéalisé ce père en grandissant. Mais lors des visites à nouveau instaurées chez lui, elle n'y vécut que violence et désintérêt de sa part. Seuls sa grand-mère et son oncle paternels lui apporteront un peu de réconfort. Elle m'avoua quelque temps plus tard qu'elle ne comprenait pas comment j'avais pu rester avec lui et comprenait ma fuite. Cette déclaration me fit du bien. Elle s'apercevait, à juste titre, que cet homme n'avait rien d'un mari et encore moins d'un père.

Ce n'était pas étonnant qu'elle soit éblouie par Alban qui se comportait toujours bien devant elle. Elle n'avait pas conscience qu'il n'était pas celui qu'elle croyait. Son âge l'aveuglait devant cette image de père idéal, mais tout le monde se voilait la face et l'encensait en tant que beau-père, gendre et conjoint idéal. Elle n'y faisait pas exception !

Régulièrement, j'avais rendez-vous avec les services sociaux de Saint-Chamond et nous faisions un débriefing sur la prise en charge d'Érika et sur ma demande. Je renouvelai toujours le contrat, car cela convenait à tout le monde. Érika semblait satisfaite de cette vie et de sa famille d'accueil qui était une « vraie famille ». Cela me brisait littéralement le cœur que d'autres arrivent à calmer ses émois adolescents alors que moi je n'y arrivais pas. Son attachement à eux semblait plus fort désormais qu'avec moi.

Pourtant, nous nous rapprochâmes, mais dès que j'étais heureuse et pleine d'espoir sur notre nouvelle complicité, Alban me rabâchait toujours que j'étais naïve d'y croire, que jamais ma fille ne changerait et que je finirais déçue. Il n'avait pas tort à ce sujet : nous finissions inlassablement par retomber dans nos travers.

J'arrivais à être partout à la fois et même si les travaux aspiraient toute mon énergie, je tenais ce rythme effréné que la vie m'imposait. Je récupérai des pierres afin de construire des petits murs de soutènement pour cultiver mon jardin et pour embellir l'entrée de la maison. Je carrelai l'entrée moi-même et créai une mosaïque avec les chutes. Je réalisai le plan de travail de ma salle de bains en pierres incrustées et parai les murs de pierres de plâtre et de bambous collés.

Un jour qu'Alban invita ses parents et que je me trouvais dans l'entrée, porte fermée, je l'entendis de l'autre côté leur vanter avec fierté tout ce qu'il avait soi-disant fait. Je ne dis rien, mais après leur départ, je le confrontai à ce dernier mensonge et, comme à l'accoutumée, il me dit que j'avais mal entendu. Je laissais tomber, écœurée !

Il était sans pitié avec moi. Par deux fois, je tombai de la pergola et du rebord de la fenêtre de l'étage en rafraîchissant les peintures. J'avais atterri sur le toit du dessous et sur le sol en béton depuis le haut de la pergola. Blessée et bloquée par terre en dessous, il s'était impatienté en me relevant, et m'avait plantée là sans aucune compassion. Encore assommée par les chutes, je l'avais regardé retourner à ses activités mystérieuses.

Les hivers étaient toujours saisissants de froid pour moi qui devais me lever en pleine nuit, sans chauffage. Je manquais d'heures de sommeil et les levers m'achevaient. Lorsque la neige s'invita sur notre montée, je dus laisser Maya-Lou, encore bébé, et sa sœur, lorsqu'elle était là, pour déneiger l'allée, car il ne tolérait pas de le faire sans moi si j'étais à la maison. L'hiver 2009, la neige me coinça sur mon lieu de travail et c'est chez Lulu, mon père de cœur, que je trouvai refuge. L'épisode dura six jours, six jours sans rentrer, six jours de repos. J'y trouvai un vrai cocon ! J'étais une petite fille chez son papa. Lulu me préparait mon petit-déjeuner chaque matin : personne ne l'avait jamais fait pour moi ! J'avais le sentiment d'avoir douze ans, et lui probablement d'avoir rajeuni de cinquante ans. Nous comblions chacun nos manques, nous étions heureux !

Érika repartit à l'internat et Alban revint à la charge pour agrandir la famille. Il souhaitait un autre enfant et pour me convaincre, il avança en particulier un argument des plus absurdes : « Tu as deux enfants et moi qu'un ! »

Comment ne pas être décontenancée devant un tel illogisme ? Je lui rétorquai abasourdie qu'il y aurait toujours un enfant d'écart entre nous et cela de manière définitive.

L'usure durait depuis des mois quand je fus invitée par une amie à l'accompagner chez sa sœur dans le Sahara. Je tentai ma chance pour qu'il me laisse prendre neuf jours d'absence sans lui, et à mes frais évidemment ce qui aurait pu clore toute discussion. Il me permit de partir connaissant mon amie Micheline. J'embrassai ces parties de moi qui étaient endormies : joyeuse, souriante et calme, je me reposai enfin. La seule difficulté rencontrée fut causée par mon besoin de boire une eau potable pour mes problèmes de digestion. Il me fallut parcourir beaucoup de kilomètres dans le désert pour en trouver, ce qui la rendit encore plus précieuse. J'étais enchantée de plonger dans cette culture vieille de deux mille ans et heureuse de découvrir tout cela avec mes amis autochtones. J'avais été tellement déçue de ne pas avoir pu explorer la Turquie comme elle le méritait…

J'avais fait de nombreuses photos de ce voyage pour pouvoir les partager à mon retour, mais elles disparurent de la carte mémoire de mon nouvel appareil photo numérique, qui, selon Alban, n'avait pas supporté le portique de sécurité… Aujourd'hui, je n'ai plus aucune photo que ce soit de mes enfants depuis leur naissance jusqu'à ma séparation, des voyages, de Noël, des mariages !

Les deux seuls voyages que nous avions faits ensemble furent négociés par Alban auprès de son employeur, le dernier en date pour une intervention chez un client guadeloupéen. Il s'arrangea pour que nos billets d'avion et la pension complète soient pris en charge.

Cela ne nous coûta rien ! Sinon, il ne m'aurait jamais proposé de partir en vacances dans les Caraïbes. Magnifique était un euphémisme pour cette île paradisiaque ! Pourtant, Alban ne manquait jamais une occasion de gâcher tous ces moments qui auraient dû être légers. Bien au contraire, je n'avais pas ressenti cette paix qui nous aurait aidé à souder notre famille.

Maya-Lou fut la seule à voyager par deux fois avec nous, néanmoins, Érika, avec qui j'avais communiqué par SMS, s'était montrée heureuse pour nous. Mais elle avait été lésée, je le savais, et j'aurais tant voulu partager ces souvenirs avec mes deux filles.

Au retour de mon voyage tunisien avec Micheline, Alban adopta l'attitude que je redoutais tant, celle du mutisme. Il se terrait dans le silence et je culpabilisais. Il recréait consciemment les violences psychologiques de mon enfance. J'avais pourtant tout préparé avant mon départ pour qu'il n'ait que notre fille à emmener chez la nounou, mais il sous-entendait que j'étais une égoïste de m'être autorisé cette extravagance.

Lulu s'y mit et me fit une réflexion qui me laissa sans voix en appuyant sur le fait que partir sans mon conjoint n'était pas correct, car lui honorait sa femme chaque jour ! Je faillis m'étouffer à cause de cette remarque misogyne. Décidément, les hommes autour de moi avaient une bien piètre image des femmes ! Je me réfrénai de lui dire que de toute façon nous n'avions des relations intimes que tous les trente-six du mois, et que par conséquent cela ne changeait absolument rien que je parte ou non.

Alban m'avait offert des objets sexuels pour pallier son manque de libido avec moi estimant qu'il apportait sa contribution en pensant à mon bien-être, mais il ne voulait pas entendre que j'avais besoin d'un homme tout simplement.

Il appuyait sur tous les boutons pour me faire céder à son envie d'enfant.

Pourquoi vouloir un bébé avec une femme qu'il considérait irresponsable, rabâcheuse et irascible ?

J'approuvai alors pour un troisième enfant. Il n'eut pas beaucoup d'efforts à faire, connaissant mes périodes de fertilité : je lui facilitai la chose et il n'eut pas à me toucher plus que nécessaire.

Les filles étaient contentes que la famille s'agrandisse ! Alban invita ses parents leur annonçant qu'il leur réservait une surprise. Lorsqu'ils passèrent le pas de la porte, ma belle-mère vit mon ventre et s'exclama d'un air dégoûté : « C'est ça la surprise ? ». Pourquoi étais-je encore stupéfaite du venin qui sortait de sa bouche ?

Ses humiliations ne s'arrêtaient jamais, même pour cette jolie nouvelle.

Alors que je les avais accueillis pour cette belle réception, elle se plaignit à son fils quelques jours plus tard d'avoir fait une « septicémie » à la suite de cette journée. Personne n'avait été malade et j'expliquai à Alban que cela ne pouvait pas être le mot qu'elle avait prononcé. J'étais enceinte et je faisais attention à ce que je cuisinais. Croyait-elle que je voulais l'empoisonner ? Je préservais mon corps pour cette vie qui grandissait en moi. Au moins pour la nourriture…

Était-ce lui ou elle qui avait fabulé ? Je n'eus jamais le fin mot de l'histoire.

Je continuais à travailler et à assumer toutes les tâches ménagères jusqu'à cinq mois de grossesse. Les contractions régulières m'obligèrent à arrêter mon activité professionnelle. Ne manifestant aucune compassion pour mon état de fatigue, Alban faisait le tour de toute la maison pour relever ce que je n'avais pas fait. Je le voyais jouer l'inquisiteur alors qu'il croyait que je ne le remarquais pas.

J'insistai pour avoir une aide-ménagère deux heures par semaine pendant quelques mois, car le médecin m'avait préconisé une position allongée à laquelle je ne pouvais m'astreindre faute de temps. Mais cela lui était insupportable : il me rétorqua que sa mère avait assumé quatre enfants et qu'elle n'avait pas eu besoin de quelqu'un pour l'épauler. Je lui répondis qu'elle n'avait pas eu à travailler comme moi et qu'elle n'avait eu que les intérieurs à s'occuper ! C'était facile pour lui vu qu'il était très souvent absent non seulement la semaine, mais aussi régulièrement du vendredi matin au dimanche après-midi pour aller faire « des extras ».

Je ne le voyais pas de tout le week-end et lorsqu'il rentrait après le déjeuner, il s'allongeait sur le canapé et sur mes genoux et je devais lui masser le dos pendant qu'il dormait. J'étais coincée tous les dimanches après-midi tant qu'il ne se réveillait pas...

Et, comble de l'ironie, je ne voyais jamais le salaire de ces à-côtés, m'expliquant que ses clients avaient des difficultés financières et ne pouvaient le payer que par du troc !

Ce fut à cette même période où j'appris le sexe de mon bébé : mon gynécologue m'annonça une troisième fille !

Alban refusait catégoriquement de croire que cela ne puisse pas être un garçon. Je compris alors que cela était très important pour lui alors que pour moi, si cela avait été mon souhait sur mes précédentes grossesses, je ne souhaitais qu'un enfant en bonne santé.

Je m'occupais donc de préparer cette naissance en achetant quelques robes et petites choses en rose. Lorsque je parlais à mes filles de leur petite sœur, il rectifiait toujours par : « C'est pas fait ! ».

Quelques jours avant l'accouchement, sur une écho de contrôle, le gynécologue me lança qu'on voyait bien les bourses ! Quelle ne fut pas mon émotion de savoir que j'attendais un garçon !

Ce même praticien m'imposa une césarienne programmée au prétexte que sa tête ne passerait pas mon bassin soi-disant étroit.

Le jour de l'accouchement, Alban reproduisit le même scénario à savoir forcer sa présence dans la salle de délivrance. À leur refus, il fit un scandale et s'employa à négocier lourdement avec le personnel, mais sans obtenir gain de cause. Sa rage transparaissait sur son visage et je crus bien qu'ils allaient appeler le service de sécurité.

La césarienne se passa mieux que pour sa sœur et sa naissance fut celle d'un conquérant : une fois sorti de mon ventre, mon bébé saisit les ciseaux du gynécologue, et ne les lâcha plus !

Je mariai le rire aux larmes de joie. L'intensité de notre rencontre fut magique et comme pour ses sœurs, j'expérimentai ce bonheur que rien n'égale. Par trois fois, je vécus ce cadeau immense de la vie !

Je gardai mon enfant dès la première nuit, et pour le coup, ce fut la bonne décision, car il s'étouffait dans ses glaires m'obligeant à faire fi de ma douleur pour me lever et le récupérer dans son berceau. Bien des frayeurs marquèrent mon entrée en matière avec ce petit bonhomme ! Le lendemain, la tête en coton et le corps plié en deux, je me levai pour lui donner ses premiers soins et Alban m'accompagna alors qu'il ne l'avait jamais fait pour sa fille…

Même tiraillée par ma douleur, je pris soin de mon bébé et m'appliquai du mieux que je pus. Pourtant, Alban me fit une remarque odieuse devant les autres mamans : « Décidément, tu ne sais pas faire ! » et me poussa pour saisir notre fils. Je fus tellement choquée par la brusquerie de son geste que ma gorge se serra et qu'aucun son ne sortit de ma bouche. Son comportement était bien différent de celui qu'il avait adopté lors de la naissance de notre fille. Il se rendait souvent disponible et nous honorait de sa présence. Il alla jusqu'à inviter toute sa famille et mon ami Luc le même jour et tous en même temps dans ma chambre de clinique. J'étais contente, mais épuisée par mon manque de sommeil et les effets secondaires de mon opération chirurgicale. Je ne me plaignis pas, puisqu'avec lui, c'était inutile : seuls ses désirs passaient en priorité !

Comme pour notre fille, mon opinion ne compta pas quand il fallut prénommer notre enfant. Cette fois-ci, Alban voulait que son prénom contienne une partie du sien et concernant son nom de famille, je n'eus pas mon mot à dire. Il imposa également les deuxième et troisième prénoms. Celui de son père et celui de l'homme avec qui il partageait la plupart de ses week-ends depuis des années. Il me l'avait présenté au début de leur collaboration. Comme les autres hommes qui faisaient partie de son cercle d'amis, il était si efféminé que je ne pus m'empêcher de le lui faire remarquer – naïve que j'étais. Il ne rappela jamais à la maison et je ne le revis plus dans les parages. C'était suspect, Alban ne souhaitait pas que j'y voie plus clair sur le masque qu'il portait.

Il prenait son rôle de père très au sérieux pour s'occuper de notre fils, Atlan. J'étais écartée de tout, mais sans vraiment m'en rendre compte.

Nous retournâmes tous ensemble à la maison un jour de neige. J'avais des soins à effectuer sur ma cicatrice et quand plus tard, l'infirmière passa, je la priai de me laisser de quoi me soigner seule. Le temps était tellement mauvais que j'avais peur qu'elle ne puisse plus revenir à cause de la neige. J'avais bien anticipé les prévisions météo, car nous fûmes coupés du monde quelques jours. Je me piquai contre la phlébite et je n'eus pas le choix que d'enlever seule mes agrafes avec une pince chirurgicale que m'avait laissée l'infirmière. J'avais déjà connu pire, mais la peur d'attraper une infection redoublait mon angoisse.

Alban était resté coincé à Lyon, si je tombais malade, qui allait s'occuper de ma fille et de mon bébé ? C'est avec cette pensée que je m'accrochai et que je tins le coup. Je continuai à allaiter en gardant Atlan dans notre lit.

Maya-Lou avait six ans et se retrouvait en CP. Désormais grande sœur, elle comprit qu'il fallait partager sa place de fille quasi unique. Sa grande sœur n'étant plus là, elle avait passé quatre ans à disposer de l'attention exclusive de sa maman. L'arrivée de son frère fut difficile à accepter et ce lien fraternel qui aurait dû se faire naturellement, ne se produisit pas. Il est vrai qu'elle était à l'école la journée pendant que moi je m'occupais de son petit frère. J'avais beau retourner la situation dans tous les sens pour changer ce qu'elle ressentait pour le dernier de notre famille, je ne voyais pas comment améliorer ce que je faisais déjà pour les deux. Cette culpabilité que je cultivais ne me quittait pas !

En vieillissant, on se rend compte à quel point la vie est précieuse et combien il est magique de mettre au monde un enfant. Pour soutenir ces femmes qui se languissent et qui souffrent de ne pas connaître la maternité, c'est une chance que l'on devrait chérir.

Érika possédait son appartement à Saint-Étienne. Il lui avait été attribué par le conseil général. Elle naviguait entre son foyer à Saint-Étienne et la famille d'accueil que j'avais trouvée pour des vacances à la campagne et avec qui ça se passait bien. Le conseil général nous accordait la chance de garder toujours la même. J'étais contente qu'elle y trouve la stabilité et l'équilibre nécessaire à tout enfant, mais de mon côté, j'étais privée de son évolution ainsi que de tous les moments complices que d'autres avaient à ma place.

J'avais rarement pu lui rendre visite pendant ses années de lycée. J'avais le cœur déchiré lorsque je la voyais là-bas, dans cet endroit pour enfants venant de milieux défavorisés, alors que je profitais d'avoir sa sœur et son frère auprès de moi. Comment avions-nous pu en arriver à ce point de rupture ? Il était impensable que nous finissions par nous éloigner davantage.

Je tentais de me rapprocher d'elle. J'avais trop mal à force d'être séparée d'elle, même si elle m'assurait qu'elle était bien dans son petit appartement qui se trouvait dans une très belle résidence fermée sur les hauteurs de la ville. Petit à petit, nos relations redevinrent normales, et jamais elle ne manquait de bienveillance envers nous tous. Cependant, dès qu'Alban constatait ma joie de me rapprocher de ma fille, sans que je l'explique, la tension d'antan réapparaissait entre Érika et moi remettant de la distance entre nous. C'était un manège qui ne s'arrêtait pas !

Alban me laissait l'entière responsabilité des enfants et des corvées quotidiennes. Il gérait les comptes sans me consulter : calculer, vérifier, économiser, son seul intérêt était l'argent. Pourtant, je lui avais retiré la procuration sur mes comptes depuis quelques années, faute de confiance en lui. Je découvris qu'il y accédait quand même par Internet et il se dispensa bien de me partager les codes qu'il avait créés à ma place. Je persistai afin qu'il me les donne et il objecta de manière à me rejeter la faute : « Tu vois bien que je n'ai pas le temps. » ou alors « Tu fais toujours des histoires pour l'argent. ». Je ne les obtins pas avant des années. Je parlais à un mur.

Sans oublier ma reconnaissance de dette qu'il déchira en petits morceaux : j'avais fini de rembourser ma part, mais sans connaître le détail des transactions qu'il avait prélevées sur les comptes ! Là encore, il ne m'avait pas consultée pour les versements de la somme que je lui devais et s'était servi à sa guise.

C'est à cette époque qu'est arrivée une belle-sœur. J'étais contente quand je songeais au fait d'avoir quelqu'un avec qui on pourrait se serrer les coudes pour supporter les réflexions assassines de ma belle-mère. Malheureusement, ma réputation de mauvaise mère m'avait précédée et cette complicité tant espérée n'arriva jamais. Pourtant, la belle-mère ne manquait pas de la critiquer elle aussi lorsqu'elle avait le dos tourné. Aucune des petites amies de ses fils ne trouvaient grâce à ses yeux ! Elle considérait qu'elle savait tout mieux que tout le monde et nous en payions les frais. Ses fils cautionnaient, donc il était difficile de faire front contre cette femme.

Lorsque je faisais part à Alban de mes craintes sur la nocivité de sa mère pour la vie amoureuse de mes beaux-frères, il coupait court à la discussion : il était interdit de désapprouver cette mère parfaite à leurs yeux. Ma belle-sœur eut une fille et tout se passa bien à sa naissance – Alban paraissait heureux pour son frère –, mais, des années plus tard, lorsqu'un garçon vint agrandir la famille, Alban se montra perturbé, voire hostile. Il sentait la jalousie à plein nez envers son frère. Je réalisai que la raison majeure était que lui aussi transmettait à son tour le nom de la famille qu'Alban était si fier d'avoir été le seul à perpétuer jusqu'à présent. Il n'en laissait rien paraître devant eux, jouant sa comédie de tonton attentionné.

Puis Alban voulut fêter ses quarante ans en grande pompe. J'avais organisé une fête surprise pour ses trente ans avec une quarantaine de personnes. Pour cet anniversaire, il invita même des gens de notre village qu'il connaissait peu, mais il voulait impressionner les foules. On commanda un traiteur pour le méchoui et des gâteaux pour plus de cent vingt personnes. Je n'avais jamais vu la plupart d'entre eux et je me doutais qu'eux non plus ne m'avaient jamais rencontrée, car à chaque fois que je m'approchais avec mes plateaux de boissons et gâteaux apéritifs et les saluais, je ne recevais aucune réponse. Ils me prenaient pour une simple serveuse !

Alban avait géré la partie sonorisation et j'avais assumé le reste avant et pendant cette journée. Cette charge me pesait d'autant plus que je continuais à allaiter mon fils de neuf mois et que je portais sans répit. La préparation de cette fête me happa pendant des semaines, désirant qu'elle soit la plus parfaite possible même si je présageai que mes efforts n'auraient aucun compliment. J'avais cuisiné tous les apéritifs, acheté les décorations et décoré la salle, car malgré tout, mon envie de bien faire prenait le dessus pour être reconnue aux yeux d'Alban. Néanmoins, lorsqu'il monta sur scène pour remercier les convives d'être venus, je n'en crus pas mes oreilles : il n'eut aucun mot pour moi comme si je n'existais pas. Il trônait comme un roi alors qu'il n'avait été que valet se persuadant lui-même de son implication avec une exagération notable. J'avais l'impression d'être insignifiante, transparente… Je pris un bon coup en travers de la gorge, car mon investissement m'avait épuisée et tout cela sans aucune reconnaissance de sa part.

Je ne peux m'empêcher de comparer cette fête avec mes anniversaires où sa considération était à la hauteur de son estime pour moi. Le jour de mes trente ans, il m'emmena avec lui dans le vieux Lyon. Il avait fixé justement ce jour-là, une réunion avec des clients et je dus me contenter d'un kebab-frites. À mes quarante ans, il prit sa journée – exploit en lui-même – et m'emmena au cinéma à la séance de onze heures qui était la moins chère. À la sortie, nous mangeâmes au snack d'en face et une fois à la maison, il vaqua à ses occupations, dans le garage. N'avais-je pas le droit, moi aussi, à une fête surprise ou tout simplement à une soirée au restaurant et un bouquet de fleurs ? J'avais pourtant espéré qu'une fête me soit dédiée pour mes quarante ans en invitant mes amis et des membres de ma famille.

Copier-coller de ce ton si familier à mes oreilles : il me rigola au nez en me disant que je n'avais ni famille ni amis alors pourquoi s'ennuyer à mettre en place une soirée sans invités.

Je profitai de mon congé parental pour me former sur différents domaines qui me tenaient à cœur.

Une nouvelle crèche avait ouvert ses portes à côté de notre village de La Chapelle-Villars et je bénéficiai d'une place d'une manière inespérée. J'avais tellement galéré pour trouver des moyens de garde pour mes filles alors que je travaillais, et maintenant que j'étais en congé parental, une place en or m'était accordée dans un cadre bucolique. Je laissai Atlan deux jours par semaine pour sa socialisation et pour me consacrer à mes études. Je touchais une allocation qui nous permettait de mieux nous en sortir vu que nous n'avions plus les dépenses liées aux trajets de mon travail et aux salaires des deux nourrices. Alban n'était donc pas contre le fait que je ne travaille plus quelque temps.

Cependant, toutes les études que j'entrepris furent payantes. Lorsque je fis le chèque pour ma première formation, il me reprocha de m'être engagée sans son accord alors qu'il se passait bien du mien pour ses grosses dépenses. Il était clair qu'il ne voulait pas assurer les frais de mes formations avec le compte joint. Il avait déjà oublié le coût faramineux de ses soins dentaires sur les quinze dernières années. Il fut choqué par mes arguments et me rétorqua, scandalisé, que les dents déteignaient sur la santé. Par conséquent, je finançai seule mes études !

Cela faisait des années que j'avais le souhait de célébrer les dix-huit ans d'Érika et de partir en voyage toutes les deux. Bien entendu avec mes économies ! Alban œuvra pour saboter mon plan en me martelant la tête de son simulacre de bienveillance : « Arrête d'espérer, vous ne vous entendrez jamais ! T'es bête de croire que ça peut changer entre vous ! » Je n'en démordais pas, car il pouvait déblatérer tant qu'il voulait, je savais qu'il disait faux et qu'il dénigrait notre relation par pur vice.

Je fis donc la surprise à Érika, enfin presque…

Un soir que je rentrai de formation, j'allumai la télévision. Et là, stupeur ! La croisière que je venais juste de finir de régler tombait à l'eau. Le *Costa Concordia* était échoué, là, sous mes yeux, et mon projet avec, quelques jours avant de partir. Je m'étais arrangée pour qu'Érika soit libre pendant ses vacances sans qu'elle le sache et j'avais fait en sorte que tout soit ordonné afin de pallier mon absence. Tout était à repenser ! Alban manifesta sa colère en s'écriant que j'avais choisi un plan foireux – encore une fois – et mis en danger la vie de ma fille. Ce voyage était censé être un séjour rythmé par de nombreuses escales lors desquelles nous aurions pu visiter le riche patrimoine de grandes et belles villes. Pourquoi aurais-je fait exprès de mettre ma fille dans ce guet-apens et menacer sa vie ? Je n'aurais jamais pu deviner ce qu'il allait se passer : pensait-il que j'étais médium, ou quoi ?

Je mis Érika au courant du programme que j'avais concocté. Ensemble, nous allâmes dans un cybercafé à Saint-Étienne afin de trouver un séjour de substitution sur les mêmes dates. Ce furent les cookies publicitaires qui nous secoururent de notre déboire précédent ! C'était tout ce que je fuyais : trois vols consécutifs ! Nous décollâmes de Lyon par moins dix-sept degrés le 12 février 2012 pour atterrir à Barcelone à plus douze degrés, quarante minutes plus tard. Nous y passâmes trois jours de découvertes architecturales merveilleuses, complétées par trois jours à Rome. Nous fêtâmes toutes les deux ses dix-huit ans dans une ville magique : un rare moment de complicité depuis qu'Alban était entré dans ma vie.

J'avais pris de très nombreuses photos avec un appareil acheté pour l'occasion. J'avais immortalisé ma fille sous toutes les coutures, nos selfies à deux, ainsi que tous ces superbes monuments. Plusieurs centaines de clichés illustraient notre parcours et je m'étais projetée au moment où je les ferais défiler avec un plaisir immense d'avoir tous ces souvenirs gravés pour toujours. Quelque temps après notre retour, quelle ne fut pas ma déception de constater que rien n'avait été sauvegardé sur la carte mémoire ! Devant mon désespoir, Alban réitéra son explication que cela pouvait arriver à cause des rayons X à l'aéroport qui détruisaient parfois ce type de matériel sensible à l'électromagnétisme.

En écrivant mon livre, je me rends compte qu'Alban a supprimé toutes mes photos laissant mes souvenirs vides d'images et l'impossibilité de partager avec les personnes que j'aime ces moments passés ensemble. Je n'ai jamais récupéré ni les photos de mes enfants ni les clichés personnels. C'est une punition très forte et symbolique pour effacer le passé : en faisant disparaître mes photos, c'est mon essence de mère qu'il effaçait !

J'étais abattue et je ne pouvais plus compter que sur ma tête pour me remémorer notre voyage. Mais bien des années plus tard, je fis le lien avec une accusation d'Érika qui était certaine que j'avais détruit toutes ses photos de classe. Seules les siennes étaient manquantes, celles de sa sœur et de son frère étaient encore là. Tout comme il l'avait fait avec moi, il avait désiré la rendre transparente dans sa vie.

Cette même année, notre maison et ma dette étant payées, j'envisageais un nouvel investissement. Je m'intéressais à un bien en Haute-Loire que je souhaitais acheter par mes propres moyens. Lorsqu'il découvrit mon projet, il étala tous les arguments qu'il possédait en sa faveur pour discréditer mon achat. J'abandonnai, encore, épuisée par son insistance… Je m'informai sur toutes les solutions possibles afin de me constituer un patrimoine indépendant de celui que j'avais constitué pour nous deux. Moi aussi, j'avais vu ce vieux film *Le Viager* qui m'avait fait mourir de rire, mais qui avait porté un sale coup à ce type de placement financier. Cependant, je me renseignai sur cette possibilité qui me permettrait d'acquérir une propriété en versant une rente dès à présent à une personne qui en avait besoin. C'était gagnant-gagnant !

Je parcourus toutes les annonces actives en France, mais elles n'étaient pas si nombreuses en 2012. J'en sélectionnai une que je trouvais abordable. Alban insista pour m'y accompagner et ce fut en famille que nous vînmes découvrir cette petite maison dans le Sud. Elle était sombre, remplie de meubles, de bibelots et le petit jardin envahi de nains de jardin et de cigognes en plastique. Rien ne correspondait à ce que j'imaginais !

Durant la visite des lieux, cette belle Alsacienne au grand âge, Fantine, se confia sur sa vie. Toutes ses blessures, son désarroi, son besoin de faire justice face à un fils malveillant. Je ne pouvais pas rester insensible à ses malheurs. J'étais touchée et puis je savais que le risque n'était pas élevé, il me permettait d'épargner en faisant une bonne action. C'était ce qu'elle m'exprima, ses mains dans les miennes, son regard bleu perdu dans le mien. Je pouvais remédier à son problème et répondre à sa détresse. J'étais donc décidée à faire cet achat à la portée de mon portefeuille, car l'affaire était plus que rentable.

Alban ne me lâcha pas. Il campait sur ses positions et ne voulait pas que je me rende indépendante et que je me libère de son emprise. Il m'usa tant et si bien pendant des semaines que son nom figura sur l'acte d'achat, ce qui sous-entendait à parts égales. J'étais dépitée de constater qu'il ne comprenait pas ce que signifiait verser une rente viagère. Chaque loyer versé à notre crédirentière le rendait de plus en plus nerveux. Pour lui, ce n'était pas normal de payer un loyer pour une maison pour laquelle nous avions déjà versé un bouquet à l'achat et qui nous rendait propriétaires dès la signature. Il n'avait rien compris au processus...

C'est au bout de vingt-trois mois qu'il se détendit à la suite du décès tragique de Fantine : il était soulagé et j'étais accablée par son manque de discernement et d'empathie pendant toute cette période. Elle mourut seule, dépouillée de tout son argent et ses objets de valeur par ses aides à domicile, et avait fini endettée. Ses volontés étaient exaucées, mais pour moi, c'était un terrible sentiment d'impunité. Mon dos s'était courbé sous le poids de la douleur et je restai pliée en deux durant quinze jours.

Alban se fichait de cette injustice : la maison était à nous.

Ma fille nous rendait visite de temps en temps entre voyages, études et amis. Je lui versais une pension alimentaire provenant des arriérés de pension de son père. Aussi touchait-elle une belle somme de ma part, de son père et des bourses d'études qu'elle avait, je ne sais comment, réussi à avoir. Alban et moi lui expliquâmes gentiment que de recevoir plus de mille cinq cents euros par mois, était un montant démesuré pour une étudiante. Nous souhaitions qu'elle se rende compte que c'était un privilège auquel peu de jeunes pouvaient prétendre, même pour leur premier salaire. Elle crut que nous lui faisions la leçon, que nous lui voulions du mal et pour nous punir, elle nous infligea un silence de six mois.

Quand elle refit surface, elle demanda ma contribution pour lui payer la moitié de son permis à Saint-Étienne. Son père accepta de payer l'autre moitié. Elle insista pour que je paye en avance des heures complémentaires, me disant que cela ne suffirait pas, mais elle ne commença jamais les leçons déjà acquittées ! Elle était partie de plus belle vers d'autres horizons ; elle était comme ça : un vrai tourbillon ! Elle tenait un blog de voyage que je suivais sans qu'elle le sache. Les destinations de ses escapades, ses passions et ses inspirations, j'aimais m'immerger dans son monde.

Je l'invitai pour l'anniversaire de sa sœur, mais elle m'informa qu'elle ne pouvait pas être des nôtres à cause d'un examen. Ses mensonges continuaient. Je fus vexée et sa sœur aussi, de voir sa publication sur son excursion dans le Sud-Ouest à la même date que l'anniversaire de sa petite sœur.

Entre-temps, Alban m'offrit un cadeau inattendu : un vieil ordinateur bradé par une entreprise renouvelant son parc informatique. Configuré, logiciels installés, je n'avais plus qu'à m'en servir pour mon usage personnel. Je l'utilisai pour toutes mes formations et grâce au partage de connexion de mon téléphone, je pouvais avoir un accès Internet et échanger des mails. Il ajouta à la liste un téléphone « moderne » beaucoup plus facile à l'emploi pour tout archiver. Avant de posséder enfin une imprimante, je devais lui demander pour qu'il fasse les tirages à son travail. Il insista pour que je n'hésite pas à le consulter si besoin – pour ça, il était disponible et volontaire.

Après mon congé parental, je me savais incapable de reprendre mon travail. Entre les cauchemars sur mes parents et ceux sur mon travail, j'étais terriblement angoissée.

La naissance de mon fils avait ravivé mon instinct de survie. J'avais traversé tant de choses dans mon métier et tout ce que j'avais frôlé de près, je sentais sans cesse la mort me guetter, et laisser mes enfants orphelins était une pensée terrifiante pour moi ! Les abandonner était inconcevable ! Mon médecin m'expliqua que j'avais un syndrome de stress post-traumatique. Bien décidée à faire reconnaître ma pathologie, j'entamai des démarches pour une reconnaissance de maladie professionnelle et j'obtins gain de cause contre *Goliath* et le droit de bénéficier d'une formation de reconversion. Je me dirigeai vers un domaine qui ne m'intéressait pas forcément, mais parce que cette formation me garantissait enfin *Le Graal :* un bac+2 que je n'avais pas pu valider, faute de soutien à l'époque.

Peut-être m'ouvrirait-il des portes à quelques concours ?

Je passai les cinq mois suivants en cours, sans rien attendre d'Alban. Il se fichait royalement que j'endosse les obligations routinières. Lorsque je rentrais épuisée, je m'effondrais souvent en pleurs dans le garage. Jamais je ne m'écroulai devant mes enfants, mais Alban le voyait et n'avait aucune pitié. Je lui répétais que j'allais le quitter jusqu'à cette journée où sa réponse fut bien différente des autres fois.

« Si tu me quittes, c'est sans rien et sans les enfants ! »

Nous y étions enfin : un aveu des plus spontanés, mais des plus proches de ce qu'il pensait de notre relation. Je réalisai que je n'avais été qu'un objet de faire-valoir, une mère porteuse, une femme d'affaires pour faire fructifier l'argent de « l'entreprise » qu'était notre couple, une femme multitâche, résiliente, sans famille, une idiote prête à tout pour se faire aimer, une naïve manipulable à souhait ! Et lui avait désormais atteint tous les objectifs qu'il s'était probablement fixés depuis longtemps : une image d'homme hétérosexuel, un père de famille possédant un patrimoine confortable, un homme parfait aux yeux de tous !

Je n'avais pas plus de valeur que tous ses objets qu'il thésaurisait et qui envahissaient notre maison et ses dépendances. Je lui avais tout donné : mon amour, ma confiance, des enfants, mes salaires, toutes mes compétences et mon énergie jusqu'à la dernière sueur de mon front.

Je le savais au fond de moi depuis longtemps, mais je refusais de l'admettre faute de solutions pour mes enfants. C'était une fuite en avant, il me fallait toujours mettre le couvercle étanche sur mes émotions, sur mon manteau XXL, celui d'une femme forte aux larges épaules, comme la grenouille qui veut se faire plus grosse que le bœuf pour impressionner et ne pas être mangée.

Je menai encore les travaux de notre résidence secondaire. Alban ne s'y investissait nullement. Cette fois-ci aucun système d'alarme, juste un tableau électrique refait à l'arrache. Avec très peu de matériel, je fis mon maximum pour la rendre vivable. La maison était minuscule, mais je l'agençai pour qu'elle soit la plus agréable et fonctionnelle possible.

En 2016, je réussis mon diplôme universitaire. Pour être honnête, je ne savais pas comment j'avais fait... J'étais à genoux, fatiguée à l'extrême. Je n'imaginais pas continuer à subir une domination cachée sous le couvert d'un simulacre de famille. Bien sûr que je l'avais aimé et que mes enfants étaient la prunelle de mes yeux, mais le voile se levait et la désillusion était immense ! Mes épaules s'affaissaient vers l'avant, je n'avais plus de jus, mes batteries étaient complètement vides, et rien pour les recharger. J'eus néanmoins un sursaut de lucidité à ce moment de ma vie.

Mon entreprise me proposait un très bon poste grâce à mon nouveau diplôme. Cela aurait pu en tenter pas mal : un très bon salaire et de belles primes. Mais j'avais compris qu'en l'acceptant, je creusais ma tombe et que m'extraire loin de son champ d'action deviendrait impossible.

Après seize ans de bons et loyaux services dans la polyvalence la plus absolue, dans l'acceptation de toutes les contraintes et avec une disponibilité à toute épreuve – manquant même les fêtes des Mères – j'avais tout donné et honoré tous mes engagements professionnels pour évoluer. Je gardai pour moi la fierté d'y être arrivée seulement par mon acharnement et ma volonté. Choisir d'être reconnue inapte s'imposa dans mon esprit. Je souhaitais me concentrer sur ma santé pour rebondir au plus vite.

J'avais terminé les formations parallèles que j'avais menées depuis quelques années et qui me permettaient d'avoir enfin un métier où je respecterai ma nature profonde et non ceux que je croyais mériter, ayant été formatée par mon père : « une bonne à rien et une mauvaise à tout ».

Mon licenciement s'accompagna d'un chèque conséquent, mais un nouveau combat commençait pour moi, le même qu'en 2004, lorsque je touchai enfin mes arriérés de salaires obtenus par le jugement prud'homal, procédure engagée en 1997. Sept années de bataille juridique et d'usure mentale enfin récompensées !

J'allais devoir me battre contre un autre adversaire : lui ! Alban souhaitait que cette somme aille sur le compte joint. Je n'étais pas encore assez affaiblie pour lâcher cet argent qui m'avait coûté très cher : manger pendant plusieurs mois grâce aux services sociaux.

J'avais résisté à toutes ses manœuvres et ses belles paroles, mais il se débrouilla pour se servir autrement.

Tirant parti de mon corps qui lâchait et de ma fatigue psychologique, il utilisa tout un arsenal de manipulateur averti pour me faire céder. Il me dit que lui, lorsqu'il serait licencié, il partagerait, comme une évidence qu'il allait en passer par là lui aussi. À cette époque, sa folie atteignait le paroxysme !

Un jour, il m'affirma que j'avais exprimé le désir d'aller vivre dans le vide sanitaire de ses parents, je restai à nouveau sidérée de voir qu'il faisait mienne sa propre folie. Une autre fois, il sortit du garage, il vint me voir accusateur, pour me dire qu'il avait trouvé un billet de deux cents euros sur la caisse de pommes posée derrière sa voiture. Je n'avais jamais eu un billet d'un tel montant dans les mains, par contre, je suis certaine qu'il l'avait posé là pour le mettre dans sa voiture dont les portes arrière donnaient sur la cagette. En effet, depuis quelque temps, sa voiture – que je ne conduisis qu'une seule fois en vingt ans – lui servait de coffre-fort. Elle était toujours fermée dans le garage et les clés demeuraient introuvables. Il y cumulait ses larcins pour ensuite les transporter chez ses parents, à l'abri des regards.

J'avais réussi à le convaincre de rapporter à son entreprise toutes les fournitures de bureau qu'il avait « empruntées » et qui s'amoncelaient dans la salle de bain de l'étage, devenue impraticable. Pour le reste, son frère avait aménagé une mezzanine au-dessus du garage et une petite pièce au-dessus de la cuisine. Je n'y mis jamais les pieds, lieux clandestins pour ses combines secrètes. En effet, il avait inventé un système d'accroche avec une échelle pour qu'on ne puisse pas y accéder.

Après le départ définitif d'Érika, il avait saisi sa chambre pour s'en faire un deuxième bureau, me laissant l'encoignure pour y installer une planche et mon ordinateur. Nous avions quatre chambres, mais deux lui étaient consacrées, la troisième pour Maya-Lou, et notre fils dormit dans notre chambre jusqu'à ses quatre ans ! Heureusement, une de mes amies était intervenue pour le raisonner afin que chacun de nos enfants ait sa chambre et que nous puissions avoir la nôtre à l'étage comprenant une salle d'eau. Excepté la pose du lambris au plafond pour laquelle il m'aida, je la remis à neuf seule, mais il se vanta encore une fois de l'avoir fait. Elle était belle, peut-être trop : il la condamnait presque, afin de ne pas l'abîmer. Il était très méticuleux et tout était protégé comme si nous étions des virus au point où même les télécommandes étaient emballées dans une protection plastique. Dans le garage, repeint par mes soins à sa demande, nous pouvions manger par terre. C'était le seul endroit où il faisait le ménage. Tout était méticuleusement étiqueté, emballé et rangé d'une certaine façon. À chaque fois que les enfants ou moi-même rentrions dans sa caverne d'Ali Baba, il allait discrètement examiner de fond en comble si quelque chose avait bougé.

La résidence secondaire étant finie d'être payée, je me lançai à nouveau dans un investissement. J'espérais me faire une rentrée d'argent en vue de ma prochaine vie, me prémunissant contre la perte de mon salaire. J'optai, après moult recherches, pour un placement financier en tant que loueur meublé professionnel avec un des meilleurs taux de rentabilité sur le marché. Jaloux comme un pou, il réclama le même traitement pour profiter d'un revenu passif. Au summum de sa fainéantise administrative, il se débarrassa des dossiers à monter m'obligeant à m'en occuper jusqu'à la fin. De plus, il renversa la situation en voulant partager de moitié chacun des deux achats. Croyait-il vraiment que j'allais tomber dans le panneau cette fois encore ? J'étais une femme prête à quitter un homme qui l'avait mis plus bas que terre et qui avait profité de sa fragilité.

Mon indemnité de licenciement lui échappa, et il allait me le faire chèrement payer.

Je créai une association afin de promouvoir toutes les activités liées au bien-être en organisant des ateliers avec des professionnels et des apprenants. Cependant, comme je devenais formatrice, il me fallait un président, et à minima un trésorier. Il revint à la charge pour endosser le rôle, non pas comme président, mais bien comme trésorier. Je résistai tant que je pus, sachant comment il allait s'ingérer exagérément dans la gestion des comptes. Je pensais que je ne pouvais pas retomber dans ses griffes et pourtant, à force de persuasion, il devint trésorier. Je déployai une énorme énergie pour monter des formations, créer des contenus et supports de cours, trouver des lieux et des intervenants et faire la publicité des différents programmes.

En dépit d'un emploi du temps qui ne laissait pas la place à mes émotions, je continuais à m'enfoncer dans la torpeur. Je ne comprenais pas encore pourquoi.

Mes forces m'abandonnaient, je n'étais plus que l'ombre de moi-même et pour la première fois de ma vie, je n'avais plus envie de passer des heures à cuisiner sans recevoir un peu de reconnaissance, de lui préparer sa boîte de repas pour le travail, de rester debout aux repas pour les servir, de faire le ménage à l'instar de ces deux décennies. Plus envie de rien du tout... Alban ne lâchait pas la pression et constatant que j'en faisais moins dans la maison, il intensifia encore ses manœuvres diaboliques. À bout, sans aucun ressort ou soutien afin de mettre fin à mon mal-être, j'écrivis une lettre à mes enfants sur mon ordinateur pour leur expliquer tout l'amour que j'avais pour eux et pour leur demander de me pardonner de les abandonner de la sorte.

Le soir même, alors qu'il se rassasiait encore de ces reproches qu'il aimait tant tourner en boucle à mon encontre, je montai à l'étage avec une boîte de mes somnifères. Je n'embrassai pas mes enfants : il fallait que je parte vite ! Ils auraient vu mon désespoir ! Me jeter par la fenêtre n'aurait pas suffi à me tuer et ma seule issue pour ne plus souffrir était de mourir. Ma résilience avait atteint ses limites. J'avalai tous les comprimés de la plaquette avec un peu d'eau ; ma vision se troubla en quelques secondes et je n'eus même pas le temps de voir arriver ma délivrance.

Dans un brouillard mental, je me souviens d'avoir entendu l'urgentiste dire : « Encore une qui s'est loupée ! »

Le lendemain, je me réveillai dans une chambre d'hôpital. L'horreur d'être encore là me saisit d'effroi et je compris que même la mort ne voulait pas de moi. J'avais échoué ! Je passai des heures à pleurer avec la conscience que mon cauchemar ne s'arrêterait jamais. Je pensais au moins mériter une mort douce. Je n'avais pas le courage de me jeter sous un train, d'un pont ou du haut d'un immeuble. Si j'avais été courageuse, tout cela aurait enfin pu prendre fin.

Je fus reçue dans le bureau d'une psychologue, mais je n'avais rien à lui dire. De toute façon, je ne pouvais pas parler le premier jour, seulement pleurer sans m'arrêter. Le lendemain, j'étais dans le même état et je n'avais toujours rien à dire à la psychologue. Parler de quoi ? M'épancher alors que j'avais tenté de disparaître ? Le mal était fait…

Je voyais Alban de loin dans le couloir où il passait bien plus de temps qu'avec moi. Il n'avait même pas pris la peine de prendre des congés pour rester à mes côtés – tout comme pendant les jours qui avaient suivi la naissance de nos enfants – et je ne le vis que quelques secondes par jour sans aucune affection ou désir de savoir pourquoi j'en étais arrivée là.

Bien sûr, il savait qu'il en était pleinement la cause. Par son silence, il signait son forfait.

Durant la troisième séance, la psychologue me révéla qu'Alban venait la voir chaque jour pour qu'elle lui dise ce que j'avais pu lui confier. Elle me conseilla de partir en maison de repos, mais sans me dire précisément ce qu'il fallait comprendre : m'éloigner de cet homme toxique ! Je lui répondis que je ne pouvais pas y être admise. Je devais m'occuper de mes enfants et de ma maison et que personne ne pouvait le faire à ma place.

Au bout de six jours, je décidai de sortir plus tôt, car j'avais le désir de dire au revoir à Érika.

Elle m'avait annoncé quelques jours avant mon hospitalisation qu'elle partait faire le tour du monde toute seule, à vingt ans. Je savais qu'elle ne partait pas en solitaire. Pour ne pas faire d'histoires, je passais sous silence son mensonge et elle n'apprit jamais que je connaissais la vie qu'elle menait et qu'elle tentait absolument de me cacher. Elle ne sut pas non plus que je m'étais pressée de m'extirper de cette chambre pour la voir avant qu'elle ne quitte la France. Entre les risques qu'elle prendrait pendant son voyage et la fragilité de mon état, peut-être était-ce notre dernière rencontre.

Au début, nous échangions quelques mails. Puis je n'eus plus de nouvelles, pendant et après…

De mon côté, dès mon retour à la maison, ma décision était prise : je ne méritais pas de mourir pour lui, j'allais le quitter !

Je rafraîchis la maison et je mis en ordre mes affaires. Je m'inscrivis à la maison des services pour créer le site Internet de l'entreprise que je voulais créer. Je passai neuf mois pour accoucher d'un site complexe, mais complet qui mettait en valeur tout mon parcours et tout ce que je proposais dans mon cabinet.

Je ne dévoilai rien de mes intentions, cependant j'étais sûre qu'Alban avait compris ce qu'il se passait vu mon changement d'attitude. Je m'habillais différemment : des robes et des jupes comme un défi personnel pour braver un interdit que j'endurais depuis si longtemps. Il ne disait rien… Je pensais, femme crédule que j'étais encore, qu'il n'irait pas plus loin dans ses investigations.

Je commençai à photographier méticuleusement tous ses larcins. J'étais consciente qu'il me fallait des preuves pour gagner ma liberté. Mon père avait été le meilleur professeur en la matière ! Je pris en photo la place de chaque chose que je devais déplacer pour accéder à ses piles d'objets. J'étais obligée de tout remettre à l'identique si je ne voulais pas l'alerter. Je trouvai un moyen pour monter pour la première fois dans la mezzanine du garage. Ce fut très acrobatique et je découvris l'étendue du magot comprenant l'ensemble du matériel électronique dérobé à son entreprise. Les étiquettes n'avaient pas été retirées ! J'enregistrai sur mon téléphone ces monceaux de fournitures y compris les stocks de gasoil qui complétaient ce joyeux bordel. J'avais même réussi à le filmer quand il siphonnait le réservoir de sa voiture de fonction.

Il était dans un délire cleptomane pour éviter la moindre dépense.

La prudence et la méticulosité de mon entreprise étaient exacerbées par le fait que je ne pouvais pas me permettre qu'il découvre mes intrusions. Je décidai que mon ordinateur était l'endroit le plus propice où mettre en sécurité les pièces admissibles s'il voulait se dédouaner. Mais, naïveté oblige, j'allais comprendre à mes dépens à quel point j'étais traquée de mon côté ! Le soir même, je l'aperçus dans l'encadrement de la porte du garage, les yeux dans le vide, comme figé, sans même se rendre compte de ma présence. J'étais bien certaine d'avoir remis à sa place au centimètre près tout ce que j'avais eu à bouger.

Comment s'en était-il rendu compte ?

J'avais pourtant tout caché à l'intérieur d'un fichier avec un titre bateau. J'avais également sauvegardé les éléments les plus compromettants en les envoyant par mail à une amie.

Il dormait encore moins que d'habitude, passant ses nuits à se tourner sans cesse. Comme à l'accoutumée, il se levait très tôt. Il était toujours assis devant son ordinateur portable qu'il pliait tout de suite dès mon entrée dans la pièce.

Un matin, j'allai sur mon ordinateur pour l'allumer. Cependant, il était déjà en marche. J'étais confuse qu'il le soit depuis la veille sans même être branché. Par conséquent, je l'avais éteint en pensant l'allumer. Lorsqu'il se remit en marche, je m'aperçus que tout était corrompu : toutes mes archives de ces dernières années relatives à mon travail, pour mon entreprise, mes documents administratifs personnels et ceux pour mon entreprise, mes preuves contre lui, etc. Tout était endommagé ! Le pire, c'est qu'il était à côté de moi pour être sûr de son forfait et pour voir mon air dépité. J'avais travaillé si dur et j'avais tout perdu ! Il me jeta à la figure avec une contenance qui me dépassait : « Oui, ça arrive parfois, il est vieux. »

En même temps, quand on est coupable, comment montrer de la compassion ? Je ne compris pas tout de suite qu'il en était à l'origine, même si c'était évident ! J'avais du mal à m'en remettre. Une amie me proposa de lui confier mon disque dur, car son conjoint était un expert en informatique. Il parvint à sauver nombre de mes fichiers, mais très peu d'éléments concernant Alban...

En parlant de lui, il continuait à se faire des cheveux. Ils diminuaient à vue d'œil. Il était obnubilé par leur perte depuis des années et avait déboursé des sommes folles pour des traitements anti-chutes que son frère coiffeur lui vendait. Je lui avais assuré que cela ne me gênait pas et que ce phénomène était le lot de beaucoup d'hommes.

À chacun ses problèmes... Ma contraception me bousillait la santé : je ne supportais pas les hormones qui m'intoxiquaient. J'évoquai une opération de vasectomie pour arrêter mon traitement et il me répondit d'une manière aussi choquante que brutale : « Non, on ne sait jamais si je veux avoir des enfants avec une autre femme ! ». Je restai bouche bée devant la cause de son refus.

Vu le peu de fois qu'il me touchait, je ne prenais plus de contraceptifs de manière à purifier mon corps et le laisser se reposer.

Les fêtes de fin d'année se déroulèrent sans évènements particuliers et le soir du 2 janvier 2017, je lui dis solennellement que j'avais à lui parler. Je ne m'étendis ni sur les raisons ni sur quelque explication que ce soit. C'était inutile et superflu ! Je lui parlai d'une voix calme, mais déterminée : « Voilà, tu as le choix : soit je pars tout de suite avec les enfants, soit tu acceptes que je parte à la fin de l'année scolaire avec les enfants pendant un an, pour voir si cela change les choses entre nous. »

J'avais plutôt en tête de voir s'il pouvait changer et se remettre en question sans toutefois me bercer d'illusions.

Il n'hésita pas et opta pour la seconde solution, la première étant irréalisable sans perturber l'équilibre des enfants.

Quant à la seconde option, je l'avais proposée afin de lui laisser une porte de sortie pour ne pas m'engager dans un conflit tortueux et une rupture nette. Je savais qu'il choisirait cette solution. Cependant, même mis au pied du mur, c'était prévisible qu'il ne changerait pas son comportement. Il ne l'avait jamais fait, me dupant depuis le début avec son faux CV, ses vaines promesses et ses beaux discours.

La fête était finie pour lui.

Je mettais mes envies de séparation sur le compte d'une exaspération générale, d'un ras-le-bol de la tournure qu'avait pris notre quotidien, me rendant acariâtre, terne et moche. J'étais à fleur de peau, cette peau qui ne supportait plus le soleil et qui développait des kystes sur tout mon corps sans en connaître les raisons.

Je grossissais depuis des années et Alban soutenait que j'étais bien comme ça. Mon hypothèse tendait vers le fait que cela le rassurait, ainsi personne n'aurait envie de lui piquer son objet ! Ma belle-mère ne me priva pas d'une ou deux réflexions bien caustiques face à quelques personnes : « T'as bien grossi, c'est la ménopause, ça ! » Ce à quoi je répondis, froissée de son absence de subtilité : « Non, pas du tout ! ». Elle me rétorqua avec son petit rire moqueur qu'elle savait très bien de quoi elle parlait, car elle était passée par là. Elle se figurait sans cesse qu'on lui mentait.

Je sortis dans la cour, humiliée encore une fois. Je restai toutefois respectueuse, ce qui m'empêchait toujours de riposter. Je ne m'attendais plus à ce qu'Alban intercède en ma faveur.

Dès le 3 janvier 2017, il changea ses habitudes. À peine la porte d'entrée franchie, il descendait s'enfermer dans la chambre avec Maya-Lou. Comme à l'accoutumée, sans un bonjour ni même un petit signe pour moi.

Pendant ce temps, je préparais le repas et environ quarante minutes plus tard, il remontait et reprenait ses petites habitudes. Il ne fallait pas lui parler tant qu'il n'avait pas fini. Malheureusement, je ne cherchais pas à savoir ce qu'ils se disaient. Je ne pouvais pas imaginer ce qui se tramait dans mon dos. J'étais encore loin de penser que nos enfants puissent être des pions dans son jeu malsain ! Un jour après l'autre, ma fille s'éloignait de moi, se renfermait dans sa coquille, puis ne voulait plus communiquer avec moi. Je ne la reconnaissais pas. Elle commençait son adolescence, mais cela n'expliquait pas ce revirement soudain contre moi.

Deux fois, sur les six mois précédant la date prévue du départ, je lui avais posé la question à savoir si elle voulait venir avec nous, à Mèze. Elle m'avait rembarrée en alléguant qu'elle ne voulait pas quitter ses amis et son collège privé. Me souvenant de ce que j'avais vécu avec sa sœur, j'étais persuadée que son changement de comportement avait été provoqué par ce déracinement, alors je n'avais pas insisté. Je n'aurais pas supporté de repasser par les mêmes difficultés qu'avec Érika. Je m'étais résolue au fait que je ne serai plus là à l'attendre en haut de la montée, à son retour du collège, pour l'accompagner au tir à l'arc, l'embrasser le soir dans son lit, lui préparer ses repas et la voir grandir près de moi. J'aimais sa gourmandise, son calme et les blagues qu'elle savait si bien raconter avec son style pince-sans-rire.

Après Érika, c'était Maya-Lou que je ne verrais pas grandir.

Un jour, alors que nous étions en voiture pour un long trajet et tandis que je conduisais, Alban mit une clé USB pour mettre de la musique. Ce que j'entendis me glaça le sang : ma voix avait jailli des enceintes pendant quelques secondes seulement avant qu'il arrache sa clé. J'avais été enregistrée quand il n'était pas là : c'était une conversation confidentielle que j'avais entretenue avec un professionnel de santé ! Le plus étrange était que j'étais dans son cabinet lors de cette discussion ; comment s'était-il débrouillé pour enregistrer notre échange ?

Les enfants étaient à l'arrière, cependant je demandai quand même des explications. Il m'impressionnait chaque fois un peu plus, me faisant passer pour une folle furieuse : « ma pauvre fille... » – c'était justement l'expression qu'utilisait ma mère pour me rabaisser ! Il secoua la tête pour ajouter un côté dramatique à son propos. Il savait que je ne ferais pas de scandale devant les enfants. Je m'arrêtai là en gardant en tête qu'il me devait des explications.

Il s'arrangea les jours suivants pour ne pas avoir à en reparler et que j'oublie cet incident, qui n'en était pas un...

Je compris qu'il espionnait toute ma vie. Mon téléphone et mon ordinateur – si gentiment offerts – étaient les sources de ses investigations. Il avait perfectionné ses méthodes pour que je ne tombe plus sur des feuilles A4 qui répertoriaient mes journées et qui témoignaient de son obsession irrationnelle.

J'ai continué à lui faire croire que j'étais la même, candide et endormie, toujours la tête dans le guidon.

Je lui faisais régulièrement part de mes interrogations sur ses compétences au travail si je me basais sur ce qu'il faisait, et surtout ce qu'il ne faisait pas à la maison. Maintenant, je voyais clairement qu'il brassait du vent, faisant croire qu'il était si occupé qu'il ne pouvait pas aider.

À chaque Noël organisé par son entreprise, je parlais avec un de ses collègues avec lequel je m'entendais bien. Alban était furieux ! Je le voyais tourner autour de nous pour essayer d'entendre nos discussions. C'était un manège pitoyable.

La dernière année, alors que je savais que je le quittais enfin, je m'en amusai. Je dialoguai avec son collègue tout en regardant Alban afin qu'il pense que je parlais de lui. On aurait dit un lion en cage ! Leurs relations fondirent comme neige au soleil.

J'avais déjà observé son air contrarié quelque temps auparavant. J'avais fait une réflexion qui complimentait un reporter qui passait à la télé et que je trouvais bel homme. Je m'étais exclamé : « Tiens, voilà le petit mignon ! » Il avait quitté la table pour se planter devant l'écran de télévision et était resté bloqué devant, les yeux dans le vide. Après vingt ans, je découvrais à quel point il était rongé par sa jalousie maladive. Je ne m'en étais jamais aperçue. Là encore, il avait bien caché son jeu.

Alban se vantait régulièrement du bon travail qui satisfaisait ses employeurs ainsi que les mariés dont il animait les mariages depuis plus de trente ans. Malgré les louanges qu'il se lançait, je voyais bien, le peu de fois où il m'avait permis de l'accompagner, qu'il ne répondait pas aux sollicitations des clients. Il n'en faisait qu'à sa tête ! Quant à ses collègues de la profession, Alban me faisait comprendre qu'ils étaient tous bien en dessous de lui : ce ne pouvait être que la seule explication pour que son patron, Armand, le retienne si souvent les week-ends. Selon lui, les autres DJ étaient écartés, car ils n'étaient pas à sa hauteur.

Cet homme était indéchiffrable et me reprochait régulièrement de ne pas chercher à le connaître, alors que lui me connaissait parfaitement. C'était vrai : il avait parfaitement cerné mes forces et mes faiblesses. Il avait déterminé mon profil dès nos premières rencontres. Je ne me cachais pas derrière un masque tandis qu'Alban revêtait des déguisements qui camouflaient sa vraie personnalité.

Toutes ces années, soit son téléphone était sur messagerie soit je n'arrivais à le joindre que rarement lorsqu'il était au travail. Je ne savais pas à quelles activités il se livrait et, bien entendu, lui demander n'était pas une option. Il décrivait parfois ses pauses-déjeuner et se targuait de courir entre midi et deux sur les quais de Lyon ou d'être allé manger avec un client.

Je laissais des messages et il me rappelait l'air de rien, mais disait crouler sous le travail.

J'avais vu plusieurs fois son atelier d'électronique qui me rappelait les reportages sur les laboratoires de montage dans l'aérospatial : tout était aseptisé, marqué, référencé, et rien ne dépassait. On aurait dit un endroit où personne n'osait mettre les pieds, où tout était figé dans le temps.

À chaque fois qu'il avait besoin d'un nouveau collaborateur, il m'apportait les dates de naissance des candidats pour en connaître le profil. Je m'étais formée à l'astrologie durant trois ans à l'école de Villeurbanne et il me sollicitait désormais pour dresser les traits psychologiques d'une personne. Cette technique était déjà utilisée par quelques cabinets de recrutement à cette période. Alban prenait systématiquement le plus docile, mais ils démissionnaient les uns après les autres. Ils n'avaient, d'après lui, pas le niveau.

Néanmoins, lorsque je lui exposai tous les aspects de son propre thème astral et de ce que j'en lisais, il me dit que je me trompais royalement !

Entre son comportement passif à la maison et la manière dont il se valorisait concernant sa participation active au travail, je décidai de téléphoner à son collègue pour savoir comment Alban s'impliquait dans son entreprise. À son insu, j'enregistrai notre conversation en sachant que cela était répréhensible, mais j'avais besoin d'une preuve irréfutable qu'Alban était le même qu'à la maison. Dans mon esprit, il était probable que je n'ai jamais à faire écouter cet échange, cependant j'avais l'impression que j'avais la nécessité de me protéger.

Notre discussion me confirma qu'il brassait du vent et n'hésitait pas à marcher sur ses collègues pour évoluer et cela avait fonctionné : il était passé cadre ! Quant à ses recrues, il leur faisait tellement la misère pour continuer à paresser que pas un ne restait. Tous mes doutes étaient validés, c'était bien dans sa nature de torturer ceux qu'il estimait devoir le servir. Je raccrochai avec une nouvelle preuve à l'appui. Mais cinq minutes plus tard, il me rappela pour me dire qu'il avait trouvé Alban à tourner autour de lui : il était persuadé qu'il nous avait écoutés. Ce collègue m'avait assuré que jamais Alban ne l'approchait. Je mettais ma main au feu que ce n'était pas un hasard !

À la maison, Maya-Lou repoussait toutes mes tentatives de resserrer nos liens bien que je me sois toujours autant impliquée dans sa vie. Je décidai de lui parler des raisons de mon départ. Je lui expliquai que la relation avec son père m'avait poussée à un geste désespéré dont je lui rappelai qu'elle avait été témoin lorsque les pompiers m'avaient emmenée. Mais je compris que le mal était fait : son père la manipulait en lui montant la tête contre moi chaque fin de journée. Tout prit du sens quand je pensai au temps qu'il passait chaque fin de journée dans sa chambre pendant que je cuisinais. Je n'en pris conscience qu'à cet instant avec ces yeux accusateurs. Comment imaginer une telle perversion ? Il avait changé ses souvenirs en pures inventions pour qu'elle pense, elle aussi, que ce qu'elle avait vécu n'était pas la réalité. Alban plantait encore et encore des idées corrompues dans son esprit.

J'avais pris soin de garder les preuves comme quoi je lui avais demandé de venir vivre avec nous dans le Sud, car j'étais persuadée que viendrait le jour où elle nierait que j'avais eu le désir qu'elle nous accompagne. Et ce fut le cas !

Je faisais le décompte des jours qui me rapprochaient de ma délivrance, loin de lui et au moins pour un an... En juillet 2017, je descendis avec les enfants pour qu'Atlan effectue les derniers jours de son CP dans sa nouvelle école. Je souhaitais qu'il n'angoisse pas tout l'été sur ce nouvel établissement qui l'attendait à la rentrée prochaine. Les vacances scolaires débutèrent comme d'habitude. Les enfants ne furent donc pas déboussolés par cette vie qui prenait une autre direction. J'avais réussi les prémices de cette vie que j'espérais sereine pour Maya-Lou et Atlan.

J'ouvris alors mon cabinet dans lequel j'avais beaucoup investi : un beau site Internet, des flyers et ma plaque sur la façade.

Alban nous rejoignit pour les vacances et rien n'avait changé, surtout pas lui.

À la rentrée, il instaura que je remonte deux week-ends par mois dans la Loire et que lui descende avec notre fille un week-end par mois. Je ne lui laissai pas le choix sur un week-end de répit mensuel que je m'accordais seule avec notre fils et je gardais les enfants avec moi pendant les vacances scolaires.

Lors de mes retours, je continuais mes corvées pour que tout soit en ordre en mon absence : courses, ménage, taille des haies et repas pour plusieurs jours. J'étais exténuée de ma semaine, et je devais m'astreindre à faire six cents kilomètres en deux jours pour satisfaire les envies d'Alban. Cette séparation était loin de ce que j'avais pu imaginer et cet essai se passait de la pire des manières. Moi qui espérais une amélioration dans notre histoire et dans sa façon d'agir, j'étais plus déconcertée par mon manque de sagacité ! « Effort » ne faisait pas partie de son vocabulaire…

Il me gâta tout de même à mon anniversaire et à Noël : une télévision grand écran en 3D ainsi qu'un vol en chute libre dans une soufflerie pour nous deux.

Je notai la différence avec sa personnalité contradictoire : une année, je lui avais offert un vol en montgolfière et il l'avait refusé, préférant l'argent aux souvenirs.

Sa seule préoccupation était de parader devant nos enfants et de marquer leurs souvenirs avec tous ces cadeaux onéreux, mais payés avec le compte joint.

Il m'appelait le jour et faisait des visios le soir. Son intérêt me tenait encore… Alors que nous nous parlions via la caméra, il s'était posé langoureusement sur notre canapé et il me réclama alors une photo de mon intimité. Pourtant, en vingt ans, cet aspect de mon corps n'avait pas été ce qui attisait son désir sexuel. Je lui demandai pourquoi cet intérêt soudain, mais Alban me persuada que lui aussi m'en enverrait une. Sans méfiance de ma part et ne sentant pas le piège, je lui donnai ce qu'il voulait. En outre, je n'en vis jamais le retour, il avait changé d'avis.

La gardait-il au chaud pour me faire du chantage ? C'est ce qu'il fit des mois plus tard lorsque je maintins mon souhait de le quitter : il me menaça en me disant qu'il avait des éléments contre moi. Je ne cédai pas à ses intimidations, car j'étais confiante que mes actions avaient toujours été conformes à mon système de valeurs. Pour autant, je ne pouvais pas préméditer ses manœuvres à venir.

Le plus risible dans ce feuilleton qu'il s'inventait dans sa tête était sa soif de se faire passer pour un martyr. Il mettait en doute ma fidélité, même si mes enfants étaient en permanence avec moi. Ses mots atteignaient leur cible et moi, pour le rassurer, je détaillais mes journées et les personnes que j'avais croisées. J'étais sans cesse à me justifier alors que moi, je ne savais pas ce qu'il faisait de ses journées.

Lorsque nous nous voyions – trois week-ends par mois –, il faisait l'effort de me toucher puis allait immédiatement prendre une douche comme si j'étais un virus dont il voulait se débarrasser. J'étais atteinte au plus profond de moi. Il fuyait devant mes attentes de réponse : s'il ne voulait pas me toucher, pourquoi me mettre dans la peau de celle qui le forçait ?

En se prêtant à son devoir conjugal, il se convainquait que je n'allais pas le quitter.

Lorsqu'il descendait nous voir, il passait son temps à l'étage dans notre chambre, pièce où se trouvait mon ordinateur pendant que j'étais en bas avec les enfants. Que faisait-il pendant des heures ? Je mis du temps à comprendre qu'il s'infiltrait dans mon ordinateur pour en copier le contenu.

J'avais changé le code, mais il avait brillé par son habileté à maîtriser l'informatique pour le craquer. Puis un jour, je décidai d'enfermer mon ordinateur à clé dans une petite valise. Il descendit de la chambre et me dit, moqueur : « Tu as si peur des voleurs que tu enfermes tes affaires ? » Je le défiai : « Non, pas des voleurs, du voleur ! » Il partit avec un air incrédule. Je détestais devoir en arriver là !

Rien n'allait mieux malgré mes remarques et plus les mois avançaient, plus je campais sur ma position. Les week-ends de libres avec mon fils, nous vivions ! Nous partions en balade, nous emportions toile de tente et vélo : je m'étais enfin acheté un super VTT électrique avec mes économies. Mon fils montait à l'arrière et nous parcourions de nombreux kilomètres. Les paysages étaient magnifiques et nous nous suffisions de ces instants empreints de légèreté sans nous sentir oppressés par son père, sans lui pour gâcher nos bons moments.

Fin novembre 2017, Alban revint vers moi avec l'envie de faire l'amour, mais je refusai sans contraception. J'invoquai le fait que c'était un risque que je ne souhaitais pas prendre étant dans ma période d'ovulation. Il n'y voyait aucun problème : ce n'était pas la première fois, il ferait attention à l'instar d'autres fois avant cette nuit-là. Il savait y faire pour me faire céder : un massage pour me détendre avec une pointe de tendresse dont je me languissais. Et il arriva à ses fins. Il prit ses précautions... pour ne pas louper son coup !

À quarante-cinq ans, je me retrouvai enceinte et désespérée. Le mois suivant, je lui annonçai cette tragédie, il fut fou de joie ! J'aurais dû me détourner de cet amour d'un soir. J'étais encore tombée dans le traquenard qu'il m'avait tendu pour m'obliger à reconstituer notre famille. Il savait que ma conscience m'empêcherait de supprimer cette vie qui m'était imposée. Il était plein de projets, à tel point qu'il alla voir le directeur de l'école de notre fils pour l'informer qu'il allait partir de l'école. Je le sus par ce même directeur qui s'interrogeait sur ce départ abrupt.

À aucun moment, je n'hésitai sur ce que j'avais à faire. Lorsque je l'en informai calmement, sans lui laisser le choix. Il était furieux ! J'étais la dernière des dernières ! Je me rendis à la clinique où un médecin me prescrivit immédiatement le nécessaire en m'informant des risques en cas de complications. Je tins à ce qu'il prenne ses responsabilités et qu'il m'accompagne dans cette épreuve.

Ce fut le début de plusieurs mois de souffrances physiques et psychologiques. La voie médicamenteuse n'ayant pas complètement fait effet, une infection se développa. Je fus opérée en urgence. Il avait été des plus odieux en tête à tête, arborant une mine pleine de dégoût avant que je sois emmenée en salle d'opération. Après mon réveil, il vint avec les enfants et deux paquets identiques dans les bras : une boîte de chocolats pour moi, et une pour sa mère !

Comme une série de malchances qui ne semblaient pas s'arrêter, l'aspiration s'était mal passée. De fortes douleurs m'assaillirent pendant de longues semaines et m'obligèrent à refaire deux séjours en clinique. Trois ans à ne plus ressentir d'effets secondaires ! Quant à ma conscience, je mis un couvercle étanche dessus.

Maya-Lou avait treize ans et par conséquent, j'avais exprimé à Alban ma décision pour qu'elle ne connaisse pas les raisons de mes hospitalisations. Distance, regard haineux, ignorance : rien ne m'était épargné. Lorsque je tentais des approches, elle se murait dans le mutisme.

De façon anodine, Alban me dit qu'il lui avait dit ce que j'avais fait ! Je lui avais pourtant demandé de protéger les enfants sur la réelle cause de mes admissions à l'hôpital. Tout son visage exhibait un air satisfait. J'étais anéantie par autant de sadisme. Que lui avait-il dit précisément ? Leurs lèvres restèrent cousues. Aucun dialogue entre ma fille et moi ne put être engagé après qu'Alban ait mené sa vendetta.

J'avais droit au traitement du silence.

Quelque temps après, je fis un horrible cauchemar que je lui racontai. Je traversais à pied un grand canal bétonné et elle était à quelques mètres derrière moi. Il n'y avait pas de courant, ça ne risquait rien. Pourtant, lorsque je me tournai vers elle, elle tomba. Je courus vers son point de chute et je la vis, juste là, à fleur d'eau. J'avais beau essayer de la récupérer, ma main ne touchait jamais sa peau. Elle s'enfonça et disparut comme aspirée par le fond.

Je m'étais réveillée sous le supplice de cette scène qui semblait si réaliste. J'avais mis quelques jours pour en comprendre la symbolique : elle non plus, je n'avais pas pu la sauver des griffes d'Alban.

J'avais gagné un peu d'argent grâce à mon entreprise. Vu qu'Alban ne voulait pas changer de banque pour que notre compte commun soit plus accessible dans nos deux régions, j'en ouvris un autre à La Poste. J'y déposai très peu d'argent, mais l'idée était de pouvoir me rembourser un peu de mes frais de formations. Un soir alors que je sortais de ma douche, je le trouvai tout tremblant dans la chambre. Avait-il reçu une mauvaise nouvelle ? Non, pas du tout, il semblait que mes relevés de banque étaient sortis de mon agenda. C'était faux, bien évidemment : il avait découvert ma « trahison ». J'assumais ma démarche que je n'avais pas à cacher. Je n'avais rien à me reprocher. Je lui rappelai qu'il n'avait pas participé aux frais de mes formations et que, par voie de conséquence, il n'avait pas à toucher l'argent que je gagnais tant que je ne me serais pas remboursée.

Il était hors de lui ! Il n'allait pas me laisser m'en sortir comme ça et il trouva moyen de me dépouiller d'autre part.

En février 2018, j'avais laissé quelques mois passer ; j'étais encore trop mal suite à mon avortement. Je décidai de téléphoner à mon père adoptif. Je ne l'avais pas fait plus tôt, car j'avais peur qu'il entende dans ma voix toute la détresse de mon être. Il ne me connaissait que trop bien. Il était en EHPAD depuis quelque temps et c'est dans sa maison de retraite que j'avais été le voir avant de quitter la région.

Je contactai le numéro de sa chambre. J'eus la mauvaise surprise de tomber sur quelqu'un d'autre et en mon for intérieur, je sus que Lulu n'était plus. Je retombai dans un gouffre de désespoir et de culpabilité. Je n'étais pas à ses côtés pour la fin : j'aurais tant aimé lui dire au revoir et le remercier ! Il était parti seul, et moi je redevenais orpheline.

Je puisais l'énergie au fond de moi pour ne pas sombrer. Toujours sans aucune béquille artificielle : ni médicament, ni drogue, ni alcool, juste moi et mes tripes.

Je me suis toujours accrochée à cette force intérieure qui m'a empêché de faire naufrage dans ces addictions qui n'étaient pas la solution pour m'en sortir.

Je ne pouvais pas vivre de mon entreprise, elle n'était pas viable, faute d'être connue. Je postulai dans l'Éducation nationale avant de ne plus avoir les indemnités Pôle Emploi. Je ciblai un poste à temps partiel afin d'avoir encore du temps pour mon entreprise, et surtout pour être disponible pour les soins de mon fils, à savoir trois fois par semaine. Il fut diagnostiqué « multidys » et j'étais désormais en mesure de distinguer des similarités avec les problèmes que j'avais, sans avoir jamais été diagnostiquée.

Je fus embauchée sous contrat pour démarrer rapidement dans une école de la ville. Mon fils m'y rejoint l'année suivante, mais il m'était interdit d'être dans la même classe que lui. Nous avions les mêmes horaires et nous faisions donc les trajets ensemble. J'ajustai au mieux mes semaines pour ses soins dans la ville voisine où, après dix mois de persévérance, j'obtins enfin une place auprès d'une orthophoniste. Et c'est à vélo, avec mon « ouistiti » sur le porte-bagage, que nous nous déplacions jusqu'à la commune voisine.

En dialoguant avec une collègue, elle me prêta un ouvrage qui, d'après elle, m'éclairerait sur ce que je vivais. J'entamai très vite la lecture, mais au bout de deux pages à peine, je le fermai et m'écroulai sous le choc de ces premiers paragraphes. Je découvris que ce que je vivais portait un nom, que l'adversaire n'était pas moi-même, mais un homme qui avait prévu dès le départ son coup et que j'étais enfermée dans une guerre d'usure dont l'issue serait avec certitude dramatique.

Je le lus en plusieurs semaines tant il m'était difficile de plonger dans ces mots qui décrivaient ma réalité. Ma naïveté, ma bêtise, mon aveuglement me mettaient en colère envers moi-même. J'étais éprouvée par un boomerang émotionnel qui m'avait frappée de plein fouet !

Cette rage et cette révolte contre lui ne me lâchent plus depuis 2018. Mon corps et mon mental sont aujourd'hui très réactifs à l'injustice.

Alban et ma fille continuaient à venir à la maison. Nous cohabitions et je ne cessais de négocier pour une séparation à l'amiable pour ne pas enclencher de longues procédures judiciaires. Il jouait avec le temps en m'assurant qu'il y réfléchirait et me donnerait ses conditions. Les mois défilaient sans initiative de sa part.

Je commis une erreur, lassée de ses dérobades. Sachant qu'il fouillait dès que je tournais le dos, j'avais laissé sciemment ce livre sur le plan de travail de la cuisine pour qu'il le trouve. Sans le réaliser, je lui avais déposé une arme dans les mains pour m'attaquer de front. Il apparut rouge de colère, brandissant le livre qui l'incriminait : « Ah oui, je suis un pervers narcissique ? ». Ce à quoi je répondis, sarcastique : « Eh oui, démasqué ! »

Dès cet instant, toutes mes accusations se retournèrent contre moi et ne cessèrent pas depuis lors : j'étais une voleuse, une menteuse, une folle…

Alban aspirait à me donner le coup de grâce pour que je ne parle pas.

Un week-end, alors que je traversais la magnifique place du centre-ville, une femme au sourire radieux vint à ma rencontre pour me donner un flyer pour son concert et sa *master class* le jour même. Alban était à la maison et malgré son refus sur cette petite dépense, j'y allai comme un appel du cœur, comme un nouveau souffle, doublés d'une rébellion viscérale ! Je participai à son cours voulant chanter de nouveau depuis longtemps.

Je gardais un très bon souvenir de la chorale de ma classe de collège : nous avions enregistré un album produit sur un quarante-cinq tours. À la fin de cet essai, je fis connaissance avec un des participants à la voix extraordinaire et je lui communiquai mon désir de créer une chorale de gospel. C'était sorti spontanément, comme un appel « d'en haut ». J'y voyais un exutoire à ma douleur, quelque chose pour m'exprimer. Ce fut ainsi que la chorale *Gospel* prit vie sous forme d'association pour pouvoir rayonner comme elle le méritait. Nous fûmes rejoints par de nombreux adhérents. Nous passâmes des répétitions chez Angéline et Madeleine à l'église et la salle communale prêtées par le curé et par la mairie.

Notre chorale produisait des concerts pour divers évènements : par exemple pour récolter des fonds pour la sauvegarde d'un vieux monument de la ville.

Deux fois par semaine, je me soignais grâce aux sons, grâce à ma voix, grâce aux vibrations. Mon fils participait toutes les fois et il nous soufflait gentiment les paroles lors de nos égarements.

Connaissant les horaires de mes répétitions, Alban décréta qu'il appellerait notre fils tous les mercredis à vingt heures précises alors que nous n'avions pas fini de chanter et cela dura des années. Si nous ne décrochions pas à temps, un

SMS était envoyé en me blâmant inévitablement : « Tu refuses de me laisser parler à Atlan… »

Année après année, Alban s'acharnait à se faire passer pour la victime et chaque appel laissait notre fils sens dessus dessous. Il absorbait la noirceur des discours de son père qui préférait s'intéresser à ce que nous faisions plutôt que de se soucier de comment Atlan grandissait. À l'inverse, Maya-Lou refusait de me parler et Alban se faisait un malin plaisir de me le dire avec une voix navrée, alors qu'il était entièrement responsable de son aliénation.

Je mis un terme à cette souffrance et au stress que cette sonnerie de téléphone nous procurait ; il était vital que cela cesse pour nous préserver des ravages de son père. Atlan avait la liberté de téléphoner à Alban après ses horaires de travail, cependant, c'était toujours la voix de la boîte vocale qui répondait. Et quand Alban daignait rappeler, il dictait même sa loi à distance en téléphonant à vingt heures précises… Pas besoin d'être devin pour savoir qu'il se préparait dans le but d'enregistrer chaque mot qui sortait de nos bouches !

Parallèlement, je continuai à donner des formations un week-end par mois dans la Loire et à organiser des interventions pour d'autres professionnels. Bien sûr, j'assumais mes corvées dans les deux maisons, mon travail à l'école et les soins pour mon fils.

Alban exerçait une pression énorme sur mes épaules, car il espérait que je revienne vivre avec lui.

Début juillet 2018, nous subîmes un évènement atroce dont mon fils et moi ne nous sommes toujours pas remis : notre chienne Anisette qui nous accompagnait depuis douze ans, arriva sur la fin de sa vie. Comme un signe que, décidément, c'était la fin d'un chapitre de vie. Après que notre chatte soit morte l'année précédente, c'était son tour. Ses organes lâchaient et nous en connaissions l'issue.

Comme pour notre félin, mon seul souhait pour l'aider à partir était de lui donner une fin digne. Cependant, Alban remit sur le tapis les frais de vétérinaire, surtout que pour notre chat, la procédure ne s'était pas aussi bien passée que prévu. Sa solution consistait à l'amener chez son père qui prendrait les choses en main.

Pourquoi ai-je fini par le laisser me convaincre ? Encore une fois, je me laissais faire, docile ! C'était devenu une seconde nature dont j'avais du mal à me débarrasser.

Je préparai un analgésique auquel j'ajoutai des médicaments pour qu'elle s'endorme. Alban eut beau insister pour y aller seul, je tins ma position pour être aux côtés d'Anisette. C'était déjà assez dur d'imaginer que ce soit son dernier jour !

Une fois sur place, alors que j'étais à l'écurie pour ne pas me retrouver confrontée à ma belle-mère, je le vis passer avec du matériel HI-FI plein les bras pour le stocker à l'abri chez ses parents. Je l'apostrophai, excédée : « Voilà pourquoi tu voulais emmener la chienne ici ! pour faire encore un voyage pour vider la maison ! ».

Il réagit, pris en faute : « C'est du matériel qui ne fonctionnait plus ! » Je ne pus m'empêcher de lui envoyer en pleine figure que c'était lui qui ne fonctionnait plus. Je ne voulais pas y être mêlée, je sentais le plan foireux.

Malheureusement, les médicaments ne marchèrent pas pour l'endormir. Alors je pris la décision d'appeler un vétérinaire de Saint-Symphorien-sur-Coise qui accepta de l'admettre le lendemain nous ramenant à un acte décent à soixante-dix euros et qu'elle méritait amplement. Alban refusa prétextant ne pas avoir le temps d'attendre le lendemain matin. Il disposait d'une grande liberté dans les horaires de son travail, donc mes doutes étaient fondés sur le fait que la question de l'argent était une fois de plus au centre de notre dispute. Je perdis la bataille après deux heures de débat.

Moi, je laissais partir un membre de ma famille, lui se débarrassait d'un chien de garde au prix d'une balle !

Je n'entendis pas le coup de fusil qui l'acheva : je n'aurais pas pu supporter cette même déflagration qui avait causé la mort du chien de mon grand-père. Encore une coïncidence avec un épisode de ma jeunesse ! La cicatrice fut et restera une plaie dans mon cœur qui a tant pleuré sa perte ! Alban tourna la page et mit Anisette aux oubliettes.

Les enfants ne surent pas tout de suite son horrible fin. Mon fils, très perspicace, posa la question à son grand-père plus tard et ce dernier imita le geste de la gâchette d'un fusil pour lui faire comprendre comment il lui avait porté le coup de grâce. Mon fils était retourné, dégoûté et furieux contre lui ! Il blacklista son grand-père pour de bon jusqu'à ce jour. Face au choc que ressentirent les enfants, Alban transforma la vérité en leur racontant que j'étais l'instigatrice de la manière dont notre chienne avait fini sa vie. Il eut même le cran de leur dire qu'il s'était opposé à moi, mais sans succès.

Alban ne semblait pas prendre conscience qu'il avait atteint un point de non-retour. Pour moi, notre relation était sur la ligne d'arrivée et cela ne se terminerait pas avec une médaille pour le gagnant. Néanmoins, je ne voulais pas que notre séparation rende tristes nos enfants et laisse des stigmates qui les marqueraient à vie alors qu'ils n'avaient rien demandé.

Dans leurs têtes, ils avaient l'image de deux parents qui n'étaient pas en guerre et ne comprenaient pas pourquoi, tout à coup, nous étions en voie de nous séparer. Pas étonnant qu'ils aient du mal à le digérer !

Ni paroles ni prises de conscience ne parvenaient à réveiller le peu de scrupules qu'Alban aurait pu ressentir. Il me retournait toujours le cerveau pour mettre en doute ma propre santé mentale !

Je ne savais toujours pas comment me positionner pour mes enfants, mais, un jour de juillet, une petite voix me souffla de me lever plus tôt qu'à l'accoutumée.

Je descendis au rez-de-chaussée sans l'intention particulière de ne pas faire de bruit, pensant qu'Alban était dans le garage. Seulement, quand j'ouvris la porte du salon, je le trouvais là, juste derrière, mon portable dans une main et le sien dans l'autre. Aussi bizarre que cela puisse paraître, il ne m'avait pas entendue arriver et arborait un air innocent. Je lui arrachai mon téléphone des mains et je constatai qu'il était en train de migrer des éléments de mon téléphone vers le sien. Très calmement, je le piquai à vif : « Voilà, pris la main dans l'sac ! Maintenant c'est fini… »

Même pris sur le fait, il tenta de me retourner le cerveau : tout ce que je voyais, entendais, établissais à partir de faits était le fruit de mon imagination. Bien des dialogues avaient été inutiles et le resteraient : je nourrissais son égo dans cette guerre des nerfs ; j'érodais ma bulle d'énergie à ses côtés. Il en sortait vainqueur de me voir anéantie de la sorte.

Ma fille avait tout entendu de notre altercation. Mais témoin ou pas, il avait l'audace de nier en bloc !

Je réglai nos affaires et partis à Mèze avec Maya-Lou et Atlan. Pour leur changer les idées, nous sommes partis en vacances en camping et en pleine canicule, dans le Tarn. Nous y passâmes dix merveilleux jours où le sourire à ma fille réapparut – pour ma plus grande joie. Elle avait entendu et vu beaucoup de choses les derniers temps ; je lui pariai qu'à notre retour à la maison principale, il l'aurait vidée de ses larcins afin de ne pas laisser de traces.

Comme je l'avais prédit, la maison était dépouillée de tous les objets volés et de nos affaires de valeur. Ma fille le défendit en dépit des signes que son père semait derrière lui. Elle n'admettait pas qu'il puisse être aussi vénal et malhonnête. Toutefois, je comprenais son besoin de tourner sa tête de l'autre côté et de lui rester fidèle malgré tout. Alban projetait l'image du père à l'écoute et qui enjolivait la vérité à sa guise pour que son personnage ne soit pas débusqué.

Le 6 août 2018, Alban vint chercher les enfants dans le Sud pour qu'ils puissent être avec lui pendant ses congés annuels. Il n'était plus question pour moi de faire quoi que ce soit avec lui ! Mon monde était dépeuplé et mon avenir incertain : je les laissai entre les mains d'un manipulateur qui n'avait de cesse de leur dire du mal de moi et de se victimiser. Je me retrouvais pour la première fois de ma vie seule et inutile.

Comment fait-on pour vivre, lorsqu'on passe presque quarante ans à s'occuper des autres ? Se retrouver face à soi-même, une étrangère, quelqu'un qu'on ne reconnaît plus.

Je m'évadai dès le lendemain, et loin... Je ne supportais plus le silence de la maison, les jouets de mon fils restés là, sur le tapis. M'entendre pleurer avec l'impression que mon cœur explosait de douleur me rendait folle. Il me fallait trouver un palliatif à la mort qui consumait mon être, sensation insufflée par un autre, cette personne à qui j'avais tout donné, tout confié et pour qui j'avais tout sacrifié ! Je pleurai chaque jour jusqu'à n'avoir plus de larmes. Mes pas me menèrent dans un endroit magique où je croisai un cocher. Il organisait des promenades dans un endroit fabuleux. Peut-être faisais-je peine à voir, car il insista pour m'offrir une place dans sa calèche, près de lui. Alors que nous conversions de tout et de rien, il m'annonça, de façon anodine et avec un calme olympien, qu'il était condamné. Il me dit qu'il avait bien vécu et que sa fille prendrait sa relève.

La sagesse de ses paroles et la quiétude qui émanait de lui ont été un antidote au mal qui me rongeait. Je n'étais pas vouée à mourir d'une maladie incurable d'ici les prochains mois : je devais m'accrocher à la vie, à l'espoir d'un chemin plus apaisé pour moi et mes enfants. Son sourire d'encouragement resta gravé en moi à l'instar d'une armure contre la résignation dans laquelle je m'isolais.

À la suite de cette rencontre, je vécus de très bons moments : cet homme m'avait indiqué la route à suivre avec son partage émouvant plein de bon sens. Je m'enivrai d'odeurs, de saveurs, de couleurs, de belles énergies, de paysages époustouflants : je reprenais goût à la vie. Ma peau tolérait à nouveau les caresses du soleil – une renaissance en somme. Je me rendais compte que j'avais moi-même fermé la trappe de ma cage sentimentale à cause d'une union toxique dont j'apprenais à me détacher. Je redécouvrais petit à petit tout ce que j'avais laissé depuis vingt ans. Je devais faire le deuil de mes rêves, de la vision que j'avais projetée de notre relation ainsi que de mes espoirs.

J'ouvrais enfin mes ailes ! J'étais une femme en voie de guérison.

Je rentrai auprès de mes enfants, requinquée et sereine.

Me sentir épanouie et pleine d'énergie pour me défendre contre lui attisa encore plus sa psychose.

Je ne manquai pas de lui faire la réflexion qu'il avait bien dépouillé la maison en mon absence. Je lui assurai que j'étais en mesure de prouver ce qu'il avait mis à exécution depuis des années. J'étais curieuse de savoir si parmi toutes les techniques d'espionnage qu'il avait utilisées contre moi, il pouvait me reprocher quoi que ce soit à son encontre. À sa réponse négative, je lui répondis qu'il avait ainsi construit notre famille sur les sables mouvants du mensonge, du vol, de la tromperie, de la jalousie et de la manipulation. Sans oublier qu'il avait foutu en l'air notre famille avec toutes ses tendances mythomanes, ses déviances cleptomanes et ses penchants mégalomanes. Il s'était créé un jeu dans lequel les autres n'étaient que des pions ! Je pensais connaître les limites de sa folie, mais n'avait pas mesuré l'ampleur du danger qui me guettait. Jamais il n'avait été violent physiquement avec moi, et en une seconde, son regard se dissocia et se voila de noir. Il ne se contrôlait plus et je compris en un instant tout le danger que je représentais pour lui. J'étais la seule personne capable de diffuser des faits avérés sur ses travers : je pouvais le dénoncer à son employeur, à sa famille, à nos amis. J'étais le témoin gênant à la belle image qu'il s'était constituée depuis plus de quatre décennies.

Avec une animosité inouïe, il me prit à la gorge en me plaquant contre sa voiture. Il me révélait toute sa force, je n'étais pas plus lourde qu'une plume entre ses doigts.

J'analysai très vite que je n'avais qu'une courte respiration pour appeler mes enfants à l'aide. Après, c'était fini ! J'aurais été une nouvelle femme disparue, sans laisser de trace, abandonnant ses enfants. Je n'imaginais pas qu'il puisse avoir autant de force ; voilà à quoi lui servaient tous ses entraînements de boxe. Mais au lieu de me sécher avec un coup bien porté, il décida de me faire revivre ce que mon père me faisait. Tout était prémédité, je pense même qu'il en rêvait et jouissait de l'opportunité.

Je hurlai avec ces quelques secondes de souffle qu'il me restait pour que mes enfants accourent. En les entendant arriver, il relâcha un peu sa prise. Je n'oublierai jamais l'hésitation de ma fille à intervenir. Cela me parut une éternité ! Je savais que si elle tournait les talons, il finirait le travail. Aussi simplement que de mettre la merde sous le tapis…

À partir de ce moment-là, j'ai pris des précautions pour ma vie, mais, pour changer, je mis cet épisode traumatique dans une case de mon cerveau. Un nouveau choc avec lequel je devais vieillir et emporter dans la tombe. J'avais échappé par miracle à ce qu'une voisine de Condrieu avait subi quelque temps auparavant : elle avait été assassinée par son mari à leur domicile alors qu'elle venait récupérer ses affaires. Il l'avait attendue, tuée, et s'était ensuite donné la mort à côté d'elle. Alban se serait épargné. Il aurait éliminé son problème, c'est-à-dire moi ! Une autre aurait pris le relais comme si je n'avais jamais existé.

Le soir même, il dormit avec Maya-Lou dans le canapé et Atlan dans l'autre. Il savait sur quelle gâchette émotionnelle appuyer. Je lui manifestai mon mécontentement et que cela ne se faisait pas, car elle avait un lit. Elle me demanda pourquoi je faisais pleurer son père. Il maîtrisait à la perfection l'apitoiement. J'étais si lasse d'être la méchante et je la contredis en lui répondant que je ne pleurais pas devant eux, mais que si l'un de nous deux devait pleurer, c'était plutôt moi.

Il recommença la nuit suivante sans attacher d'importance à ce que cette situation pouvait déclencher en moi.

Une amie me conseilla de porter plainte pour l'attaque du garage, l'étranglement et pour les nuits avec ma fille. J'allai à la gendarmerie et je fus reçue par un bleu qui exprima son point de vue – ce que je ne lui demandais pas – à savoir où se trouvait le problème pour un père de faire dormir sa fille de quatorze ans avec lui. Je lui expliquai que ses actes n'avaient qu'un seul but : me faire du mal pour me rappeler ce que j'avais vécu avec mon père. J'enchéris sur le fait que je craignais que dans sa folie nocturne il pensât que c'était moi et non notre fille. Je savais comment il réfléchissait et fonctionnait quand il s'agissait de moi ; il se délectait de l'angoisse qui m'habitait à l'idée qu'il puisse arriver la même chose à Maya-Lou si je partais de la maison.

Le gendarme paraissait toujours dubitatif, ne voyant pas pourquoi je me mettais dans cet état. Je maintins mes allégations et portai plainte pour mon étranglement, avec un signalement pour ma fille et l'espionnage de mon ordinateur. Il était temps de sortir du silence ! À la fin, il me demanda mon adresse électronique pour m'envoyer une copie de ma plainte.

« NON, surtout pas ! Il a piraté mon ordinateur et ma boîte mail. Donnez-moi un exemplaire papier. Je serais encore plus en danger s'il a connaissance de ma plainte avant mon départ ! ».

J'évoquai que je dormais enfermée à clé avec mon ordinateur dans la chambre et prête à sauter par la fenêtre s'il forçait l'entrée.

Il soutint que ce n'était pas possible de me transmettre autrement ma dénonciation. Je me sentais délaissée par le système qui n'écoutait pas ce qu'une femme sous l'emprise d'un pervers narcissique vivait au quotidien. Je rentrai immédiatement après et, hasard ou pas, Alban cessa de dormir avec notre fille. Nul doute pour moi qu'il était déjà au courant de tout, arborant pourtant un comportement nonchalant et un air ingénu à faire pâlir le plus innocent des hommes.

Quelques jours après, je partis dans le Sud avec Atlan, malheureusement sans avoir réussi à convaincre ma fille de nous suivre. Nous partions vers une toute nouvelle liberté retrouvée !

Enfin, c'est ce que j'avais imaginé… Je m'extirpais vivante de cette relation toxique, mais avec un poids insoutenable dans le cœur. Je pensais pouvoir passer à autre chose comme j'avais réussi à le faire à la suite de mes précédents traumatismes. C'était bien mal connaître le personnage et son degré de vice extrême. Je lui avais échappé et j'avais pris l'héritier de son nom, son bien le plus précieux.

La loi étant ce qu'elle est, et étant sourde à ma détresse, je me vis dans l'obligation de rester dans la maison de Mèze et de ne pas changer les clés, car il était également chez lui. Il pouvait aller et venir comme bon lui semblait. Il trouva une parade pour justifier sa présence dans le Sud. Il multipliait les devis montpelliérains auprès de son employeur. Je bloquai l'accès de l'entrée avec un manche à balai dans la rainure de la véranda pour pouvoir dormir un peu. Je m'entourai de la présence d'une collègue ou d'amis afin de ne pas être seule lorsque j'étais sûre qu'il viendrait.

Je savais maintenant que rien ne l'arrêterait pour me faire taire.

Je continuai à m'épuiser dans mes tentatives de négociation. Dans un premier temps, il accepta de vendre la maison et commença à en visiter d'autres de son côté avec les enfants. Il agréa la vente de la voiture et une fois l'annonce de nos biens en ligne, il revint sur sa décision. Il basculait entre le oui et le non pour que je ne puisse pas savoir sur quel pied danser.

Devant son obstination à ne pas se positionner sur les modalités de garde et de partage, j'engageai deux procédures, l'une auprès du JAF[9] de Montpellier et l'autre à l'amiable auprès d'un notaire local. J'avais profité de son absence pour faire expertiser la maison par plusieurs agents immobiliers. Pour ce faire, j'avais laissé le portail ouvert pour les recevoir, mais je fus dénoncée par notre voisin qui téléphona à Alban pour lui révéler ma présence « chez moi ». Il m'appela immédiatement et je lui expliquai que j'étais là pour l'anniversaire d'une amie. Cependant, je savais aussi que c'était la dernière fois que je pourrai emporter quelques affaires m'appartenant. Je ne pus récupérer ni les habits de mon fils ni les miens, mais je pris quelque chose d'essentiel : le classeur de factures. Pas un centime des treize mille euros en espèces, aucun de mes bijoux et objets de valeur : il avait déjà tout cadenassé et rendu inaccessible !

Je m'étais rendu compte en cherchant un justificatif d'adresse que mon nom n'apparaissait sur aucune facture, même si je payais tout pour moitié. Je n'étais nulle part : tout était à son nom ! L'ensemble des documents se retrouvaient comme par magie à son nom alors même que je n'avais jamais utilisé son patronyme quand c'était pour des factures dont je m'étais occupée. Son intention n'en était que plus claire : il m'avait prévenue qu'il me déposséderait de tout. Un échiquier où j'étais déjà « mat » !

---

[9] Juge aux affaires familiales.

Je partis avec le classeur de factures sous le bras. Sa haine était si profonde à ce point de notre relation qu'il m'accusa de vol de mes propres possessions.

La guerre était officiellement déclarée.

Notre fils allait là-bas dès qu'Alban le voulait sans qu'en contrepartie je puisse avoir notre fille. Cependant, il s'abstint de récupérer Atlan pour une cousinade qui était organisée dans sa famille. Pourquoi ? La question fut vite élucidée : il peignait chaque couche de son pathétique tableau de père écarté de son fils. Il voulait faire croire que c'était mon choix, et non le sien. Que n'aurait-il pas fait pour attirer la compassion ?

Ma fille ne voulait plus venir nous voir. Il prenait toujours soin qu'elle l'accompagne pour que je puisse la voir tel un beau gâteau qu'on a envie de déguster et qui nous fait baver, mais dont on est privé parce qu'on est puni. Oui, j'étais punie de l'avoir quitté !

C'est à ce moment-là que je repris contact avec Érika, ma fille aînée. Nous nous donnâmes rendez-vous avec son frère à Toulouse où elle était désormais. J'étais très émue de la revoir après vingt-sept mois d'éloignement. Nous fîmes du vélo à travers la ville et visitâmes quelques parcs.

Vu que nous avions un semblant de mieux entre nous, je tentai de lui expliquer ce que j'avais traversé ces dernières années et pourquoi j'avais quitté son beau-père. Je lui avouai que j'avais dû recourir à des enregistrements pour prouver ma bonne foi, mais elle n'adhéra pas à ma démarche. J'étais jusqu'à ce jour dans un tel état de sidération que tout ce que j'avais à lui dire me resta en travers de la gorge. Je n'avais pas encore compris que la digestion serait encore longue. Cela faisait plusieurs mois que je prenais des précautions, car, à cause de certaines réflexions d'Alban, il était évident qu'il savait où je me trouvais, où que je sois en France. Aussi, je ne payais qu'en espèces. Peut-être me pistait-il à cause de mes paiements en carte bleue ? Je livrai à ma fille mon envie de passer Noël avec mes trois enfants et elle semblait partante, pour mon plus grand bonheur ! Nous convînmes d'un rendez-vous téléphonique en novembre pour en parler.

En attendant, Alban réglait ses achats à partir du compte joint : de l'électroménager, des matelas, les menuiseries de toute la maison. Bref, tout fut remis à neuf à La Chapelle-Villars ! C'était une véritable hémorragie financière et lorsque je m'en rendis compte, je cessai dès le mois suivant le versement de mes salaires sur ce compte. Je m'affranchis à postériori de ma carte bancaire et de mon chéquier à la banque. À ma requête pour clôturer le compte, j'eus la mauvaise surprise d'apprendre que les deux partenaires doivent être d'accord pour le fermer.

Il ne céda pas et poursuivit ses achats sans scrupule. Le 12 décembre 2018, je reçus une nouvelle carte pour mon nouveau compte. Je redevenais indépendante financièrement le même mois que celui où je ne touchais plus d'indemnités de Pôle Emploi, le même mois où j'avais prédit que je ne l'intéresserais plus financièrement. Je me retrouvai ainsi avec six cents euros de salaire provenant de l'Éducation nationale.

Chacun de mes réveils était synonyme d'attaques de panique. Je coexistais avec l'horreur de ce qu'il allait encore me faire dans la journée. Maintenant que j'avais accès aux comptes bancaires sur Internet, chaque jour, je voyais de nouvelles dépenses qui précipitaient le compte en négatif.

Il fit durer cette torture six mois !

Un jour où j'avais mis une robe d'été moulante avec des talons, Alban disjoncta – littéralement – et partit dans un monologue enflammé. Il retraça tout ce qu'il avait fait pour moi et tout le mal que je faisais à notre « famille ». J'avais beau lui dire d'arrêter de se donner en spectacle devant les enfants, il n'entendait rien. Il alla jusqu'à parler de notre intimité en racontant devant les enfants qu'avant lui j'étais frigide et que c'était grâce à lui si j'étais sexuellement heureuse ! Il s'enfonçait dans ses délires et ses affabulations pour se victimiser. Son esclandre dura une heure quarante-cinq où rien ne pouvait lui faire entendre raison. Ce fut mon dernier enregistrement incriminant, témoignage de son insanité et des stigmates qu'ils laissaient aux enfants.

Atlan fit des cauchemars pendant de nombreux mois qui m'orientèrent vers un suivi psychologique.

Chaque jour était un nouveau coup de massue ! Je mis enfin le nez dans de nombreux dossiers pour faire table rase de sa mainmise depuis des années sur l'administratif. Après la banque, je gérai ma ligne de téléphone. Je découvris que je n'avais jamais reçu de factures pour mon portable. L'opérateur me signala que ma ligne avait été ouverte sous le nom d'Alban et que c'était lui qui recevait le détail mensuel de toutes mes consommations. Il avait coché l'option de voir l'intégralité des numéros lui permettant d'avoir mes contacts et la durée de mes appels. Son contrôle n'avait plus de limite.

Dans la foulée, je le sommai de me transmettre toutes les informations pour recouvrer la propriété de ma ligne et qu'il ne puisse plus y avoir accès. Il fit l'innocent et me renvoya la balle en disant que c'était moi qui avais voulu procéder ainsi. Rien que pour m'empoisonner la vie, solide dans son rôle de persécuteur, il me força à le relancer maintes et maintes fois. Je ne pouvais pas changer le numéro : mes flyers et toute ma communication professionnelle étaient imprimés avec ce numéro. Il n'acceptait pas de lâcher son emprise sur ma ligne téléphonique.

Déjà lorsqu'en 2017, j'avais installé *Facebook* sur mon téléphone, il avait été si furieux qu'il s'était repu de réflexions assassines à chaque sonnerie indiquant un message reçu sur mon profil : « Les affaires reprennent ! » ou « Tu passes tout ton temps dessus ! », etc.

Pourtant, il ne tarda pas à installer *Facebook* également et je reconnus le nom et le visage de tous ses amis qui étaient… mes amis. Les demandes venaient de sa part n'en ayant pas de son côté pour combler cette liste qui aurait été bien vide ! Il me volait de bout en bout : amis, argent, expressions verbales qu'il s'appropriait avec une impudence lunaire. Il me laissait bouche bée quand je voyais la fraude qu'il était ! Alban attendit qu'il fût acté que je ne reviendrai pas vivre à La Chapelle-Villars pour installer enfin Internet, mais il dit que c'était juste parce qu'il patientait jusqu'à ce qu'un système soit fiable. Dans ma torpeur, alors qu'il me fallait rester debout, j'avais oublié de faire suivre mon courrier depuis mon départ. Il ne me restituait que la publicité à mon nom. Mon courrier, comme le reste, était détourné.

Je me concentrai sur l'essentiel : renouer le lien perdu avec mes filles sans leur laisser paraître mon désespoir. J'avais envoyé à Érika deux enregistrements sonores pour prouver mes dires. Comment faire autrement quand les apparences sont si trompeuses ? Il avait bien mené son tour de passe-passe pour que tout joue contre moi.

Patiemment, minutieusement, il avait tissé sa toile.

Comme prévu, j'appelai Érika pour organiser Noël. Ce fut une femme pleine de colère, de rancœur et de griefs qui me répondit. Alban, étant le protagoniste du cauchemar dans lequel je vivais, était de toute évidence celui qui lui avait retourné le cerveau pour la convertir à sa cause. Un vrai endoctrinement contre lequel la vérité n'avait aucun poids ! Plus aucun dialogue n'était possible, plus d'avenir avec elle non plus…

L'espionnage de ma ligne téléphonique lui avait confirmé que j'étais entrée en contact avec ma fille, ce qui lui avait grand ouvert la voie vers un sabotage tellement habile qu'elle lui transmit les fichiers audio que je lui avais confiés. J'avais été crédule comme une maman qui aime sa fille et qui désire se réconcilier.

Atlan vivait dans la colère qui soulevait un vent de révolte du haut de ses neuf ans, et clairement, il avait identifié la source de celle-ci : son père ! Il souhaitait aller parler au juge pour que cela figure dans le dossier ouvert. Le jour où son avocate vint le chercher et qu'il fut reçu par le magistrat, il se rétracta et n'éclaircit pas davantage son changement d'avis, nous laissant pantoises, son avocate et moi. Il venait de passer le week-end chez son père et j'appris bien plus tard que ce dernier lui avait raconté des horreurs telles que s'il parlait, il perdrait son papa, mais aussi sa maman.

Tout était ficelé, mais ma situation allait s'envenimer à cause de son plan machiavélique.

Quelques jours plus tard, un huissier de justice frappa à ma porte pour m'apporter un référé intimant ma présence dans la région de la Loire. Cette assignation concernait la garde de mon fils ! Après renseignements pris auprès de mon avocate, il me fallait prendre un avocat sur place. Je saisis donc une avocate dans ce département et montai avec mon fils après ma journée de travail. Une fois arrivée, j'allai chercher ma fille à la sortie du collège afin de la raccompagner à la maison. Maya-Lou fut la première à me prévenir que la date de la convocation avait été reculée pour la raison qu'Alban voulait aussi faire entendre notre fille par le juge. Je m'étais déplacée pour rien et il le savait. Sept cents kilomètres, trois fois rien…

Lorsque j'entrai dans ma maison, j'étais attendue. Toutes les portes intérieures étaient fermées à clé et deux classeurs trônaient sur le bar. Ma fille, narquoise, me dit de me servir. Au vu de ses expressions et réactions vis-à-vis de moi, il était évident que pour elle, je n'étais pas chez moi !

Savait-elle que je continuais à payer les factures, les diagnostics énergétiques, les vidanges de la fosse septique et le plein de gaz ? Il s'était même débrouillé pour que je paye son chauffage.

Il avait devancé tout ce que pouvait engendrer notre séparation : je restais sa vache à lait pour un confort dont je ne bénéficiais pas.

Quelques jours plus tard, je réussis à faire venir ma fille dans ma famille pendant quatre heures pour passer Noël. Lorsque je la récupérai sur le parking, Alban me fit signer les papiers d'assurance de prêts immobiliers pour se rabattre vers une société d'assurance au prix imbattable que j'avais trouvée au préalable. Ce nouveau contrat nous faisait économiser plus de deux mille euros chacun. Alban n'avait absolument rien fait sur ce dossier, pourtant, comme s'il s'en était occupé depuis le début, il me tendit une copie que je signai en premier, et quand son tour arriva pour signer son exemplaire, il me regarda avec un sourire en coin, se retourna et partit, fier de lui. Je l'interpellai en vain sur son engagement : il s'évertuait à faire encore la sourde oreille et me laissa plantée là avec ma fille, le désarroi et la honte de m'être fait encore berner.

Maya-Lou se désintéressa de moi et de son frère en adoptant une attitude apathique et froide devant toute la famille. Ce réveillon avec eux fut le dernier, et le plus raté. Mon ex passa les fêtes avec ma mère et ma sœur et se régala à l'ébruiter pour que je le sache.

Il lui fallait trouver des apôtres et quoi de mieux que les propres membres de ma famille ?

Je ramenai mes enfants quatre heures plus tard, et sans même prendre le temps de récupérer les vêtements que j'avais préparés, il ne me laissa pas l'occasion de leur dire au revoir. Mon fils avait tenu à emmener les jouets que je lui avais offerts pour Noël.

En quelques secondes, je me retrouvai seule et misérable.

Je m'employai à avancer sur mes problèmes administratifs pendant cette horrible période. J'avais déjà fait intervenir un notaire local pour faire le partage à l'amiable. Il entra en contact avec Alban qui lui transmit les expertises immobilières des deux maisons qu'il avait fait faire et la liste des objets à partager.

Plusieurs mois auparavant, je lui avais rappelé sa mesquinerie lorsqu'il avait détaillé les affaires qu'il souhaitait faire figurer sur le testament telle que sa trousse de toilette. Je pouvais ainsi constater que ce papier officiel aussi avait été falsifié à coup de correcteur. Cette ligne n'existait plus désormais ! Cependant, le notaire me révéla son impuissance à raisonner *Monsieur* et le harcèlement de celui-ci pour qu'il abandonne toute action. Je compris très vite pourquoi il ne donna aucune suite au courrier recommandé de ce notaire qui l'informait de la fixation des prix immobiliers : le clerc m'expliqua qu'en cas d'échec, cela se finirait en justice et que nous partirions pour six ans de procédure. Alban faisait l'autruche et refusait absolument tout ce qui lui était proposé. Il ne voulait absolument rien changer dans son niveau de vie.

Gagner du temps lui permettait de constituer son dossier pour ouvrir une procédure dans la Loire nous laissant dans l'inconfort matériel.

À plusieurs reprises, il joua son numéro de gentil pour m'apitoyer en proclamant tout l'amour qu'il avait pour moi et le fait qu'il était prêt à tout oublier. C'était le monde à l'envers ! Dissoudre notre pacs relevait de l'impossible : il était inconcevable pour lui de ne plus avoir l'emprise sur moi. À mon initiative, un huissier lui signifia la rupture de notre pacs. Je récupérai mon fils quelques jours plus tard, mais sans les jouets que je lui avais offerts à Noël. Atlan était dans tous ses états et me dit que son père n'avait pas voulu qu'il les rapporte à la maison. Il lui confisquait le plaisir d'en profiter pour m'ébranler à travers lui. Je le sommai par mail de me les rapporter lors de l'audience, sinon j'en informerais la juge.

Le passage en référé avait été déplacé au 2 janvier 2019, autant dire que mes fêtes furent des plus angoissantes. Alban fut averti que j'avais l'aide juridictionnelle partielle pour rémunérer mon avocate. Dès lors, il redoubla d'ingéniosité pour que j'use toutes mes économies pendant que lui se servait sans vergogne sur le compte joint.

Lors de cette audience, la cour divulgua l'argumentaire de base d'Alban : j'étais partie dans le Sud sans crier gare, abandonnant notre fille pour pouvoir vivre au soleil et il se plaignait de ne pas avoir notre fils. Comment osait-il ? Son opportunisme atteignait des sommets ! Le contraire était pourtant de mise, je n'avais pas ma fille et moi, je pouvais dire que j'en souffrais… Cerise sur le gâteau : je prenais des antidépresseurs, ce qui justifiait que j'étais suffisamment folle pour être suivie par un psychiatre, ceci expliquant que ma fille aînée avait été placée par la justice ! Je tendis mes bras à la juge et je renchéris que j'étais prête à faire une prise de sang pour prouver que je tenais sans médicaments.

Quant à l'insinuation concernant ma fille, je ne pouvais rien fournir, car je n'avais normalement pas besoin de démontrer quoi que ce soit, et les ai sommés de regarder par eux-mêmes s'ils avaient quelque chose dans leurs archives pour étayer les dires d'Alban. La justice, c'était eux, seulement eux qui devaient faire leur travail. La juge fut des plus sèches envers moi, car tout et tous m'accablaient, même sans preuve, mais je fus quand même mise au pilori !

Je réclamai les cadeaux de Noël de notre fils, mais la juge considéra que j'exagérais et que notre fils avait sûrement suffisamment de jouets chez moi. Je me défendis en pointant du doigt que nous n'avions plus rien et que j'avais même dû racheter des vêtements pour Atlan, car son père avait tout gardé, ne voulant rien restituer.

Néanmoins, à la suite de cette audition, la juge se prononça, quelques semaines plus tard, incompétente à statuer, car cela n'était pas de sa juridiction. Effectivement, nous habitions avec mon fils officiellement dans l'Hérault et *Monsieur* avait effectué sa demande dans la Loire. Bien sûr, aucun des avocats ne releva l'erreur en amont puisque cela leur permettait d'engranger de bons honoraires. Cette plaisanterie me coûta deux mille euros, et des moments bien éprouvants.

À la sortie du bureau du juge – où la parole nous est si peu donnée –, l'avocat de *Monsieur* me pressa de l'attendre dans la salle des pas perdus. Je patientai avec une amie qui m'avait accompagnée pour ma sécurité. Il revint, tel un père Noël, les bras chargés d'un gros sac de jouets que j'avais offerts à mon fils. Gêné, il me remit le sac en s'excusant de faire son travail. Je lui dis que j'admettais de par sa fonction qu'il ait pu proférer des d'horreurs sur moi, car je comprenais qu'il était payé pour défendre son client.

Je suis contente de ne pas avoir continué mes études de droit, je n'aurais jamais pu défendre des pourris.

La procédure auprès du JAF continua donc avec toute la lenteur qui est la sienne. Ma fille avait été entendue par la justice : elle déclarait qu'elle ne voulait pas vivre dans le Sud, dans une petite maison, où il y a trop de soleil et où la mer est trop salée… Elle précisa aussi qu'elle souhaitait vivre avec son père, mais que son frère ne s'entendait pas avec son père. Étrangement, elle m'avait épargnée !

Je ne pus accueillir ma fille que trois fois entre Noël 2018 et aujourd'hui.

Un de ces rares matins où Maya-Lou était avec moi, je constatai l'arrivée d'un mail du service des impôts me confirmant que ma déclaration avait été reçue alors que je ne l'avais pas encore faite. Alban l'avait envoyée quelques heures plus tôt ! Il avait rempli les lignes me concernant même s'il n'était pas censé connaître mes revenus, et avait validé les informations en mon nom. J'étais furieuse qu'il se permette encore d'empiéter sur mes droits alors que nous étions séparés depuis presque un an.

Suite à mon besoin d'explications, il rétorqua, laconique, qu'il pensait que ça ne me dérangerait pas, clôturant ainsi tout débat. Je voyais désormais clair dans son jeu : son but était de récupérer les parts fiscales d'Atlan et moi pour une exonération d'impôts.

Tout était toujours question d'économies, d'économies, d'économies…

Mon fils allait le voir régulièrement sur un planning défini par les soins d'Alban sans que le jugement soit encore prononcé, et ce, bien qu'il ne fût pas enclin à s'y rendre. Il n'avait toujours pas tout digéré… C'est le cœur déchiré que je lui imposais ces visites qui ne se passaient pas bien, ni avec son père ni avec sa sœur qui le rejetait sans ménagement. Son père le surveillait comme l'huile sur le feu pour que jamais il ne se retrouve seul avec quelqu'un d'autre que lui. Alban était terrifié à l'idée qu'il raconte tout ce qu'il savait. Et pour le surveiller, il l'a surveillé ! Il n'hésita pas à lui dire que même dans sa chambre, il savait ce qu'il faisait et il finit par lui montrer le détecteur de mouvement dans sa chambre. Il épiait son fils dans ses moindres gestes : sa paranoïa devenait hors de proportion.

De par certaines de ses réflexions, j'avais deviné qu'il avait installé des caméras dans la maison et les dires de mon fils me confirmèrent mes doutes. Au point où il en était, il devait bien contrôler les mouvements de chacun en son absence.

Un jour où mon fils revenait de chez son père, Atlan m'informa qu'il l'avait amené à un endroit où il avait dû mettre ses doigts sur de l'encre. Mon sang ne fit qu'un tour ! Il était allé refaire la carte d'identité et le passeport d'Atlan en arguant qu'il les avait perdus. Pourtant, à cette époque, il ne m'avait jamais demandé ses papiers d'identité et heureusement, car je lui aurais fourni les documents sans penser qu'il ne me les rendrait jamais. Dans la mesure où ces papiers ne sont délivrés qu'en un seul exemplaire par personne, même pour les parents séparés, son but était très clairement de m'empêcher de voyager avec mon fils. Il avait parfaitement connaissance de mes envies de parcourir le monde avec mes enfants. J'avertis la mairie de Mèze de la fraude d'Alban et elle bloqua le dossier en préfecture. Je n'eus pas d'autre choix que de faire intervenir la justice pour récupérer la propriété de ces documents dont il voulait me spolier.

Il m'envoyait en masse des mails accusateurs, signes manifestes de ses délires. Je tombai bien évidemment dans le panneau à cause du besoin irrépressible d'y répondre pour rétablir la vérité. Mon ordinateur était ouvert en permanence sur la table de la cuisine et, chaque jour, entre mon travail, mon fils, ses soins et les activités, je m'épuisai à sauver mon honneur. Je vivais l'angoisse de la petite sonnerie distincte quand je recevais un mail. Il prenait soin de m'en expédier un à mon lever et un autre avant de me coucher. Bien sûr, mes nuits étaient des plus terribles, car je pensais aux réfutations que je devais me préparer à lui envoyer le lendemain. Démentis sur démentis, et cela dura des années ! L'agonie était non seulement sans fin, mais son harcèlement moral s'intensifia au point qu'il arrivait à m'envoyer jusqu'à treize mails par jour, un pour chaque sujet qu'il voulait aborder. Pour la justice, cela n'était pas suffisant en nombre pour être de l'abus psychologique, surtout qu'il prenait toujours soin d'être des plus courtois dans ses messages, et par extension ses mensonges.

Je ne vivais tellement plus que je perdis quatorze kilos en moins de six mois.

Enfin, d'autres surprises désagréables furent mises par écrit dans les conclusions de justice que mon avocate me transmit par courrier électronique. Ainsi, je découvris les mots exacts contenus dans les accusations dont j'avais eu connaissance pour le référé et mon nouveau cheval de bataille dans lequel je m'engouffrai. Je lus donc qu'il n'était pas possible de briser une fratrie qui s'entendait si bien et qu'il avait des témoignages écrits de personnes dignes de confiance. Trois personnes s'étaient rangées de son côté, contre moi. Pas sa famille, non, aucun ne l'aurait fait. Il avait prémédité son coup en fréquentant les seules personnes qu'il ne voulait pas nous voir approcher et qu'il avait pourtant tellement critiquées : ma famille !

Ce fut un autre poignard dans le cœur que d'apprendre que ma génitrice et ma sœur s'étaient liguées contre moi pour attester par écrit mes fautes, mes travers, ce que j'avais fait ou pas fait... Chacune avait écrit à la main l'article 441-7 du Code pénal : « Est puni d'un an d'emprisonnement et de mille cinq cents euros d'amende le fait d'établir une attestation ou un certificat faisant état de faits matériellement inexacts. »

Le premier témoignage[10] que je lus venait de ma sœur :

« *Je suis la sœur cadette de Madame Naulet Christelle. Je suis en très bons termes avec Alban depuis sa séparation avec ma sœur. Alban est un papa calme, bienveillant et très proche de ses enfants, y compris avec sa belle-fille Érika qui ne fréquente plus également ma sœur, sa maman.*

Grâce à Alban, nous avons fait la connaissance de Maya-Lou et d'Atlan, car la notion de famille est très importante pour lui.

Nous nous rencontrons très régulièrement dès lors qu'Atlan est présent et il est toujours très heureux et proche de son papa.

Mes enfants s'entendent très bien avec Maya-Lou et Atlan.

Je précise que ma sœur ne me fréquente plus ainsi que mes parents depuis plus de quinze ans.

Ma sœur est une personne à fort caractère, dominante et appréciant beaucoup l'argent. »

Le deuxième était de ma mère :

« *En novembre 1997, ma fille Christelle a disparu avec ma petite fille Érika, âgée de trois ans et demi, sans laisser d'adresse à quiconque.*

Bien que Christelle soit dotée d'un caractère très entier et d'un comportement imprévisible et instable, je ne m'attendais pas à cette issue, et le choc a été très violent pour moi. En effet, à cette époque, je gardais Érika que j'adorais presque tous les week-ends. Des années de recherches ne m'ont pas permis de la retrouver et c'est fortuitement que j'ai appris qu'elle avait eu deux autres enfants, Maya-Lou et Atlan, qui à

---

[10] Mot pour mot.

ce jour me sont inconnus. Érika m'a contactée il y a trois ans, et depuis nous passons ensemble des moments merveilleux.

Mon plus grand bonheur serait de pouvoir chérir, enfin, ses frères et sœurs qui m'ont cruellement manqué comme à toute grand-mère, mais aussi de revoir ma fille. »

Grâce à la copie de sa carte d'identité jointe à sa lettre, j'appris son adresse, car j'ignorais même où elle résidait.

Tout dans son témoignage était faux et sonnait faux ! Jusqu'à mon déménagement, en mars 1998, elle n'avait gardé ma fille qu'une seule fois, vers ses deux ans. Elle m'avait reproché, entre autres choses, le fait que ma fille portait encore des couches à son âge alors que j'étais propre à quatre mois. Je lui demandai comment cela était possible et elle me décrit sa technique très simplement et légèrement : à heure fixe, elle me posait sur ma chaise-pot, me mettait un doigt dans l'anus et par réaction naturelle, je déféquais. Devant ma tête défaite, comme je comprenais d'un seul coup la naissance de mes problèmes, elle finit de m'achever : « Tu crois pas qu'on avait les moyens de payer des couches ! »

De plus, je m'en voulais d'avoir essayé de lui faire confiance ne serait-ce qu'une seule fois. Quant à mes deux derniers enfants, elle les connaissait, car Alban l'avait invitée dans notre maison dès mon départ définitif et avait fait croire à notre fils que c'était une amie pour que je n'en sache rien.

Et oui, il en était là, à mentir éhontément à notre fils sur la personne même de sa grand-mère !

Ses deux témoignages avaient bel et bien été dictés par Alban : il ne s'était pas rappelé la date de mon départ pour Valence… Devant autant de malveillance, je portai plainte contre elle. Je ne menai aucune action contre ma sœur, prenant ainsi en compte son handicap et les manipulations dont elle était aussi victime.

J'avertis ma génitrice par cette procédure que j'entamais qu'elle ne pourrait plus agir en toute impunité. Malheureusement, la loi prévoit des sanctions qui sont bien rarement appliquées, et je n'eus pas de retour relatif à cette plainte.

La dernière et troisième déclaration était issue de ma fille aînée. Je lus deux lignes et pas davantage, car son témoignage était clairement établi pour me briser. J'étais une cible, sa cible, à cause d'un homme qui l'avait rendue haineuse envers moi. Je ne savais pas si j'aurais pu lui pardonner, à la vue de ses phrases couchées sur le papier.

Tous ces témoignages avaient pour but de récupérer notre fils et de ne pas me verser de pension alimentaire. Non content d'avoir noué une relation filiale avec ma propre famille, il avait galvanisé leur sempiternelle satisfaction de me nuire.

Il ne s'était pas embarrassé de cas de conscience et versa aux pièces déjà présentes dans le dossier moult documents, à savoir des mails trafiqués. D'ailleurs, c'est ainsi que j'appris que dans les mails transférés, il était possible de rajouter des phrases qu'il ne s'était pas gêné de rajouter en toute impunité. Parmi toutes ces pièces, il y intercala deux tableaux *Excel* détaillant ses revenus et les miens.

Je découvris que je gagnais autant que lui à cent euros près et que mes charges étaient moins importantes. Dans ce dossier, je retrouvais des papiers que je ne recevais que par mails d'habitude et que je n'imprimais jamais. Alban les fournit à la justice tamponnés par son cabinet d'avocat. Les éléments que j'avais livrés étaient beaucoup moins bien présentés, ils n'avaient donc pas été analysés et dès la première audience, je me retrouvai à payer la moitié des trajets et pas de pension. Une vraie catastrophe pour moi qui ne pouvait pas assumer de tels frais toutes les trois semaines !

Je fis appel pour rétablir la vérité. J'avais beau ne pas vouloir revivre des procédures à la pelle, car elles m'affaiblissaient autant physiquement que financièrement. Néanmoins, je ne pouvais pas faire autrement, cette fourberie me rendait malade. Je savais qu'il avait relâché la pression, car il était satisfait de ce qu'il avait obtenu, mais qu'il allait me faire payer cher mon insistance. Ce que je ne savais pas, c'est combien sa capacité à vouloir me faire du mal était grande !

Il fut mis au courant dans le dossier que j'avais droit à l'aide juridictionnelle en totalité, étant mille euros mensuels en dessous du plafond. Les procédures dans ma région ne me coûtaient plus rien tandis que pour lui, les frais restaient à sa charge. Il était furieux et quand il fut obligé de se justifier du trou financier sur le compte, il usa le prétexte presque indécent de devoir payer les honoraires de son avocat de sa poche et sans appui extérieur alors qu'il se servait sur le compte joint qui n'était pas encore clos.

Il trouva alors une solution pour que je ne puisse plus me défendre pour la suite des procédures qu'il engagea.

Une nouvelle convocation pour paraître devant le bureau d'aide juridictionnelle me fut transmise par mon avocate. Pas besoin de deviner de qui cela venait… Elle me dit qu'il s'agissait tout simplement de contrôles aléatoires afin de vérifier le bon droit de cette aide. Je persistai vu que j'étais sûre que c'était lui : ses réflexions à ce sujet me suffisaient amplement pour fonder mes croyances.

Elle me prépara mon dossier complet pour le soumettre au tribunal pour une première étude avant de passer en audience. Ce jour-là, je pris un congé sans solde et mon fils était à mes côtés, faute de solutions. Encore une fois, nous attendîmes des heures dans les couloirs pour être finalement reçus en dernier.

Chaque personne qui sortait du temps d'audience avait une tête défaite, car elle s'était fait redresser immédiatement. Une femme me confirma qu'on n'avait pas le temps de parler et qu'il fallait être très concis. Je rentrais dans cette petite salle en arc de cercle où cinq personnes me faisaient face. Seul le juge me fut présenté, les autres restèrent anonymes. Ils avaient mon gros dossier sous les yeux et l'avaient bien épluché. Le juge corrobora le fait que j'étais là suite à la lettre de dénonciation de *Monsieur* qu'il lut à voix haute.

Même s'il ne faisait aucun doute pour moi qu'en effet ma présence était due à une offensive de sa part, j'étais loin de m'attendre à la teneur de ce courrier. *Monsieur* y avait détaillé toutes les études qui auraient pu me permettre, suivant ses allégations, de trouver un travail sans problème alors que je préférais rester à la maison à vivre sur le dos de la société et des avantages normalement dédiés aux personnes aux faibles revenus, ce que je ne devrais pas percevoir. Il lista également toutes les banques dans lesquelles j'étais supposée avoir de l'argent ce qui impliquait que je fraudais pour obtenir cette aide de l'État.

À la fin de la lecture, j'étais absolument défaite de honte pour lui. Le juge et ses acolytes étaient visiblement gênés par les insinuations d'Alban. Le juge me demanda ce que j'avais à dire.

Oui, j'avais des réponses à fournir ! Occuper de belles fonctions et gagner ma vie correctement étaient en effet dans mes cordes, ce n'était pas l'envie qui m'en manquait, mais dans ce cas, mon fils, porteur de handicaps, n'aurait pas pu avoir les suivis médicaux qui lui étaient nécessaires. J'avais délibérément pris ce travail à temps partiel pour être disponible pour lui.

Le bilan comptable de mon investissement locatif avait été donné en amont, donc contrôlé par eux au préalable. Aussi, ils me posèrent peu de questions complémentaires. Pour finir, le juge s'adressa à moi : « Eh bien merci Madame Naulet de vous être déplacée pour ça ! ».

Quelques semaines plus tard, je reçus leur réponse écrite et elle stipulait que, suite à la dénonciation de M. Alban, la cour estimait que j'étais bien légitime à percevoir cette aide juridictionnelle.

Qu'à cela ne tienne, cet échec n'était qu'un caillou sur sa route : il trouva une bien meilleure solution pour aller au bout de sa promesse !

Début 2019, un courrier de l'aide sociale à l'enfance de ma ville arriva entre mes mains. Les expéditeurs me notifiaient qu'ils avaient recueilli des informations préoccupantes concernant mon fils. Il était stipulé qu'ils souhaitaient nous aider et que pour cela, un entretien avec mon fils était obligatoire sur une date imposée.

Et voilà, on y retournait de plus belle ! L'opiniâtreté d'Alban l'amenait sur des chemins de plus en plus sombres. Je n'avais aucune raison de m'inquiéter, c'est donc sereins que nous

nous y rendîmes. J'étais persuadée que je prouverais comment nous en étions arrivés à ce conflit parental avec l'aide des nombreuses preuves qui appuyaient notre parcours du combattant.

Les deux assistantes sociales qui nous faisaient face se présentèrent et commencèrent derechef l'interrogatoire devant mon fils. Des questions sur notre vie, sur la mienne, mon travail, mes activités, etc. Je m'exprimai en toute clarté et en toute franchise, mais rien dont mon fils n'avait pas déjà connaissance, puisqu'Atlan était toujours avec moi.

Une fois l'entretien préliminaire terminé, l'une d'entre elles me dit que leur service avait été mêlé à notre histoire à la suite de la réception d'un courrier qui les avait alarmées sur ma situation parentale. En dépit de ma requête, cette lettre ne me fut jamais lue. Cependant, les autorités compétentes me laissèrent sans voix quand elles prétendirent le contraire. Quoi qu'il en soit, je n'avais pas l'option de me retourner contre elles. Dans la foulée, elle me demanda si j'avais une idée de qui aurait pu écrire cette lettre. Sans hésitation, mon fils et moi proclamâmes en chœur qu'il s'agissait de son père. Les deux assistantes sociales devinrent blêmes. L'autre femme m'invectiva et me demanda au nom de quoi nous pouvions affirmer une telle chose. Je n'eus pas le temps de m'expliquer puisqu'elle s'empressa d'ajouter : « C'est votre propre mère, Madame ! ».

Je restai bouche bée sûrement une seconde ou deux avant de protester que ce n'était pas possible puisque je n'avais plus aucun lien avec elle depuis 1996 ! Elle n'avait jamais eu de contact avec mes deux derniers enfants avant ma séparation avec leur père l'année précédente. Qu'était-elle en mesure de juger sur ma vie de mère ? Elle avait si peu vu Érika, sur quelles bases se fondait-elle pour se permettre de dire quoi que ce soit sur ma vie de mère ?

La moue dédaigneuse qu'elle afficha me fit comprendre qu'elle ne me croyait pas. Je doutais de son impartialité à venir. Pour commencer, elles débarquèrent à trois dans notre petite maison de quarante mètres carrés. Chacune leur tour, elles inspectèrent les deux étages. C'était une véritable intrusion dans notre intimité, et une humiliation des plus cuisantes. Je bouillais de devoir subir tout ça à cause d'une femme avec qui je n'entretenais aucune relation filiale.

Je n'avais pas d'autres choix que de laisser ces assistantes sociales faire leur travail. La garde de mon fils était au centre de cette mascarade ! Nous vivions dans la résidence qui était celle de nos vacances auparavant : tout y était propre, mais petit. La chambre des enfants était étroite : 3,25 mètres carrés où était aménagé un lit superposé et des étagères de rangement. Elle disposait tout de même d'une fenêtre. Je me rendais compte que le confort était minimum, mais avais-je un autre choix ? Non, sinon j'aurais offert à mes enfants un château ! Nous n'avions pas de chauffage à l'étage, cependant, lorsque j'avais sollicité un des chauffages soufflants auprès de mon ex, il refusa net. Sa méchanceté le poussait à nous laisser dans une précarité énergétique très inconfortable. Même son fils n'entrait pas en ligne de compte !

Lorsqu'elles voulurent me fixer d'autres rendez-vous, je leur expliquai de nouveau que je ne pouvais pas me permettre de prendre des heures sans solde à mon travail sous peine de réduction de salaire, celui-ci n'étant que de six cent dix euros mensuels.

Elles se liguèrent contre moi et m'assurèrent que si je ne me rendais pas disponible, mon dossier serait directement transmis au juge pour enfants. Encore une fois, je courbai l'échine et nous nous pliâmes à toutes leurs dates de convocations. Elles n'acceptèrent aucune de mes plaintes déposées contre Alban pour vols, espionnage, agressions, dénonciation auprès du BAJ[11]. De plus, elles m'accusèrent d'être sans filtre devant mon fils alors qu'il subissait, tout comme moi et mes filles, ses délires sans limite. Atlan avait été aux premières loges pendant notre vie commune. Il assistait également aux convocations judiciaires et donc aux mauvais comportements de son père. Je n'avais rien révélé de plus que ce qu'il ne savait déjà, j'avais gardé ce qui relevait de l'intime incluant mes traumatismes pour moi.

En tout état de cause, les handicaps de mon fils : dyslexie, dysgraphie, hyperactivité, trouble de l'attention étaient largement compensés par sa vivacité d'esprit et sa perspicacité. Il

[11] Bureau d'aide juridictionnelle.

était toujours au milieu d'adultes ce qui l'avait muni d'une certaine maturité, je suppose. Je n'avais pas à me sentir coupable ni de son intelligence ni de sa compréhension des choses.

Elles menèrent leur enquête en contactant son père, d'autres membres de ma famille, mais aussi les établissements scolaires qu'il avait fréquentés.

Mes collègues de travail, dont la directrice, étaient au courant de ce que nous vivions et notamment du signalement dont je faisais l'objet. Eux aussi étaient stupéfaits par les nouveaux ennuis dont je faisais les frais. Ils ne comprenaient pas que je puisse vivre cet enfer alors même que nous avions en charge des enfants complètement négligés et clairement en danger pour lesquels les aides restaient muettes.

La directrice avait témoigné en ma faveur pour la procédure auprès du JAF, car Alban ne s'était pas manifesté depuis plus de six mois. Dès qu'il lut ce que la directrice de l'école avait écrit dans le dossier, il la harcela de mails l'accusant de l'écarter de la scolarité de notre fils. Elle l'avait prévenu qu'il avait les mêmes informations que moi sur l'application Internet de l'école. Il se créait des preuves écrites pour passer pour la victime de service.

Elle me notifia également qu'elle avait été contactée par les services sociaux. Elles les avaient froidement reçus, car elle sentait que c'était important de leur décrire ce qu'elle avait elle-même remarqué et vu de notre situation familiale entre le harcèlement du père, mes angoisses quotidiennes et la manière dont j'élevais mon fils.

À la fin de cette enquête, j'appelai pour savoir à quelle sauce nous allions être mangés et j'eus affaire à celle qui semblait la moins vindicative. Elle m'informa que la précédente école de mon fils avait été contactée et que les responsables me décrivaient comme une mère trop permissive... En ce qui concerne celle où nous étions actuellement, le recueil de témoignage de la directrice n'avait pas été retenu parce qu'elles considéraient qu'il ne pouvait pas être objectif vu que ma supérieure me côtoyait tous les jours.

Leur principale critique reposait sur le fait que j'étais sans filtre et trop fusionnelle avec mon fils. Je tombais des nues que cela puisse être retenu contre moi. Je ne connaissais ni le contenu de cette lettre de dénonciation ni leur rapport écrit et je ne savais pas non plus ce qu'elles avaient vraiment transmis au juge. Rien ne présageait de la suite des événements : poursuivraient-ils leurs inquisitions ?

C'était vraiment trop lourd à porter sur mes épaules. J'étais attaquée de toutes parts ! Alban s'efforçait de me mettre le dernier genou à terre pour arriver à son but ultime et me déposséder de ce qu'il me restait : mon fils. Comment vivre sans lui alors que nous étions toujours ensemble depuis sa naissance ? Qui d'autre que moi pouvait mieux le comprendre, l'accompagner dans ses soins, dépenser son temps et ses économies sans compter pour son bien-être et ses activités périscolaires, lui lire ses histoires du soir, le couvrir d'amour, de bienveillance et l'admirer pour tout ce qu'il était et pour tout ce qu'il traversait ?

Notre détresse ne fut entendue par personne.

Chaque instant de libre, j'organisais des sorties avec mon fils et des amis. J'occupais mon corps afin d'oublier mon mental qui était saturé par les instances dans lesquelles je me noyais.

Ma vie sentimentale était évidemment en pause. Comment avoir la tête à retomber amoureuse ? Comment refaire confiance ? Comment imposer à un autre mes traumatismes passés et actuels ? Comment trouver le temps alors que mon fils était, par la force des choses, toujours avec moi ?

Quand on est en état de stress permanent, on perd la capacité à réfléchir. J'étais déconnectée de mon être intérieur, débranchée de mon appareil émotionnel et juste en pilotage automatique. Malgré les conseils de mon médecin traitant, je refusai de commencer quelque traitement anxiolytique que ce soit. J'en connaissais un pour qui cela aurait été une trop belle victoire. Je pensais à l'avenir que j'espérais proche, où tout serait enfin fini et la vérité rétablie. Un futur où j'aurais réussi sans tabac, sans drogue, sans alcool, sans médicaments ! Je tenais à me reconnecter avec mon corps et mon esprit. Je savais que si je faiblissais davantage, je ne me relèverais pas et que si je me mettais à boire, je finirais alcoolique comme mon père et son frère. Aurais-je la force de me sortir de cette addiction ?

Lors d'un de mes nombreux dépôts de plaintes à la gendarmerie de Mèze, je tombai sur un gendarme qui me conseilla de me faire suivre pour supporter tout cela. Lui-même le faisait pour supporter son métier. Je lui répondis que je le ferais un jour, mais que pour l'heure tout mon argent était pour mon fils et que je n'avais pas les moyens de me payer des séances avec un psychologue.

Mon instinct de survie me dictait de vivre et d'aller chercher l'énergie nécessaire dans le sport. Je me réinscrivis au badminton, loisir que j'avais mis de côté depuis ma rencontre avec Alban. Avec Atlan, nous fîmes de merveilleuses balades à vélo autour du bassin de Thau et dans l'arrière-pays. Nous campâmes à travers plusieurs régions avec une vieille tente à vingt euros, mais qui nous apporta de merveilleux souvenirs. Par la suite, j'investis dans une tente de toit qui nous facilita la vie. Notre confort allait crescendo, tels des escargots portant notre maison sur le dos.

Je refis quelques parcours qui m'avaient laissée curieuse ces dernières années et que je me mis à explorer sans limite. J'y prenais tant de plaisir et j'y mettais le prix si nécessaire : nous rencontrâmes des personnes extraordinaires, des lieux magiques ; nous fîmes des barbecues de *Chamallows* sous les étoiles des Pyrénées ; nous dansâmes autour des feux ; nous randonnâmes dans des lieux époustouflants, etc. Odeurs, saveurs, échanges, rires, musiques, beauté, tout était réuni pour cultiver d'extraordinaires souvenirs !

Ma page *Facebook* devint inaccessible du jour au lendemain, sans pouvoir la récupérer. J'en créai une nouvelle ainsi qu'une page dédiée à nos escapades. Je postai nos balades tout en étant prudente de ne pas mentionner les lieux au cas où mon ex fasse la relation avec moi… Pourtant, il dénicha rapidement cet autre profil et reprit son obsessionnel espionnage, à l'instar de ma page professionnelle. Il s'en servait pour transmettre en justice les preuves de mes actions et activités. J'étais affligée pour lui, car cela n'apportait rien de plus au dossier si ce n'est l'effroi de constater qu'il était bel et bien obnubilé par moi et ma vie présente !

Une personne m'appela pour me demander des renseignements sur mes activités, par conséquent, je lui conseillai d'aller sur mon site Internet. Toutefois, elle revint vers moi pour me dire qu'elle ne l'avait pas trouvé. Mon sang ne fit qu'un tour, et après vérification, il avait bel et bien disparu !

Je compris alors ma nouvelle erreur. Prise dans mes urgences journalières, j'avais oublié de changer tous mes mots de passe. Ces mots de passe pour chaque application étaient listés dans mon agenda. Évidemment il avait fouillé mon agenda, les avait recopiés et ils étaient désormais en sa possession. Il usait de ses connaissances pour anéantir mon monde personnel et professionnel.

Quoi de mieux que de m'empêcher de travailler, de gagner ma vie pour éviter de passer de bons moments avec notre fils ?

C'est sur cette période-là que, de retour de chez son père, mon fils me dit textuellement : « Ça y est, papa a trouvé une nouvelle bonne ! ». J'étais sidérée à plusieurs titres : l'expression utilisée par Atlan qui, de fait, avait compris que je l'avais été moi aussi pendant toutes ces années et l'horreur de constater qu'Alban n'assumait toujours pas sa sexualité et faisait, à cause de sa lâcheté, une nouvelle proie.

Une personne toxique ne change jamais, elle change juste de victime.

Son père lui avait expliqué que Magalie n'avait pas de logement pour le moment, mais qu'elle n'était pas sa petite amie. Sa perspicacité précoce lui fit aussitôt comprendre qu'il s'agissait d'un mensonge. Comme moi, elle avait été choisie : peu de famille, qui plus est vivant loin, une voiture neuve, gentille, dévouée, sensible, tenant la maison avec soin, et mieux encore, elle était professeur de français, attribut qui n'était clairement pas un hasard, car il s'arrangea pour que je le sache. Sa volonté était clairement de me jeter au visage qu'elle était au-dessus de moi dans la hiérarchie de l'Éducation nationale.

Son message était clair : « Tu vois, je mérite mieux que toi ! ».

Alban est le type d'homme à ne rien laisser au hasard, tout est calculé dès le départ : sa proie avait passé ses tests et avait été appâtée pour mieux l'enrouler dans sa toile.

Mon fils évoqua plus tard qu'ils étaient partis en vacances dans sa famille en Bretagne – tout comme nous l'année précédente. Ils firent du char à voile, faisant ainsi croire qu'Alban en avait eu l'idée, alors que je l'avais publié sur ma page *Facebook*. Mon fils me rapporta que son père avait conduit la voiture de Magalie et qu'elle lui avait donné sa carte bleue pour payer le carburant.

Il m'expliqua que, comme moi, elle ne pouvait pas se servir du lave-vaisselle. Comme moi, c'était elle qui faisait l'entretien de la maison, y compris le rafraîchissement des peintures. Par contre, elle avait la chance de ne pas faire la taille des haies pour lesquelles il déléguait la tâche à une entreprise.

Je m'aperçus qu'Alban était suffisamment fort pour gérer la destruction de deux femmes à la fois, en plus de nos enfants. Et ce, contrairement à tout ce que les personnes au courant de mes problèmes me disaient : « Tu verras quand il retrouvera quelqu'un, il te lâchera ! » Non seulement il ne me lâchait pas, mais il se faisait aussi réconforter par notre entourage en brodant des mensonges fallacieux autour des misères que je lui faisais visiblement vivre.

Dès notre séparation actée, plus personne, ni voisinage ni ami en commun ne prit contact avec moi, et de mon côté, je n'arrivais plus à les joindre. Je me doutais qu'il avait fait la même chose qu'avec mes enfants et ma famille. Grâce à mes relevés téléphoniques, il avait sorti les violons à tous ceux que j'avais encore dans mes contacts et leur avait dit des choses suffisamment terribles pour qu'ils coupent les ponts. De même, il exigea de moi de ne plus mettre les pieds à La Chapelle-Villars, s'octroyant encore et toujours tous les droits. Nul doute qu'il redoutait que je rentre en contact directement avec des connaissances du village et que je révèle sa face cachée.

Le vide s'installa autour de moi. J'appris la teneur de ses propos pendant mes vacances estivales alors que je ne savais pas encore quelle serait l'issue du rapport de l'ASE[12]. Je reçus un courrier électronique de mon avocate dont le texte me glaça le sang. Elle était allée consulter le dossier auprès du tribunal de Montpellier et m'en faisait le résumé dans son mail. Je lus avec une boule au ventre ce qu'il avait dit aux services sociaux : je battais *Monsieur* et mes enfants ; j'avais voulu avorter de chacun d'eux ; ma fille aînée avait été placée par la justice dans un internat et une famille d'accueil. Et comme il se devait de finir par un feu d'artifice : j'étais amnésique, ce qui impliquait que je ne me rappelais pas ces faits ! Peut-on être plus timbré que cela ? Je comprenais tout compte fait comment il avait procédé pour m'éloigner de mes enfants, de ma famille, de mes voisins et de nos amis en commun.

Dans son cas, il semblait que plus les dires étaient gros, mais dits avec tellement de ferveur et de trémolos dans la voix, plus on ne pouvait que le croire. Il était la victime, j'étais le bourreau !

Il prétendait ne pas avoir notre fils, alors que c'est moi qui n'avais pas notre fille…

Qu'en était-il de ce qu'il nous faisait réellement vivre ? Rien ! Rien n'était relevé dans le dossier contre lui ! Les éléments à charge contre moi tenaient en plus du fait que j'étais sans filtre et trop fusionnelle avec mon fils, sur les dires des assistantes sociales. Le juge décida d'une convocation pour la rentrée. Je compris ainsi qu'il me faudrait trouver le courage pour ce nouveau combat.

Beaucoup d'événements s'enchaînèrent sur cette période. Lors de mon appel de la procédure auprès du JAF pour faire reconnaître la tromperie de *Monsieur* sur mes revenus, j'appris que ma deuxième fille avait été mise à son tour en internat. Un transport passait pourtant en bas de chez nous pour qu'elle puisse se rendre au lycée. Au lieu de cela, elle devait quand même prendre le car tous les jours pour rejoindre son internat qui ne se trouvait même pas au sein de son établis-

[12] Aide sociale à l'enfance.

sement. Encore une fois, j'avais été éloignée de toute décision et elle, du foyer familial. Il recommençait sa vie et ne pouvait pas gérer un enfant, ne l'ayant jamais fait : il souhaitait être libre ! Le double effet était encore plus cuisant pour moi : « Tu vois, ta deuxième fille aussi tu l'as abandonnée ! »

Il parvint à faire dire à Maya-Lou que je ne lui avais jamais proposé de m'accompagner dans le Sud. Elle en était désormais convaincue et ses mots débordants de rancune enfonçaient le clou dans mon cœur de maman. Je subissais – alors que j'en sortais moi-même – l'aliénation de mes enfants et de tout l'entourage sans que je puisse être entendue un seul instant. Il profitait de la belle image sociale qu'il s'était constituée à l'extérieur, utilisant la technique de l'opération séduction avec l'entourage amical et familial. Son but était de créer des conflits en cascade afin de m'isoler. Utilisant la carte « victimisation, chantage affectif, promesses, menaces, tentatives de re-séduction… » et distillant des informations sur des paroles négatives que j'aurais dites les concernant, le tout dans le but de détruire mon image auprès de tous.

Il aimait jubiler devant moi et d'autres en relatant les paroles dénigrantes exprimées par ma famille à mon encontre, et ceci afin d'étayer ses dires.

En parallèle, j'avais eu à nouveau la visite de l'huissier le 1er août 2019 pour me remettre une assignation en justice pour le partage des biens. Date choisie pour me bousiller les vacances estivales ! Il avait gagné du temps en nous faisant patienter le notaire et moi, mais cet homme plein de ressources savait quand sortir de son sommeil et passer à l'attaque.

Effectivement, je lui avais écrit que faute de nouvelles de sa part, j'engagerais une instance juridique. Cette procédure, si elle était intervenue de mon fait, se serait déroulée à Montpellier, département de ma résidence. Le fait qu'il saisisse en premier le juge, cette procédure se déroulerait désormais sur le territoire de la Loire. À moi donc d'effectuer les six cents kilomètres pour me présenter aux convocations ! Lorsqu'il venait pour les assignations dans l'Hérault, c'était bien sûr avec la voiture de l'entreprise. Seul le parking était à sa charge et je le vis plusieurs fois garé à cheval sur le trottoir à côté du tribunal afin de me voir arriver et pour payer le stationnement au dernier moment.

Quand je relus le dossier de deux cents pages, il y était toujours dit, même si c'était hors contexte, que j'avais quitté le foyer familial pour aller vivre au soleil. Rien ne semblait pencher en ma faveur : je voulais en finir avec le dossier de partage des biens. Même si j'y perdais beaucoup, j'y gagnais ma tranquillité !

Dans ces pages, je tombais sur des mesquineries telles qu'une accusation d'avoir pris une somme d'environ trois cents euros sur notre compte pour acheter le matériel de mon association alors même qu'il était au courant. Il avait déjà oublié qu'avec le bureau associatif, nous aurions pu porter plainte contre lui pour s'être servi dans les liquidités lorsqu'il était trésorier. Nous nous étions contentés de procéder à sa destitution afin de protéger le compte bancaire s'y afférant.

Non seulement il avait prélevé des sommes d'argent à l'association, mais il avait également gardé le matériel que je n'avais pas repris lors de mon passage pour récupérer mes affaires et celle du groupe associatif. Comme pour le reste, il estimait que tout lui appartenait.

Le plus choquant vint de ma reconnaissance de dette de 2005 qui était à hauteur de vingt-neuf mille euros et qui était remboursée depuis longtemps. Je n'en croyais ni mes yeux ni mes oreilles : il en demandait à nouveau l'acquittement, fournissant ma reconnaissance écrite ! Je me rendis compte avec effroi que lui seul avait été en possession des preuves de mes règlements et que la lettre d'engagement dont il avait fait des confettis n'était après tout qu'une copie.

Je n'avais pas pensé à me protéger en exigeant une quittance de dette. Il faut avouer que je ne pensais toujours pas, à l'époque, que c'était de lui que je devais me méfier. Je m'étais entièrement investie dans les travaux de cette maison au détriment du temps que j'aurais pu passer avec ma fille aînée, et il se permettait de me rouler dans la farine en me réclamant de payer une seconde fois cette énorme somme ? Ma crédulité me mettait encore dans de sales draps. Comment imaginer que l'on puisse tendre de tels pièges ?

Sa malignité égalait son besoin viscéral de me faire du mal et de briser ma vie.

Mon cœur saignait, mais je me coupais de cette émotion pour ne pas sombrer. J'étais tellement persuadée qu'il n'y avait pas d'autre solution pour ma famille.

Je travaillais, ramais, en bavais pour apporter sur un plateau à Alban mes salaires, mais aussi mes plus-values immobilières ! J'étais à son service corps et âme, mais je n'étais plus, et depuis longtemps... Juste un corps sans réflexion, sans droit à l'émotion, sans droit tout court, et coupée de ma chair et de mon sang !

J'étais dévastée de constater à quel point ma naïveté m'avait mise dans des situations inimaginables. Je lui avais tout sacrifié sans m'en rendre compte et je dirais que de toutes les douleurs, c'est la colère envers moi-même qui était le plus dur à supporter. Je n'avais rien saisi des paroles proférées, des situations mises en scène, des comportements adoptés : j'avais filtré, j'avais été aveuglée et j'avais pardonné !

Alors que je racontais ce que je vivais à un couple d'amis qui me posaient la question, le mari, thérapeute, me dit que l'on ne pouvait détecter chez les autres que ce que nous portions déjà en nous-même. Cette phrase résonna très fort en moi et m'apporta du réconfort pendant que d'autres qui avaient essayé de comprendre ma situation me demandaient, stupéfaits, comment je faisais pour tenir. Même si cela partait d'un bon sentiment, cela supposait qu'il arriverait un jour prochain où je tomberais complètement. Et maintes fois, on me rétorquait : « Pourtant, tu es une femme intelligente ! Comment as-tu pu te laisser faire comme ça ? »

Même s'il est certainement légitime que l'on puisse dire une telle chose, et à supposer que je sois intelligente, je ne serais pas en train d'écrire ce livre si je m'étais rendu compte de ce que je vivais à ses côtés, de la toile qui m'avait paralysée deux décennies. Ce livre témoigne de ce que j'ai traversé pour mieux comprendre, moi y compris, les sources de mon incapacité à sortir de cette relation et les mécanismes que j'avais mis en place pour ne pas voir la réalité.

J'avais toujours un train de retard ! Quand une procédure ou une entourloupe prenaient fin, de nouvelles émergeaient dans la plus grande stupéfaction pour moi. La façon dont j'étais calibrée et conditionnée ne me permettait pas de réagir.

Tout était inimaginable, inenvisageable ! Comme ce jour où il était venu à Mèze avec notre fille pour je ne sais quelle raison, mais de façon prévue. Pour ne pas me retrouver seule avec lui, j'avais invité des amies à la maison, et comme on peut le supposer, il se montra charmant, semant ainsi le doute entre ce que je pouvais dire de lui et son comportement. Puis il repartit avec notre fille pour rentrer dans la Loire. Mes amies et moi bûmes notre café un long moment afin de souffler, la tension encore palpable dans la pièce, et de retrouver, pour ma part, l'entrain que je perdais quand il était présent. Ma vie était toujours suspendue, et il était de temps d'en profiter sans me sentir à sa merci.

Mes amies et moi-même nous baladâmes au bord de la plage, et à peine arrivées, alors qu'il avait quitté la maison depuis presque deux heures, il m'appela pour me dire qu'il était retourné déposer dans la maison quelque chose que notre fils avait oublié. Mon sang ne fit qu'un tour : je quittais mes amies en expliquant l'urgence de devoir rentrer chez moi à cause de son intrusion. N'ayant pas eu légalement le droit de changer les serrures de la maison puisque nous étions en copropriété, il avait les clés et ouvrir les portes de ma maison n'était par conséquent pas un crime pour Alban.

Je n'avais pas anticipé le coup, si ce n'est que tous les papiers importants avaient été mis à l'abri en dehors de mon logement et comme mon ex avait gardé toutes les choses de valeur, je ne possédais rien d'important. Lorsque j'inspectai l'intérieur, je ne constatai rien sur le moment, mais le lendemain, en prenant la voiture, mon fils releva que la clé USB qui était toujours introduite dans le connecteur avait disparu. Ayant également les doubles des clés du véhicule, il en avait profité pour la subtiliser. Quant au reste, il me fallut plusieurs semaines pour constater l'ensemble des choses qui étaient introuvables, mais sans aucune valeur.

Lorsque je me rendis à la gendarmerie pour déclarer le vol de mes affaires qu'il avait dérobées ou qu'il retenait dans la Loire depuis notre séparation, le gendarme m'expliqua qu'il n'y avait pas de vol entre conjoint et ex-conjoint. Il n'enregistra que la plainte pour le vol de ma clé USB qui contenait de nombreux documents confidentiels me concernant. Il y avait entre autres mes passeports sportifs comme celui de la plongée, ce qui m'obligeait à repasser mon niveau et refaire mes plongées de validation. Ce n'était pas juste : je voulais seulement reprendre ce qui m'appartenait !

À ce jour, je n'ai récupéré que très peu d'affaires en six ans et, parmi elles, celles qui me tiennent à cœur sont encore entre ses mains comme le trousseau que je m'étais constitué, mes meubles, mes bijoux et mes collections. Il a encore la veste de mon grand-père et la broche en or de ma tante Marie, seuls souvenirs que j'ai gardés d'eux. Les cadeaux qui m'avaient été offerts par Érika, ma famille, mes amis et mon ex m'ont tous été dérobés. Seule la montre offerte par Lulu, mon père adoptif, m'a été rendue après que je l'ai réclamée à Alban devant les enfants. Il orchestra alors, tel un grand seigneur, un véritable spectacle pour me la donner en mains propres prenant les enfants pour témoins.

À cette période-là, je redoutais qu'une balise GPS eût été cachée sur le véhicule. Il s'était à plusieurs reprises trahi ces dernières années en dévoilant certains endroits alors qu'il n'était pas censé les connaître et où je m'étais trouvée. J'avais amené la voiture chez le garagiste à côté de chez moi qui me dit que la balise pouvait être n'importe où sur le véhicule, mais qu'il fallait s'y connaître pour en placer une discrètement. Alban était capable de manipuler ce type d'appareil vu ses compétences en électronique, c'était donc probable. J'avais contacté un détective pour la débusquer, mais le devis de quatre cents euros, sans réelle garantie de la trouver, me freina.

Je me demandais si bien plus que prendre des choses dans la maison, Alban serait venu retirer ce potentiel traceur installé sur ma voiture. Lorsque je demandai à Maya-Lou si elle avait accompagné son père lorsqu'il était revenu à la maison, elle me certifia être restée dans la voiture.

Elle était encore mitigée sur les responsabilités de chacun

et cela faisait si mal de constater que malgré tout ce qu'elle avait vu et entendu, elle avait encore des doutes sur moi. Je compris que les six derniers mois avant mon départ, son père lui avait patiemment mis la tête à l'envers, et plus le temps passait, plus elle s'éloignait de moi. Maintenant, elle ne souhaitait plus me voir.

C'est ainsi qu'un jour où je montai chercher Maya-Lou et Atlan, j'ouvris la portière pour qu'elle rentre dans le véhicule. Elle me regarda, voulant me défier, et me jeta à la figure qu'elle ne venait pas en vacances avec moi. Pour le coup, cela ne fut pas une surprise, le contraire l'aurait été. Elle ne venait pas les week-ends où j'étais censée l'accueillir, alors quatre semaines…

Bien sûr, elle pensait que cela était son propre choix et, comme pour moi et les autres, l'araignée avait tissé sa toile autour d'elle : celle de l'aliénation. À travers la transformation progressive de ma fille, je retrouvais le comportement de sa grande sœur. Il avait procédé pareillement avec les deux.

Je revécus ces moments où je rentrais à l'appartement, les trouvais assis dans le canapé et repensais en particulier à la fois où ma fille m'avait lancé un regard noir. Je faisais le lien entre comment j'avais perdu Érika et comment Maya-Lou prenait le même chemin. Alban avait posé ses pions en amont touchant ce qui me ferait agoniser : perdre mes enfants.

Entre le 6 août 2018 et Noël 2020, Alban consentit à me confier Maya-Lou uniquement trois fois et sa dernière venue fut des plus amères. Je ne reconnaissais plus la gentille petite fille qui était la mienne. Elle avait clairement la consigne de son père de me pousser à bout. Elle s'évertua à rendre pénible chaque instant.

Je compris que la recevoir me mettait en danger, car je craignais qu'elle m'accuse d'une faute que je n'avais pas commise. J'avais, par exemple, prévu des activités tous ensemble et elle les refusa toutes, restant dans son lit, de jour comme de nuit, ne se levant que pour manger. Ma sentence dura trois jours ! Elle dénigra même mon cadeau de Noël qui n'était pas à la hauteur de ce que son père pouvait lui offrir. Il la manipulait entre autres grâce à l'argent.

Sa générosité paternelle n'avait pour but que de servir ses intérêts.

Je ne pouvais rien dire sur l'endoctrinement qu'il exerçait sur elle, uniquement mettre mon poing dans ma poche et rester ouverte au dialogue lorsqu'elle le déciderait. Je devais rester patiente... La seule chose qu'elle sut me dire en partant, c'est que je ne savais pas ce que c'était de travailler. Je préférai ne pas répondre, mais en même temps, je n'avais pas les tenants et les aboutissants d'une telle remarque.

J'appris toutefois des mois plus tard, au travers de réflexions de mon fils, qu'Alban me faisait passer pour une fainéante qui ne travaillait pas, profitant de la société. Il est vrai qu'il m'avait fait une réflexion acerbe sur la quantité de vacances dont je disposais désormais dans l'Éducation nationale, me comparant encore une fois à lui.

C'était la cause de l'attitude agressive de ma fille, il lui matraquait le cerveau de fausses informations.

Puisque je venais de recevoir mon relevé de carrière et je pus retracer à Atlan mon parcours professionnel en lui expliquant comment le lire, depuis mes seize ans jusqu'à ce jour-là. Quoi de mieux que du concret pour lui donner toute la mesure des mensonges de son père ?

Mon fils avait la consigne de ma part de ne rien dire de notre vie, et en retour je ne souhaitais rien savoir de ce qu'il se passait de l'autre côté. Pourtant, cela était une véritable épreuve de laisser Atlan à son père. Outre le fait de le voir, agressif, se pavanant devant nos enfants et fier de m'attaquer sans cesse, je me sentais si triste pour Maya-Lou et Atlan, mais aussi pour moi-même. Je ne m'abaissai pas à répondre à cette guerre verbale. J'avais à cœur de ne pas les esquinter davantage, apitoyée du spectacle qu'il leur donnait.

Je savais aussi qu'immanquablement, Alban allait lui laver le cerveau et par le fait, à chacun de ses retours, notre fils était remonté, non contre son père, mais contre moi ! De plus, il avait la consigne de me dire des choses bien spécifiques : par exemple, qu'à chaque fois qu'ils revenaient sur Bollène, ils passaient manger chez ma sœur ou chez ma « mère ». Son père s'arrangeait même pour téléphoner au volant devant Atlan, ce qu'il ne faisait jamais, mais pour qu'il me dise qu'il était en contact avec ma fille, Érika.

Suite aux vacances estivales auprès de son père, Atlan m'avoua qu'il les avait amenés chez une psychologue et l'avait obligé à dire des choses. Son père avait même ajouté que s'il ne suivait pas ses directives, alors ils ne se verraient peut-être plus. Je fus tellement saisie d'effroi que je freinai d'un coup sec en plein milieu de la route ! Mon cœur s'était comme arrêté ! Je hurlai en comprenant sa nouvelle manœuvre.

Devant mon émotion, mon fils précisa qu'il n'avait pas voulu dire ce qu'Alban lui avait dicté, mais qu'il n'avait pas eu le choix. Il n'avait pas son nom, mais il m'expliqua l'endroit pour se rendre à son cabinet en se basant sur les magasins sur la route qu'il se souvenait avoir croisés. Je retrouvai sans problème son nom, étant la seule psychologue du village. Je rentrai en contact avec elle et lui décris la personnalité controversée de leur père. Elle me confirma que *Monsieur* avait requis de sa part un témoignage écrit de tout ce que je faisais vivre aux enfants. Elle fit simplement une attestation en justice pour dire qu'elle les avait reçus sans plus d'éléments calomnieux à mon égard. J'avais au moins réussi à enrayer son nouveau stratagème.

J'avais beau expliquer à mon fils depuis tout petit qu'il ne faut jamais dire des choses qui ne sont pas vraies, car cela peut être très grave, il me répondait toujours qu'il le comprenait, mais que son père savait trop bien s'y prendre pour les forcer à entrer dans ses combines.

Les jours précédant ses départs chez son père, la tension était palpable pour mon fils. Son comportement changeait : il devenait agité et angoissé. Ses cauchemars étaient plus intenses et il me disait avoir peur que son père lui remplisse la tête de fausses vérités et l'encourage à agir contre moi, pour me discréditer.

Je ne me sentais pas à la hauteur, à ma place de maman. Qu'étais-je en mesure de lui conseiller ? Je n'étais pas moi-même suffisamment forte pour lui échapper et pour me protéger ! Plusieurs fois mon fils me dit du haut de ses neuf ans qu'il fallait que j'arrête de me laisser faire alors que moi, je ne voyais pas arriver ce qu'il préparait en douce contre moi. Un prédateur qui posait des pièges pour me bouffer toute crue !

Sur les conseils de mes amies, je l'amenai en consultation auprès de la psychologue de la ville. Je constatai qu'elle avait un très bon contact avec lui et avec l'accord de mon fils, je fixai d'autres dates d'entrevue, autant que nécessaire pour qu'il puisse retrouver un certain apaisement et être aidé pour parer aux machinations de son père. Cela fut salvateur pour lui et leurs séances durèrent quelques années. Cependant, lorsque son père apprit qu'il était suivi sans son accord par une professionnelle – qui du reste avait témoigné en justice pour qu'Atlan continue impérativement les séances avec elle – il décréta que son attestation n'était pas recevable et fit en sorte qu'elle ne soit pas admise en tant qu'élément à charge. De plus, il l'importuna à plusieurs reprises par téléphone pour lui servir ses histoires redondantes de la mauvaise mère et du père persécuté.

Les enfants repassèrent encore devant le JAF de Montpellier pour choisir avec qui ils voulaient vivre. Ils étaient tout aussi otages que moi de ces procédures à répétition. On était loin de la vie tranquille qu'ils auraient dû avoir.

Après qu'Alban eut pénétré dans la maison sans ma permission, je changeai enfin la serrure de la porte d'entrée malgré le fait que je n'en avais légalement pas le droit. J'aspirais à dormir sur mes deux oreilles...

Il ne s'était pas embarrassé des formalités légales pour remplacer les serrures de la maison où nous avions vécu ensemble, et ceci, bien longtemps avant moi. Je n'avais pas le désir de transgresser la loi, mais il ne me laissait pas le choix.

Pour la troisième fois, il se paya les services d'un huissier de justice afin de faire constater mon action. Cependant, anticipant pour une fois sa réaction, je pris soin de scotcher sur la baie vitrée de l'entrée pendant des années une affichette stipulant que la maison n'appartenait plus à *Monsieur* et que la gendarmerie était prévenue.

Cela était faux dans un sens, même si nous avions acté juridiquement la préférence du domicile de chacun, c'était aussi sa maison aux yeux de la loi... Quant aux gendarmes, la majorité était au courant de ma situation vu le nombre de fois où j'avais porté plainte contre lui. J'avais peur qu'il puisse faire croire à une perte de clé et demander son ouverture auprès d'un huissier ou d'un serrurier. Il en aurait été capable en apportant son acte de copropriétaire.

Bien sûr, cela fut retenu contre moi auprès des services sociaux qui insinuèrent que j'exagérais et devaient penser que j'étais paranoïaque.

Le juge commis aux opérations de partage nous proposa une médiation pour nous mettre d'accord sur la division de nos affaires. Mon avocate me vendit le fait que c'était bien vu et utile d'y participer et je lui fis encore confiance. Elle oublia juste de m'informer des conséquences financières de ces démarches. Alban et moi dûmes avancer le paiement d'une belle somme pour la médiatrice et nous étions attendus à Saint-Étienne pour notre entretien. Ce rendez-vous se passait très loin, trop loin pour moi sur la dernière semaine d'août avec la présence obligatoire de nos avocats.

Nous nous réunîmes dans une grande salle napoléonienne au parquet grinçant, où chaque bruit résonnait et dans laquelle le son de nos voix semblait amplifié. Nous nous assîmes au bout de l'immense table en face en face et la médiatrice s'installa en cheffe de famille. Mon avocate ayant trente minutes de retard sur le début des négociations, je fis face, seule, à mon ex et son avocat.

Elle commença par nous faire signer un protocole de confidentialité en trois exemplaires. Une fois émargés, nous gardâmes un exemplaire chacun.

Puis la mascarade démarra.

Il me fut tout de suite proposé par la partie adverse que le véhicule en commun soit vendu par le biais d'une grande enseigne spécialisée dans la reprise de véhicule et on nous contraignait à passer par cette enseigne. J'étais étonnée qu'il accepte enfin de liquider la voiture alors que je me débattais depuis des années pour m'en séparer. Sur ce point, j'étais d'accord.

De mon côté, je demandai à récupérer les photos de mes enfants et les copies qu'en avait faites Alban sur CD. Il les marchanda contre le classeur de factures, celui que j'avais découvert à son nom exclusif. Il troquait nos souvenirs contre une forte somme d'argent qu'il souhaitait faire valoir sur les biens immobiliers en faisant croire sur ces seules pièces qu'il les avait exclusivement financés. N'ayant aucun relevé bancaire de notre compte joint, je n'aurais pas pu prouver que c'était notre argent en commun qui était l'assise de ces achats. Il les avait cachés à partir du moment où il avait senti que cela ne servirait pas ses intérêts s'ils tombaient entre mes mains.

Je demandai à reprendre possession de tout ce qui m'avait appartenu avant que je le connaisse, et je fournis donc la liste détaillée que nous avions communiquée au notaire.

Elle nous informa qu'il fallait tout refaire et énoncer de nouveau nos revendications. Je n'étais pas là pour perdre du temps sur ce qui allait de soi. Il devait simplement retourner toutes mes affaires.

Il était également stipulé que nous devions effectuer une expertise par un professionnel agréé pour chacune des maisons. Nous étions obligés de la faire séparément avec le concours d'un notaire dont certains noms étaient exclus pour plus d'impartialité.

La médiatrice décida de faire une pause et nous partîmes tous de notre côté. C'est à ce moment que je pus enfin parler de mes doutes à mon avocate. Je lui soulignai que *Monsieur* avait la fâcheuse habitude d'enregistrer toutes les conversations et que d'après moi, il l'avait fait pendant la réunion. Nous en parlâmes à la médiatrice avant qu'elle ne parte prendre son café et nous assura qu'elle ferait le nécessaire au retour. Cependant le temps parut une éternité avant que la réunion ne recommence et au départ, elle en oublia son engagement.

Environ cinq minutes plus tard, le téléphone d'Alban tomba aux pieds de la médiatrice. Et nulle surprise de découvrir qu'il était bien en train d'enregistrer la réunion confidentielle. Il se foutait clairement d'avoir signé une attestation de confidentialité !

Ce fut une scène ahurissante qui s'ensuivit : mon avocate se leva, furieuse, le menaçant de poursuite si quoi que ce soit fuitait ; moi qui apostrophais son avocat en lui disant : « Vous voyez, c'est ça que vous défendez ! » ; son avocat bredouillait, rouge de honte ; la médiatrice fulminait et promit de l'assigner en justice s'il utilisait ces enregistrements audio ; mon avocate essayait de me calmer et Alban était tranquillement assis sur sa chaise, imperturbable, demandant si on pouvait enfin poursuivre !

Aucune suite ne fut donnée pour ça non plus : il pouvait agir en toute impunité. Son self-control et sa voix douce détournèrent l'attention du délit qu'il venait de commettre. La médiation continua sans heurts ni anicroches. J'étais dans la quatrième dimension !

Pourtant, j'étais tellement contente d'avoir réussi à défaire un peu de la toile qu'il avait tissée que je lui écrivis par mail à quel point je le remerciais d'avoir poussé l'horreur à son paroxysme, car sans cela, je n'aurais pas réussi à trouver la force de partir et que je n'aurais pas pu être heureuse comme je le suis désormais.

Pas la peine qu'il sache que mon cœur de maman était brisé et que je ne tenais que sur une seule jambe. Il se serait nourri avec jouissance de ma peine et je ne voulais rien laisser transparaître. D'ailleurs, Maya-Lou me reprochait que je ne pleure jamais alors qu'elle voyait son père en larmes. Elle n'avait pas conscience qu'il savait pleurer sur commande.

Quelque temps avant la fin de l'année 2019, mon fils me dévoila que son père le réveillait la nuit pour lui poser des questions sur moi et qu'il n'en pouvait plus. Il me parla alors de l'impensable : son père ne manquait pas une occasion pour le voir nu, sur les toilettes et sous la douche et lui proposait même de le laver alors qu'il avait neuf ans. N'avais-je pas déjà fait le tour de l'horreur ? Je n'avais pas songé qu'il pourrait faire à mes filles ce que j'avais subi moi-même, et encore moins imaginable, je n'avais pas pensé un seul instant que mon fils courait ce danger ! Le ciel me tombait à nouveau sur la tête, pourquoi cela ne m'était jamais venu à l'esprit vu son penchant sexuel ? J'étais dévastée par cette révélation ! Je ne pouvais pas protéger mon fils de ça sans aide extérieure et je savais pour l'avoir entendu, qu'en cas de conflit parental, je pourrais être traitée de menteuse et perdre mon fils.

Aussi, je pris la seule décision qui s'imposait à moi : je ne l'envoyai pas chez son père pendant les vacances de fin d'année. C'était la première fois que je lui refusais notre fils. Je lui avais amené Atlan les week-ends alors même que la procédure auprès du JAF n'avait pas encore abouti. Je savais ce que je risquais et j'en assumerais les conséquences si nécessaire.

J'avais beau porter plainte pour NRE[13] pour ma fille, il semblait normal pour la justice qu'il ne suive pas ce qui avait été prévu puisqu'aucune poursuite ne fut engagée contre lui. Je fus convoquée bien longtemps après par la gendarmerie qui subissait un retard important.

Encore une fois, j'assumai la responsabilité de ma décision sans évoquer toutes les raisons de ne pas lui donner Atlan. À la question : « Reconnaissez-vous les faits ? », je répondis par l'affirmative et je fus emmenée aux photos souvenirs et à la prise des empreintes digitales à l'encre, telle une délinquante. C'était très humiliant, mais j'étais déterminée à protéger mon dernier enfant quand je n'avais pas réussi à protéger mes deux premiers.

Le jugement en appel tomba juste après la médiation en partage. Mon avocate héraultaise ayant plusieurs décennies d'expérience, m'avoua ne jamais avoir eu affaire à un pareil acharnement et, d'après elle, avec un tel personnage, je ne m'en sortirais qu'à la majorité de mon fils.

J'avais prié la justice pour qu'Alban assume les trajets jusqu'à mon domicile pour les enfants. Malheureusement, la cour décida que chacun effectue la moitié de la route. J'étais déroutée de devoir encore subir cette injustice, car Alban, de son côté, disposait d'une voiture d'entreprise, ce qui signifiait qu'il

---

[13] Non-représentation d'enfant.

ne payait ni l'essence ni l'usure de son véhicule. On me laissait me débrouiller pour me faire rembourser les frais kilométriques par Alban. Ou comment entretenir le conflit... Les modalités de calcul n'étant pas précisées, mon avocate me dit de partir sur le barème donné par les impôts. Je lui fis part de mon étonnement : cela représentait des sommes importantes, mais elle me certifia que c'était bien de cette manière qu'il fallait procéder.

Alban, ne l'entendant pas de cette oreille, il fit un recours pour la relecture du jugement et nous dûmes encore attendre le retour de cette nouvelle décision. La conclusion énonça qu'il fallait se baser sur le tarif du site *Michelin*. Cependant, cela ne lui convenait pas non plus et il décidait quels trajets et quel prix du litre du carburant il voulait rembourser. Bref, il faisait ses soldes ! La justice lui avait donné de nouvelles armes pour nourrir des conflits.

La seule condition que j'obtins pour ma sécurité fut que notre lieu de rencontre pour récupérer les enfants, ou pour discuter de toute question tenant à nos dissensions, soit devant la gendarmerie de Bollène.

Bête et disciplinée, je me lançai dans l'exécution de nos engagements respectifs et de ce qui avait été acté par écrit avec la médiatrice. Je commençai par faire expertiser la maison du Sud dont j'assurais, encore une fois seule, la lourde charge financière. Ensuite, je me rendis avec mon fils dans la ville la plus proche de l'organisme mentionné par *Monsieur* afin de faire reprendre notre véhicule. Je fournis toutes les factures d'entretiens et de changements de pièces, car je m'étais occupé de garder la voiture en état alors que je n'en voulais même pas au moment de notre séparation. Il savait que la batterie et les pneumatiques étaient à changer. L'expertise eut lieu et même si une grosse décote fut appliquée, j'étais soulagée de m'en débarrasser ! Trop de mauvais souvenirs...

Cependant, au dernier moment, un sursaut de lucidité me fit me poser la question cruciale du règlement de la reprise. La réponse du professionnel me donna enfin l'explication à la solution si vite proposée par mon ex lors de la médiation. Je comprenais maintenant pourquoi il était dorénavant d'accord avec cette vente : le concessionnaire m'apprit que comme il s'agissait d'un véhicule appartenant à deux personnes, le chèque serait établi au nom de la personne absente, charge à moi de me faire rembourser ma part auprès d'Alban, soit la moitié de sa valeur ! Ce fut un nouveau coup de massue de constater l'horreur de tout ce qu'il pouvait imaginer pour me dépouiller encore et encore…

Son escroquerie me sauta au visage et je repartis avec la voiture, dépitée. À présent, j'avais la certitude qu'elle me resterait sur les bras encore longtemps, mais j'avais échappé de justesse à sa nouvelle farce. De plus, mon avocate ne manqua pas de m'envoyer ses honoraires basés sur un taux horaire exorbitant se faisant même payer sur son temps d'absence. Je payais donc sans contester pour m'assurer d'être bien défendue. Avec elle aussi, je me laissais faire.

Je constatai des semaines plus tard qu'Alban n'avait absolument rien accompli sur les engagements pris, se dédouanant des frais que moi j'avais dû assumer de mon côté. Je fis part à mon avocate de mon mécontentement sur cette médiation et du coût que j'avais dû assumer en trajets, en honoraires de chacun, en expertise et ceci à sens unique, sans compter l'enregistrement qui passait aussi à la trappe ! Elle s'en affranchit en me disant que cela avait tout de même permis d'entériner une date précise de séparation de notre couple. Je sentis encore une fois que j'avais abreuvé la machine judiciaire pendant qu'Alban se délectait de l'hémorragie financière dans laquelle je me noyais. Il gagnait du temps sur les instances en cours pour le partage des biens, se nourrissait de toujours plus de conflits qui alourdissaient mon mental et nous obligeait à vivre chichement dans une maison grande comme un placard, sans possibilité de se projeter dans un avenir meilleur.

Notre vie était rythmée par les procédures qui nous assaillaient de toutes parts, les soins de mon fils, mon travail, mais nous faisions notre possible pour poursuivre nos activités, pour alimenter l'oxygène et l'énergie qui nous étaient indispensables pour continuer à survivre !

Mes nuits étaient courtes et tourmentées, chaque réveil ravivait mes angoisses de nouvelles actions de sa part et de comment j'allais pouvoir nous sauver, mon fils et moi. La petite sonnerie de chaque mail ou message reçu me plongeait dans un stress incommensurable. Pendant des années, je ressentis l'urgence d'y répondre pour ne pas me laisser salir par ses mots. Puis un jour, je lui écrivis que je changeais de boîte mail et qu'il était inutile de m'en envoyer, car je ne les recevrai plus. J'étais surmenée et je fus heureuse de ne plus lire tous ces discours détestables. Il s'en plaignit auprès de tous les services, mais je ne lâchai pas, m'épargnant beaucoup d'attaques de panique pendant deux ans.

Ne restait plus que l'épreuve de la sonnette, ayant eu la visite de l'huissier par trois fois, et l'épreuve quotidienne de la boîte aux lettres redoutant les courriers, les recommandés qui me prévenaient d'une nouvelle procédure ou d'une nouvelle décision de justice et que j'allais chercher la peur au ventre. Je n'en pouvais également plus de la peur de la sonnerie du téléphone, d'entendre sa voix mielleuse et sa comédie auprès de notre fils pour lui dire à quel point il l'aime, provoquant l'énervement d'Atlan qui se confrontait à son père. Il ne croyait plus en ce soi-disant amour, car son père ne faisait rien pour passer du temps avec lui.

Je n'arrivais pas à faire respecter mon droit de visite pour ma fille, aussi les rencontres s'espacèrent. Alban me donna comme alibi que les week-ends étaient finalement trop courts pour faire autant de route et décida de ne plus prendre notre fils.

La vraie raison de son retrait était qu'il devait me rembourser les trajets alors que de son côté, sa voiture de fonction ne lui coûtait rien. Pour couronner le tout, il prenait la nationale pour économiser une partie des frais à sa charge. Il se rachetait une conscience expliquant qu'il souhaitait respecter la demande de notre fils qui, d'après lui, ne voulait pas y aller les week-ends. Il ne précisa pas qu'il empruntait les petites routes ce qui rendait pénible pour son fils les kilomètres à rallonge, le privant ainsi de voir ses anciens camarades du village.

J'avais réussi à obtenir de la justice que l'échange se fasse devant une gendarmerie, mais ce fut une désillusion terrifiante voyant que celle-ci fermait à dix-huit heures, soit avant notre rencontre. Cela ne lui avait pas échappé : il n'en faisait qu'à sa tête et ne respectait jamais les trois critères de passage de bras pour notre fils, que ce soit le lieu, la date ou l'heure. Il s'en amusait pour que je ne sache jamais sur quel pied danser !

Sa violence allait crescendo et je ne pouvais à l'évidence pas anticiper la forme qu'elle prendrait la prochaine fois que l'on se verrait. Il ne faisait jamais la même chose et me sachant abandonnée à mon sort devant une gendarmerie close, dans le noir une bonne partie de l'année, je m'assurai de ne jamais y aller seule. La présence de notre fils semblait même lui donner des ailes alors que je me faisais accompagner par un ou une amie qui se portait volontaire pour ces allers-retours et ces rendez-vous sous haute tension.

Lorsque personne n'était disponible, je faisais en sorte de prendre un passager *BlaBlaCar* que je gardais comme assurance de pouvoir repartir saine et sauve face à cet homme qui ne savait plus se contrôler. Pourtant, cela ne le calmait pas dans ses actions, et par deux fois, alors que je réclamais encore mes affaires personnelles, il m'amena une première fois deux gros sacs-poubelle et repartit dans la foulée. Contente et sous le coup de l'adrénaline, je chargeai les sacs dans ma voiture, pensant qu'il s'agissait enfin de mes habits et de mes livres. C'est lorsque je les ouvris chez moi que, au lieu de mes affaires, j'y trouvai les vêtements trop petits de ma fille Maya-Lou ainsi que ses livres dont je suis certaine qu'elle ne se serait pas défaite. Devant cette nouvelle tromperie, je pleurai d'avoir cru qu'il était conciliant pour une fois.

Le message qu'il m'avait envoyé me transperça le cœur : « Tu vois, ta fille a bien grandi en ton absence et encore une fois tu n'es pas là pour la voir grandir ! »

La dernière fois que je réclamai à nouveau à ce qu'il me rapporte ce qui était à moi, il vida du coffre de sa voiture de nombreux sacs-poubelle sur le trottoir de la gendarmerie. Pour la plupart, ils étaient fermés et quand nous les ouvrîmes avec mon fils, nous découvrîmes ses propres déchets ! Nous les jetâmes dans les poubelles de la gendarmerie. Que dire à mon enfant devant une telle situation ? Son père ne trouva rien de mieux que de se filmer dans ses exactions et d'enregistrer nos réactions. J'évitai de traiter Alban de fou devant Atlan, il n'en restait pas moins son père… En même temps, je lui fis comprendre que jamais il ne faut se comporter ainsi : bafouer, s'amuser du malheur des gens et, comble de logique, ne pas lui ressembler.

J'allais à nouveau à la gendarmerie de ma ville pour relater le fait qui s'était déroulé devant notre fils. Ce dernier m'accompagnait ce jour-là pour en témoigner. Le fait de déposer ses poubelles ne constituait pas un délit, mais il fut tout de même retenu qu'il nous avait filmés contre notre gré. Je ne ressentis aucun apaisement, car il me restait tant de choses à traverser.

Ce fut à ce moment-là que mon fils sortit une phrase qui fit stopper l'élan de rédaction de l'officier. Effectivement, Atlan parla de la conduite de son père concernant ses propositions de le laver et sa manie de l'observer quand il était nu sous la douche ou dans les toilettes. Le gendarme le stoppa en lui disant qu'il allait pouvoir détailler sa version des faits, mais à une brigade spéciale. J'étais abasourdie par le cran de mon fils ! Mon fils s'était confié à moi plusieurs mois en arrière, mais j'avais tellement peur des répercussions que ces révélations pourraient avoir dans ma situation. Et si on m'enlevait la prunelle de mes yeux ? Cela s'était déjà vu dans d'autres cas familiaux.

Mon fils fut convoqué par la brigade spécialisée pour mineurs à Pézenas, interrogé et filmé par une femme gendarme probablement aguerrie à l'exercice. J'attendis dans une autre pièce, angoissée pour mon fils et par les découvertes qui pourraient être faites et qui lanceraient une enquête à l'encontre d'Alban. Il était important de leur préciser que nous étions séparés et en plein conflit juridique.

Quand je pensais à mon fils, je savais que j'avais réussi à lui faire comprendre que nulle personne n'avait le droit de le toucher sans son consentement, même sa famille.

Le reste m'importait peu !

Malheureusement, je n'ai pas eu de retour sur cette audition, la justice peut être longue… Elle manque cruellement de discernement envers les parents et les enfants, les rendant doublement victimes du système.

Mon fils prit acte de mes conseils et refusa que son père continue de lui demander de le laver ou d'ouvrir les portes de la salle de bain ou des WC. Je me souvenais de sa réflexion de laisser Érika se laver seule à quatre ans qui selon lui était trop grande pour que je m'en occupe alors qu'ici, il n'était pas gêné par les neuf ans de notre fils.

Lorsqu'il était chez lui, ce dernier continuait sa surveillance étroite, surtout en présence d'autres personnes, car il savait qu'Atlan pouvait potentiellement parler des traumatismes que nous subissions. Il fouillait également les affaires de mon fils avant chaque départ pour s'assurer de ce qu'il emportait vers moi.

La version d'Alban était aux antipodes de la réalité. C'est pour cela qu'il m'avait isolée de tous côtés, pour que je ne puisse entrer en contact avec personne, même au travers des réseaux sociaux. Je n'avais plus personne : lorsque je faisais des demandes d'ami auprès de certains membres de ma propre famille, elles étaient refusées. Je trouvais lâche de refuser le dialogue et d'écouter ma vérité.

C'est tellement cruel les réseaux sociaux pour quelqu'un qui se sent déjà coupé du monde ! On se retrouve face à son écran et à cette exclusion violente. Je prenais encore un mur de solitude en pleine face !

Mon fils me raconta que, alors qu'il était assis à côté de Magalie et que son père s'était éclipsé quelques secondes, il en avait profité pour lui conseiller de partir si elle ne voulait pas mourir ! J'étais soufflée par sa perspicacité et par ce qu'il avait détecté du danger qu'elle encourait elle aussi. Il me dit qu'elle avait quitté la maison, mais qu'elle était revenue le lendemain. Aucun doute qu'à l'instar de ce que j'avais vécu avec lui lorsqu'il sentait la rupture arriver, il sortait le grand jeu avec les violons et le pipeau ! Il avait dû lui servir que je manipulais Atlan.

Pour elle, comme pour moi, il lui faudra du temps pour comprendre qu'elle est piégée dans sa toile. Je sais ce qu'elle vit, car les méthodes sont les mêmes et j'ai mal pour elle, car si elle s'en sort, elle sera détruite et pauvre de tout.

Il limita les risques en décidant de moins prendre notre fils, mais sous prétexte que je ne voulais pas le lui confier ! C'était ce qu'il soutenait aux personnes qui l'entouraient…

Et puis nous vécurent tous le même drame : la covid 19 arriva et nous cloîtra pendant presque huit mois. Ma proximité avec les enfants de l'école me fit attraper le virus dès le premier jour de confinement. Mon médecin me confirma ma contamination et m'expliqua les différentes phases auxquelles j'allais être probablement confrontée. Il me prescrivit de la *Ventoline* en cas de détresse respiratoire.

Livrée au matraquage médiatique, je vivais chaque jour dans l'inquiétude supplémentaire de laisser mon fils orphelin. Comment envisager de laisser mon fils entre les mains de son père ? Si j'étais amenée à mourir, j'étais certaine qu'il lui implanterait une nouvelle histoire dans la tête comme on efface un disque dur pour le reformater. Atlan pourrait finir par nourrir des sentiments de haine envers moi, sans oublier qu'Alban s'emparerait de mes affaires restantes au détriment de mes enfants.

Bien sûr, dans ces mauvaises énergies, je franchis les phases tant redoutées, mais je me maintenais en dessous de la barre des urgences. J'eus la rage de me dire qu'avec tout ce que j'avais traversé, un virus n'aurait pas ma peau à deux doigts de pouvoir enfin profiter de la vie.

Je reçus dans le même temps un courrier qui m'apprit que le procureur avait décidé d'une médiation judiciaire suite aux NRE : c'est-à-dire la seule fois où je n'avais pas présenté notre fils à son père et les nombreuses plaintes de ma part pour la non-représentation de ma fille. C'est donc covidée que je suivis ces rendez-vous qui en temps normal se font en présentiel. Au début, la médiatrice pénale avait un discours professionnel avec moi. Mais au fil des entretiens, elle montra clairement une attitude biaisée contre moi. Elle entendait mon ex jouer son éternel rôle d'homme apitoyé. Il prétendait que je leur avais fait vivre un enfer – qu'il vivait encore à cause de moi – et se sentait anéanti par l'horreur de ne pas voir son fils. Une seule et unique fois en trois ans que je ne lui avais pas laissé Atlan et c'était moi qu'on condamnait pour non-représentation. Par contre, que moi je ne voie pas ma fille ne choquait personne ! Normal, j'étais cataloguée en tant que mère maltraitante. La médiatrice en vint à me parler de Maya-Lou, non pas par son prénom, mais comme « la gamine » ! J'étais outrée par son manque de respect et d'impartialité.

Elle ne comprenait pas vraiment le jugement et elle confondait cette médiation avec d'autres dossiers, s'emmêlant les pinceaux. Elle manquait également de discrétion professionnelle, car elle révéla à *Monsieur* notre intention de partir en vacances en Bretagne alors que je lui avais demandé de garder pour elle notre programme de vacances qui ne regardait pas Alban. Malheureusement, elle succombait elle aussi à la voix enchanteresse et persuasive de *Monsieur* qui « ne pouvait qu'avoir de bonnes intentions ».

Cependant, à la fin, elle m'avoua n'avoir jamais eu affaire à un dossier aussi compliqué : *Monsieur* était très insistant et particulièrement avide d'attention !

Cela se finit par un engagement écrit sur des dates, lieux et heures de DVH[14] valable pour chacun de nous. Tout comme le reste et sans surprise, il ne respecta pas le contrat et malgré mon signalement auprès de la conciliatrice, il n'y eut aucune suite.

Je me démenais, soucieuse de tout respecter à la lettre, pour que tout fonctionne dans l'optique qu'Atlan trouve une certaine stabilité. Quand lui savait en signant que sa signature était vide de sens, il n'avait aucunement l'intention de s'y tenir. Nous vivions dans l'angoisse, la peur, la stupeur, l'arrêt de notre vie sociale, les incompréhensions.

Mes symptômes persistaient, mais pouvant à nouveau suffisamment respirer et marcher quelques mètres, je sortis avec mon fils. Nous nous passions un ballon au bout de la rue, n'ayant pas le droit de nous éloigner. Une équipe de gendarmerie qui passait par là s'arrêta pour m'informer que nous n'avions pas le droit de jouer au ballon à cause du confinement, mais que par contre, si nous avions des vélos, nous pouvions en faire ! Comment comprendre autant d'incohé-

[14] Droit de visite et d'hébergement.

rences ? Cette nouvelle vie que j'avais mise en place pour ne pas mettre un deuxième genou à terre était balayée d'un seul coup. Adieu le chant, le badminton, les randonnées, les rassemblements avec les amis, les ateliers bien-être que j'avais enfin réussi à relancer !

Seule, face à moi-même, je devais aller chercher au plus profond de mon être l'énergie pour pouvoir encore me lever le matin et apporter l'équilibre nécessaire à mon fils. Il va de soi que mon ex me connaissait parfaitement. N'ayant jamais vécu seule, tout tournait autour de ce qu'il me restait encore : mon fils. Me l'enlever était la mort assurée pour moi. L'énergie du désespoir me tenait pour que je ne me laisse pas aller. Tant qu'il était encore avec moi, tant que je respirais, je restais optimiste.

Je ne voulais pas non plus partir dans le silence : mes filles devraient savoir ce qu'il s'était joué, ce qu'Alban m'avait fait endurer si j'étais amenée à disparaître. Je m'accrochais à l'idée que j'aimais mes enfants et que je ne laisserais personne leur enlever la paix de l'esprit qu'elles méritent.

Pour égayer notre quotidien, je me donnai l'obligation de tenir debout. Nous avions besoin de joie et de changement : nous nous mîmes à chercher un petit chien.

En effet, la souffrance était toujours vive d'avoir perdu le nôtre et en prendre un nouveau me paraissait impossible. Ce fut le cas, nous ne croisâmes pas la route d'un chien, mais nous nous retrouvâmes avec un chat qui avait été déjà bien cabossé par la vie du haut de ses sept mois.

C'était l'époque où mon deuxième genou approchait du sol et où mon corps savait qu'il ne pourrait pas se relever si je m'écroulais. Ma résilience et mon courage flanchaient depuis un moment. Néanmoins, notre félin nous apporta un énorme bien, il venait réparer quelques blessures, lisser mes cicatrices et apaiser ma douleur. Sa reconnaissance envers nous d'avoir rejoint notre famille était impressionnante.

Au premier confinement, j'en avais profité pour construire

une annexe en bois avec l'aide d'un ami chanteur et mon fils. J'en avais fait auparavant la demande par écrit au syndicat. Cela avait été voté par tous les copropriétaires dont mon ex qui en faisait partie. Nous allions enfin pouvoir ranger nos vélos et autres matériels en dehors de l'entrée de la maison déjà trop petite. Nous respirions un peu mieux : on vidait enfin notre boîte hermétique !

Le deuxième confinement fut des plus magiques. Lors de nos balades dans l'Aude, je trouvai une association de jardinage et nous passions notre temps à semer des graines, à débroussailler, creuser une mare pour les volailles, à nous rendre utiles tout en profitant d'être à l'extérieur. Ce fut une véritable bouffée d'oxygène ! Mon fils s'épanouissait dans cette nouvelle activité où il pouvait comprendre l'origine de notre nourriture, où il participait aux soins des volailles et à l'esprit de partage en toute simplicité.

À la rentrée, je fus mutée dans un collège et mon fils resta dans son école. Nos habitudes furent encore chamboulées. Nous n'avions plus les mêmes horaires et les soins pour Atlan, à raison de trois fois par semaine, compliquaient l'organisation hebdomadaire. J'avais fait un dossier auprès de la MDPH[15] afin qu'il obtienne un ordinateur et une prise en compte de ses problématiques, notamment au travers d'aménagement de travail en classe. Son dossier fut étayé par de nombreux bilans de professionnels sur les dernières années, aussi, ses besoins furent reconnus et un ordinateur lui fut attribué.

Son père, étant dans la boucle, poussa notre fils à croire que je le faisais passer pour un handicapé afin d'en obtenir des aides financières. Il insinua que cette allocation cumulée à l'énorme pension alimentaire qu'il disait me verser (cent cinquante euros par mois, en réalité) était ma principale motivation pour cette démarche que j'avais entamée. Pour mon fils, ses déclarations furent dévastatrices. Je dus rectifier la situation et dévier les boulets reçus : il avait besoin de reprendre son suivi psychologique afin de l'aider et l'apaiser. Son père ne manquait pas une occasion pour me salir, allant même jusqu'à lui dire que je n'achetais pas ses cadeaux de Noël, mais que je les récupérais.

---

[15] Maison départementale des personnes handicapées.

J'avais très rapidement cessé de lui laisser notre fils avec des habits de rechange, car il « oubliait » de me rendre les plus onéreux. Je lui préparais de vieux habits et des chaussures qui ne craignaient rien, anticipant ainsi quelques dégradations volontaires. En effet, un jour où Atlan avait pris des chaussures neuves, elles revinrent trois jours après ouvertes : les coutures liant le tissu à la semelle avaient été méticuleusement découpées.

Côté judiciaire, la juge pour enfants recommanda une audience au vu du rapport à charge contre moi rédigé par les services sociaux de ma ville. Ce fut donc par une nouvelle lettre recommandée que je reçus l'injonction de convocation au tribunal. Prise de congé sans solde, déplacements, l'absence de mon fils à l'école, tout ça pour se perdre encore dans les méandres du labyrinthe judiciaire. Le tribunal m'avait orientée vers une avocate pour mon fils qui était éloignée de notre domicile et je l'y emmenais autant de fois que nécessaire pour qu'il puisse échanger avec elle. Chacun arriva donc avec son avocat et je me fis accompagner par une amie afin de ne pas me retrouver seule face à Alban et surtout pour qu'elle garde mon fils lors des audiences où il se retrouvait sans surveillance dans les couloirs.

La juge adopta un ton accusateur envers moi, se basant sur les témoignages des services sociaux, eux-mêmes se basant sur les témoignages du père et des personnes qu'il avait manipulées. L'avocate d'Alban me fit passer pour une mère maltraitante, parlant sans cesse du « placement judiciaire » de ma fille aînée en appuyant sur le point que *Monsieur* ne voyait pas son fils ! Personne ne vérifia les dires, car bien évidemment cela ne pouvait pas s'inventer… Une audience difficile, une écoute pour le moins relative, un discours moralisateur et culpabilisant envers moi, et Alban, portant son masque de *Tartuffe*, qui arborait ses larmes de crocodile.

J'étais effarée, je ne pouvais qu'observer que les rôles étaient inversés. Même si je savais ce que j'avais supporté, l'endurance qu'il m'avait fallu pour que mon existence ne soit pas vaine, comment j'avais élevé mes enfants, j'en ressortis détruite sans plus aucune confiance en moi – le combat d'une femme emprisonnée dans le filet d'un pervers. C'était une humiliation totale alors que ma vie n'avait eu de cesse de tourner autour de ma famille : pourquoi étais-je brimée par la loi ? Où était l'impartialité ? Si l'échafaud avait encore existé, il ne fait pas de doute que j'y aurais eu droit !

Les jours d'après, une nouvelle lettre recommandée arriva entre mes mains qui mettait au clair la décision judiciaire prise pour une mise en place d'une AEMO ainsi qu'une expertise psychologique pour chacun des parents. Ils considéraient donc qu'il existait un danger pour mon enfant. Je n'étais qu'une mère qui s'accrochait aux branches pour que son enfant puisse grandir dans les meilleures conditions possible et j'étais encore tenue de me plier à d'autres clauses. Nous voulions vivre en paix !

Un travailleur social suivit alors de près notre famille et je pensais pouvoir enfin faire démasquer Alban grâce à l'enquête.

Mes croyances tombèrent vite à l'eau les mois qui suivirent. Dès que je rentrai dans le cabinet de cette experte, je vis qu'elle était suffisamment âgée pour être à la retraite. Son cabinet arborait une tapisserie orange et marron datant probablement du début de sa carrière. Je compris qu'elle n'était plus à la page et certainement pas formée aux pervers de ce niveau. Mes craintes furent renforcées lorsqu'elle me parla de test de Rorschach[16]. Je connaissais ce test des taches d'encre et tellement d'autres pour les avoir passés lors d'épreuves psychologiques pour réussir des concours d'entrée dans des fonctions requérant un équilibre psychologique. Je les avais toujours réussis, mais je savais aussi qu'ils n'étaient plus vraiment utilisés, étant sujets à bien des interprétations différentes.

Elle avait refusé de me recevoir un vendredi après-midi, jour de mon congé hebdomadaire, car elle avait prétendu ne pas travailler ce jour-là. Je dus donc poser deux demi-journées pour une expertise qui dura six heures. La juge l'avait

[16] Outil de l'évaluation psychologique.

mandatée pour me questionner sur des sujets particuliers. Aussi, après m'avoir interrogée sur mon enfance dont je ne cachais pas la dureté, elle me questionna exclusivement sur ma fille aînée. Quid de mes deux autres enfants ? Ils n'étaient pas voués à être dans la discussion, je suppose… Je lui relatai mes traumatismes d'enfance, cependant, lorsque je lui assurai que cela n'était pas une raison pour que je devienne maltraitante à mon tour, elle me dit que très souvent les enfants ayant subi des chocs émotionnels aussi durs reproduisaient les mêmes schémas !

Voilà, mes craintes étaient fondées, elle avait fait de mon cas une généralité. Son raccourci était facile…

Puis un jour, elle me téléphona pour me demander si je serais d'accord pour que *Monsieur* récupère notre fils un vendredi où elle recevrait Alban. Je n'en croyais pas mes oreilles : elle avait accordé le droit à mon ex de venir un vendredi pour lui faciliter la vie, alors qu'elle avait repoussé ma demande. Il était plus simple pour moi de favoriser cette rencontre qui aurait normalement dû se faire plus tard. Mais j'exigeai que cela se passe devant la gendarmerie de Mèze, et non à notre domicile. En raccrochant, je me questionnai naïvement sur le fait que c'était elle qui avait fait cette demande au lieu du père. J'allais vite en comprendre la raison !

Pendant que j'attendais chez moi qu'il m'appelle pour me dire qu'il arrivait ou qu'il m'attendait devant la gendarmerie, l'experte psychologue me téléphona pour me dire qu'Alban m'attendait devant la gendarmerie de Mèze, mais que je n'y étais pas et que je ne répondais pas à ses appels ! Voilà, c'était bouclé : il avait encore réussi à me faire passer pour la vilaine. J'étais en colère de m'être fait avoir et de réaliser qu'il avait manipulé l'experte les doigts dans le nez, sans que cela lui effleure l'esprit. Je constatai au vu de l'heure que si moi, j'avais été passée à la moulinette pendant six heures, lui n'en avait passé visiblement que deux.

Elle l'avait convoqué pour la forme, car c'était bien *Madame* qui dysfonctionnait.

L'AEMO commença et avec elle, de nombreuses plages de disponibilité à concéder pour recevoir la travailleuse sociale durant plusieurs mois. Lors de son premier appel téléphonique et alors que nous convenions d'un rendez-vous à mon domicile, elle me demanda si mon adresse se trouvait bien derrière l'*Intermarché* de la ville, quartier populaire par excellence. Je lui répondis par la négative, mais je sus alors qu'elle m'avait déjà mise dans le même panier que ces parents de milieu défavorisé qui nécessitent quelquefois un soutien éducatif. Pourtant, elle me dit plus tard qu'ils avaient de plus en plus souvent affaire à des familles de classe sociale élevée, me citant même le cas d'une famille dont le père était notaire. La majorité du temps, il s'agissait de conflits parentaux au milieu desquels se trouvaient les enfants. Je n'avais pourtant de cesse de dire qu'il s'agissait de ce type de situation, mais que je n'étais pas responsable de l'ambiance délétère qui régnait entre Alban et moi. Contente d'être séparée de lui, je faisais de mon mieux pour maintenir le lien et le dialogue, comme c'est le cas pour de nombreuses familles séparées.

Lors de sa première venue chez nous, l'assistante sociale apporta un jeu de cartes dont elle s'était fait expliquer la règle du jeu par la psychologue de l'association. Néanmoins, elle ne savait plus trop comment cela fonctionnait. Elle étala sur la table environ cinquante cartes d'images, une moitié décrivant des qualités et l'autre des défauts. Elle demanda à mon fils de choisir cinq cartes de chaque tas pour définir sa mère et je dus faire pareil pour mon fils. Je n'avais pas été présente dans la pièce lors de son tirage et vice-versa. J'étais choquée qu'une assistante sociale joue à la psychologue. Atlan étant dyslexique et en retard sur la compréhension réelle des mots, pourquoi cette femme occultait ses problématiques ?

De plus, nous devions deviner ce que l'autre avait choisi pour nous. Elle clarifia que cet exercice n'avait aucune incidence sur les conclusions qui seraient apportées, mais qu'elle voulait vérifier si nous nous connaissions bien... Nous nous prêtâmes à ce jeu qui n'était pas si innocent que ce qu'elle prétendait. La preuve en était que le fait que nous nous soyons trompés d'une seule carte chacun nous porta préjudice !

Au même titre que l'on nous reprochait d'être fusionnels : c'était à se demander ce qu'elle attendait d'une mère prenant soin de son fils... On vivait ensemble sous un toit trop petit, je l'avais vu toute la journée pendant deux ans puisque je travaillais dans son école, je l'emmenais partout, car je ne le laissais jamais seul à la maison et même ça, on nous le reprochait ? C'était aberrant !

Alban s'en donna à cœur joie pour mettre l'accent sur notre relation qu'il qualifiait de « bizarre », et le reste, je l'apprendrai plus tard.

Pendant ce temps, le monde entier continuait à tourner dans un marasme ahurissant. J'avais moi-même été touchée par le virus, mais nous tentions de capturer des moments de qualité pour ne pas souffrir du confinement.

Je peux dire que la peur de mourir fait apprécier chaque instant de vie même dans le moindre de ses détails : je les ai vécus intensément, je les ai sentis, ressentis dans tout mon être, écoutés, bus, mangés. Tout était propice à expérimenter.

Nous redoublâmes d'imagination pour concocter des recettes de cuisine que nous appelions « nos ateliers cuisine » : nous fabriquâmes notre beurre pour la première fois et nous testâmes des brioches succulentes, etc.

Nous étions heureux tous les deux surtout que j'étais consciente d'avoir échappé à un confinement en tête-à-tête avec mon ex. L'issue aurait été dramatique pour moi ! Je plaignais cette autre femme qui vivait cette misère à ma place, le virus l'avait claustrée dans une maison avec un pervers narcissique.

Je me retrouvai en charge d'élèves masqués dont je ne pouvais connaître les visages qu'au travers de leur photo collée sur le carnet de liaison. Plus de sourires, plus d'interactions sociales, plus d'activités physiques : nous étions tous dans le même bateau et nous étions tous en train de devenir des étrangers les uns pour les autres. Il me fallut un mental d'acier pour ne pas sombrer.

Je pris mes repères, mais mes élèves étaient bien trop nombreux pour pouvoir leur apporter une aide de qualité. Gérer treize élèves, dont souvent trois à la fois, souffrant des mêmes difficultés d'apprentissage, était impossible ! Je n'avais pas d'autres choix que de sacrifier deux d'entre eux pour pouvoir écrire à la place d'un des enfants. C'était à croire que la MDPH pensait qu'une AESH[17] avait la faculté d'écrire des deux mains...

Parmi mes nombreux collègues, j'en croisais souvent un qui avait le regard dans le vide et semblait absent, comme enfermé dans sa propre bulle.

Dans la salle des profs, nous avions tous un casier à notre nom et dans l'intention de trouver un partenaire de bon niveau qui puisse faire du vélo avec moi, je repérai tous les profs de sport et me renseignai pour savoir s'ils habitaient la commune. Au final, personne n'était du secteur, sauf un pour lequel je ne pus obtenir de renseignements. Je n'avais que son prénom : Noël.

Je lui mis un mot dans son casier pour lui demander si cela l'intéresserait de parcourir les sentiers en deux roues avec moi. Il se passa presque trois semaines et rien... Je regardais régulièrement si le mot avait été pris, mais dans le casier des papiers s'accumulaient et ma note était toujours là. J'étais passée à autre chose, lassée d'attendre, lorsque je fus accostée par lui. Il était curieux de savoir si c'était moi l'autrice du mot dans son casier. Je lui répondis par l'affirmative, il me dit : « OK » et tourna les talons. Tout simplement... J'étais gênée, car cela créait une situation singulière, le fait qu'une AESH se permette de contacter un professeur pour faire du vélo était inhabituel. Pourtant, je n'avais aucune arrière-pensée !

Il s'agissait de ce prof à l'expression hagarde qui semblait se demander ce qu'il faisait là, tout comme moi en fait.

Je sentis que Noël commençait à me regarder au loin, pensant que je ne le voyais pas, alors que de mon côté je cherchais à comprendre pourquoi il était si différent des autres. Puis, un jour de novembre, j'organisai mon anniversaire en salle des professeurs et il vint m'aider à servir.

[17] Accompagnante d'élèves en situation de handicap.

Nous convînmes alors d'une sortie vélo, car le territoire autorisé en cette période de confinement s'était élargi, ce qui nous permettait de nous retrouver tous les deux en toute légalité. Il n'avait pas l'endurance d'un sportif, mais les kilomètres avalés ensemble nous emmenèrent sur d'autres terrains de conversations. Il se livra à moi sur ce qu'il vivait. Je ressentis que je pouvais aussi me confier sur le difficile chemin que j'avais emprunté malgré moi. Je ne pouvais pas expliquer ce qu'il aimait chez moi. De mon côté, sa détresse me toucha et ses qualités humaines plus encore.

Il représentait ses collègues dans les batailles à mener et était celui qui motivait les troupes, alors que dans l'ombre, il luttait encore plus que moi pour tenir debout. Se rapprochant de moi, je mis de côté mes soucis pour essayer d'être un nouveau moteur pour lui. Je l'incitai à aller faire quelques sorties dans la garrigue, mais il passait par des phases où il souhaitait rester seul. Je traversai des périodes en dents de scie avec lui, ne sachant pas ce qu'il cachait à tout le monde. Je devais décrypter son comportement pour saisir comment il était dans sa tête.

Notre relation évoluait et je ne désirais pas que notre proximité soit dévoilée aux yeux de tous. Mélanger travail et vie amoureuse était pour moi incompatible et éloigné de mes principes. Aussi, lorsque nous nous croisions dans les couloirs ou la salle commune, c'était en toute indifférence. Nos corps, eux, vendaient la mèche…

J'ai toujours eu des intuitions très fortes et un jour que je vis Noël de nouveau adopter cet air absent et éteint, j'eus un pressentiment oppressant de mauvais augure. La peur me gagna, connaissant ses fragilités. Je laissai passer cette dernière journée de cours avant les vacances de fin d'année. Je l'attendais dehors et lorsque je l'aperçus ouvrir le coffre de sa voiture, je le rejoignis. Je m'approchai de lui et ce que je craignais se confirma : c'était une coquille vide, pâle. Je vis les cordes dans son coffre et une pensée horrible me pénétra de part en part. Je l'enlaçai et il pleura dans mes bras. Je compris l'urgence du mal qui le rongeait ! Je lui rappelai qu'il avait des enfants, des gens comme moi qui l'aiment, des personnes proches qui l'appréciaient énormément et que nous avions plein de belles choses à vivre. Je lui dis que je serais toujours là pour le soutenir, que mes problèmes à moi n'étaient rien, qu'ils seraient bientôt finis et que je pouvais assumer les siens. Je m'y engageais avec tout l'amour que j'avais pour lui !

La vie reprit doucement sa place dans ses yeux magnifiques et il m'affirma que cela lui avait fait du bien. Après avoir été un peu rassurée, je le laissai partir rejoindre ses enfants.

Cependant, quelques jours avant Noël, il demanda à se faire interner, car il se sentait trop mal et avait peur de faire une bêtise. J'étais déboussolée de ne pas comprendre ce qui le torturait de l'intérieur. Son fils étant malade, il avait vécu dans la peur de lui transmettre la covid et que cela lui soit fatal. J'étais bien placée pour comprendre sa terreur : on donnerait sa vie pour ses enfants et il serait absolument terrible d'être responsable de leur mort.

Il fut pris en charge pendant une semaine. Une semaine où la solitude fut encore plus pesante pour moi qui restais sans réponse à son mal-être général. Il semblait sortir de sa torpeur tous les soirs à la même heure quand il me téléphonait. Nous restions longtemps à parler de choses positives et d'avenir. Certes, il était sous camisole chimique, mais il était content d'aller mieux. Même lui n'avait pas d'explications sur la source de ses idées noires et ce qui avait engendré son enfermement. Il s'était senti dépassé par sa détresse. Une semaine plus tard, il sortit à sa demande avec une ordonnance pour un traitement avec un dosage différent de ce qu'il avait pris à la clinique et qu'il n'avait pas testé au préalable.

Nous nous revîmes le 2 janvier et il était à peine capable de marcher jusqu'au bout de ma rue. C'était terrifiant de le voir ainsi, mais il gardait le moral et me certifiait que c'était juste un mauvais moment à passer.

Ses parents étant venus s'installer chez lui, j'étais sereine puisqu'il n'était pas seul et qu'il était entouré par toutes les personnes qui l'aimaient.

Nous continuâmes à nous envoyer des messages durant quelque temps puis, du jour au lendemain, il me dit qu'il avait besoin de s'isoler de tout et qu'il ne souhaitait plus de contact. Je respectai sa volonté et je ne l'aperçus qu'une fois de loin au collège, alors qu'il venait déposer son arrêt de travail. Sa gestuelle était identique à la manière dont il bougeait avant, quand il déambulait apathique dans les couloirs et qu'il n'allait pas bien.

Un soir, une alerte *Facebook* d'un collègue attira mon attention. Il posta qu'il était inquiet pour un collègue qui n'était pas rentré chez lui. Mon sang ne fit qu'un tour : il ne pouvait s'agir que de Noël ! Il était impératif que j'intervienne. J'entrai immédiatement en contact avec la gendarmerie qui le cherchait déjà par hélicoptère dans une zone éloignée de chez lui. Il était en effet sorti au prétexte d'aller courir, alors qu'en réalité, il avait du mal à marcher. Je demandai à ce qu'ils prospectent plus près de son domicile. Ils nous prévinrent qu'il était préférable de ne pas aller à sa recherche afin de ne pas brouiller les pistes, car ils faisaient intervenir le chien spécialisé pour retrouver sa trace.

Nous étions tous sur les dents de ne rien pouvoir faire et ce n'est qu'à onze heures que nous fûmes autorisés à participer à la battue. Comme les autres, je l'ai cherché, avec mon vélo pour aller plus vite, retournant aux endroits où nous étions allés ensemble.

Le gendarme chargé de l'enquête, que je connaissais déjà bien puisque je l'avais déjà croisé lors de dépôts de plainte, me demanda de passer en début d'après-midi pour une audition vu que j'étais sa petite amie.

Ce jour-là, l'assistante sociale avait prévu son dernier rendez-vous avec nous à la maison et j'ai dû demander à mon amie Catherine d'être présente à ma place avec mon fils et avec une excuse bidon sur mon absence.

Devant la gendarmerie, nous étions tous masqués ce qui permettait de moins voir notre désarroi, mais il était bien palpable. Le directeur du collège et les collègues qui avaient pu venir se trouvaient là.

Dans le bureau que je connaissais déjà bien, l'interrogatoire commença, mais le gendarme était déjà au courant de la nature de notre relation. Puis il s'absenta pour aller dans un autre bureau au fond du couloir. J'entendais mes collègues dehors, et quelques minutes après, je perçus vaguement au fond du couloir quelqu'un qui parlait au talkie. L'agent revint en courant, le masque baissé et ce n'est que là que je compris totalement ce que j'avais perçu du message radio.

Je m'effondrai, mais il m'attrapa pour me soutenir, puis vinrent les cris ou le silence douloureux ? Je ne sais plus, j'avais juste mal ! Et ce cœur comprimé, écrasé par le chagrin qui me coupait la respiration. Je demandai où et comment, et à ses réponses, je hurlai de plus belle !

Si près de chez lui sans avoir réussi à le trouver plus tôt... Il s'était pendu avec une corde qu'il avait emportée. Encore cette corde ! Il était mort certainement depuis la veille, et je n'avais pas pu l'empêcher. Tout se bouscula dans ma tête : je perdais l'homme qui avait su rallumer mon cœur et faire tomber les murs du bunker que je m'étais construit pour ne plus souffrir. La disparition d'un père, d'un fils, d'un frère, d'un collègue et d'un professeur aimé de tous. Le gâchis le plus complet...

La stupeur et la culpabilité me percutèrent de plein fouet. Je passai par plein de sentiments insupportables en quelques secondes. Le gendarme avait certainement déjà pris connaissance de nos échanges de messages, car, face à cette responsabilité que je prenais sur mes épaules de ne pas avoir pu l'aider, il me dit que j'avais, au contraire, été d'un grand soutien pour lui et que j'avais été celle qui l'avait maintenu le plus possible. Il ajouta que tout ce que j'avais fait ou amené dans sa vie lui avait fait du bien, mais que je n'aurais pas pu éternellement l'empêcher de passer à l'acte s'il en avait décidé ainsi. Il était dépressif depuis bien des années, mais j'appris que le détonateur de son geste final résidait dans le traitement donné à sa sortie d'hôpital et qu'il n'avait pas supporté.

Une nouvelle rage contre moi-même de ne pas avoir compris pourquoi sa chute avait été fulgurante après sa sortie et contre un dysfonctionnement du système hospitalier m'emporta, car je savais que les vrais coupables ne seraient pas punis.

On cherche souvent à « sauver » les autres parce qu'il est moins douloureux de s'occuper de leur souffrance que de se pencher sur celle qui nous habite. Et pendant que nous sommes occupés à vouloir sauver les autres, on oublie notre propre souffrance. On oublie que la seule personne que l'on peut sauver, c'est soi-même !

Je n'étais pas capable de rentrer chez moi ; j'étais dans la rue à côté, dans ma voiture, effondrée, à attendre que l'assistante sociale quitte ma maison. Je ne voulais pas qu'elle me voie dans cet état. Qu'est-ce qu'elle en aurait déduit de moi ? Lorsqu'elle m'avait interrogée sur ma situation amoureuse vers le début de son enquête, je lui avais dit que j'étais sentimentalement seule, ce qui était alors vrai. Néanmoins, elle m'avait fait cette réflexion : « Oui, oui, on voit que vous êtes bien, seule avec votre fils ! » Encore une indication qui montrait à quel point elle ne connaissait rien de ce que j'avais vécu.

Dans son rapport, elle releva que malgré l'heure tardive – dix-neuf heures – je n'étais pas encore rentrée chez moi et que j'avais confié mon fils à une amie.

Nous dîmes adieu à Noël le jour de sa crémation. Les témoignages de toutes parts pour cet homme au grand cœur furent nombreux. Il avait toujours les mots parfaits pour tout le monde, sauf pour lui qui avait su si bien cacher ses blessures et qui avait préféré quitter son enfer psychique. Je m'aperçus que nous étions tous dans la culpabilité de ne pas avoir perçu à quel point son mal-être était profond. Nous devions lui pardonner pour ce geste et nous pardonner à nous-mêmes.

Je comprenais combien Noël s'était battu contre un ennemi invisible, car j'étais aussi passée par cet acte désespéré.

Lorsque la souffrance dure depuis tellement de temps, lorsque l'on est rongé par le mal de ne pas avoir su construire la famille dont on avait rêvé, lorsque l'on ne voit pas d'issue, lorsque chaque jour est pire que la veille et lorsque l'on pense que le problème vient de nous, alors on s'en va sur la pointe des pieds, sans prévenir pour ne pas se louper. Il faut que la fin arrive, et vite ; il faut que cela soit radical ; il faut aussi du courage dans la méthode choisie.

Il était allé au bout de tout ce qu'il avait pu et moi, j'avais eu la chance de croiser sa route. Il sera toujours là dans le cœur de tous, jamais oublié, car on n'oublie pas un grand homme !

Comment aurais-je vécu la suite si je n'avais pas été encore emportée dans le tourbillon de la justice ?

Un nouveau courrier recommandé coupa mon deuil en pleine volée. Il stipulait une date d'audience auprès du juge pour enfant pour cette fin d'AEMO et la possibilité d'aller consulter le dossier auprès du tribunal.

Je mandatai à nouveau mon avocate pour cette tâche.
Un jour que j'étais dans la cour de récréation avec mes collègues où nous ne sentions encore que l'absence de Noël, un mail de cette dernière me fut envoyé. Je l'avais informée que je ne souhaitais plus me rendre à ces pseudo-convocations où je ne pouvais pas m'exprimer. Je voulais m'épargner ces épreuves et ces arbitrages qui m'échappaient complètement.

Son mail, je le reçus comme un coup de poignard ! Je criai de toute mon âme ! C'était fini, il allait réussir ! Il était écrit brièvement que l'experte avait décrété que ni moi ni le père n'étions à même d'élever notre fils et elle préconisait son placement en famille d'accueil !

Comment ne pas dépérir devant cette perspective ? Elle n'avait jamais vu mon fils et avait basé sa décision sur si peu de temps, sans avoir les tenants et les aboutissants. Notre avenir dépendait de ses conclusions et elle avait survolé notre paysage familial ! *Monsieur* avait déformé l'histoire de mon enfance et qui était aux antipodes de la vérité. Raison pour laquelle après notre séparation, il avait découvert – comme par miracle – ma merveilleuse famille et ils étaient tous heureux de se fréquenter.

Alban pouvait même réécrire ma jeunesse, celle qui était tout droit sortie d'un cerveau malade !

De nouveau, je ne dormis plus, je regardais mon fils comme si les jours, puis les heures, étaient comptés. C'est ma vie qu'on souhaitait m'arracher ! Le retirer de sa famille pour le placer dans une autre ! Quels ravages pour nous tous !

J'affrontai chaque jour avec cette épée de Damoclès au-dessus de la tête. Je ne pouvais pas masquer ma détresse et réprimer mes larmes.

Atlan était tellement intuitif qu'il avait compris que quelque chose clochait. Les mots n'arrivaient pas à sortir de ma bouche et il crut que c'était encore à cause de la mort de Noël, mais je lui assurai que ce n'était pas le motif principal de ma mélancolie.

C'était un enfant intelligent, je ne désirais pas lui cacher ce qui le concernait et encore moins lui mentir.

Il me fut reproché de le lui avoir dit et tous ces bien-pensants nous jugeaient alors qu'ils n'imaginaient rien de ce que nous avions pu traverser et le rôle d'Alban dans ce malheur.

Avec cette nouvelle convocation, de nouveaux rendez-vous avec les avocates, celle de mon fils et la mienne, furent mis en place.

Le jour de l'audience, dans le hall du tribunal, je pus observer que les trois avocates, celle de mon fils, celle de mon ex et la mienne se réunirent. Cette scène me sembla curieuse, car il ne s'agissait pas de s'échanger des papiers, elles discutèrent quelques minutes en aparté.

Nous nous retrouvâmes devant la juge qui s'était au préalable concertée avec mon fils et son avocate. Puis nous avons été reçus sans qu'ils soient tous les deux dans la salle, cependant l'assistante sociale chargée du rapport était présente.

Il y était dit la même chose, soit que notre fils était pris entre deux feux. Bien sûr, nous étions là pour parler de lui, mais quid de Maya-Lou ?

Les raisons pour lesquelles nous vivions cet enchevêtrement de problèmes depuis ces dernières années n'étaient pas entendues.

La justice n'a pas les moyens de traiter des dossiers aussi inextricables que le mien et n'est pas formée à ce genre de situations nécessitant du temps et de l'énergie. Trop de dossiers, trop de familles, et pas assez de personnes pour traiter les cas. Nous étions en sursis perpétuel…

Chaque avocat parla tour à tour et tous réclamèrent, comme de connivence, une poursuite de l'AEMO. Même mon avocate ne fut pas très vindicative pour dissuader les décideurs de nous laisser tranquilles. Nous n'en pouvions plus de ces gens dits « professionnels » mandatés pour contrôler nos vies sans vouloir vraiment y rentrer et comprendre, vraiment comprendre. Il s'agissait d'une pièce de théâtre et de celui qui jouait le mieux sur cette scène… et clairement je n'avais pas le dessus.

Toutes ces ingérences chez nous et tous ces préjugés teintés d'ignorance dans lesquels nous baignions ne faisaient qu'exacerber le climat d'insécurité qui nous enveloppait. C'était bien ce que recherchait Alban. Il n'était pas considéré comme fautif, ce n'était donc pas chez lui qu'on allait s'introduire régulièrement, ce n'était pas son temps qui était volé, ce n'étaient pas ses nerfs qui étaient usés.

J'obtins tout de même que la mesure s'applique également pour notre fille, car clairement, de toutes les victimes, c'était elle qui était, depuis mon départ, la plus en danger. Pour sa sœur, majeure, c'était trop tard, et depuis longtemps.

Je ne reconnaissais plus mon adolescente. J'avais quitté la maison lorsqu'elle avait quatorze ans, et jusqu'à ce que son père la rejoigne toutes les fins de journées, les six derniers mois avant mon départ, c'était une enfant facile. Toujours sage, discrète, honnête, sérieuse, gourmande, bonne élève, petite souris de bibliothèque et humoriste à ses heures perdues. Elle vivait dans son monde, souvent lovée dans ses histoires imaginaires : elle avait même commencé l'écriture d'un livre à ses douze ans, mais qu'elle n'avait pas souhaité faire aboutir. Elle n'était pas sujette aux grandes effusions, cependant, elle n'en était pas moins sensible, elle aussi.

Depuis l'annonce de mon départ et sous l'ascendant de son père, je l'avais vue s'éloigner petit à petit sans que je ne puisse rien faire. J'avais perdu ma fille en très peu de temps jusqu'à ne plus la reconnaître dans son essence même : elle n'était plus elle, elle était devenue le bras armé de son père en quelques mois. Il l'amenait à chaque passage de bras pour notre fils, je la voyais seulement de loin, et tel en était le but. La souffrance sur mon visage de ne pas être en mesure de la prendre dans mes bras était source d'exultation pour Alban.

Depuis le premier rapport des services sociaux, j'avais entendu des bribes des horreurs que mon ex avait pu raconter à mon propos et probablement dire à Maya-Lou, avec un malin plaisir.

Aussi, devant les ravages qui étaient les siens, je décidai

de saisir ce moment où elle se présenta pour enfin confronter son père au moins sur un sujet qui la concernait directement. Aussi, devant la gendarmerie d'Ampuis, je n'hésitai pas un seul instant à lui lancer : « Alors comme ça, j'ai voulu avorter de Maya-Lou ? ».

Il ne répondit pas, mais j'eus juste le temps de dire à ma fille que cela n'était pas vrai ! Je savais que je risquais de ne pas la revoir, car j'avais osé parler. Il m'était impossible de la laisser dans l'idée que j'avais voulu la tuer.

Ce fut effectivement la dernière fois que je la vis, en 2021. Il n'avait pas intérêt à ce que je la rencontre à nouveau et que je le confronte devant elle.

Je portai plainte pour ses accusations mensongères pour lesquelles je dus me rabaisser à fournir le détail de mon suivi gynécologique que je récupérai auprès de celui qui me suivait. Celui-ci précisait l'arrêt de ma contraception pour un désir de grossesse et qui prouvait que ma fille avait été désirée. Tous mes dépôts de plaintes ont été étayés avec soin, et pourtant !

N'ayant aucun retour, je m'adressai au procureur de Montpellier en juillet 2021. J'y joignis toutes mes plaintes et mains courantes et demandai de l'aide pour que cela s'arrête, que nous cessions de vivre dans la peur qu'il finisse par arriver à ses fins. Il était impensable qu'il puisse me rajouter à la longue liste de femmes assassinées par leur conjoint et ex-conjoint. Je n'eus aucune réponse, juste le retour que ma lettre recommandée avait été réceptionnée.

Ce sentiment d'abandon et d'abus que la justice instille en nous est si vivace. Non seulement nos persécuteurs sont mis à l'honneur, mais les institutions ne lèvent pas le petit doigt pour entendre nos cris du cœur.

La juge pour enfants décréta qu'une deuxième AEMO devait être appliquée ainsi qu'une enquête pour ma fille Maya-Lou. Elle stipula que le dossier serait envoyé au juge pour enfants de Saint-Étienne qui lancerait la procédure. En outre, elle précisa que le retour de l'enquête lui serait transmis et qu'elle s'occuperait elle-même de gérer les conclusions des deux dossiers.

La deuxième AEMO commença fin août avec une nouvelle travailleuse sociale à qui il fallut tout réexpliquer et qui, comme les autres, endurait les appels incessants de *Monsieur* pour se plaindre de tout ce que je lui faisais vivre, et de la mère que j'avais été.

Comme pour la précédente, je l'autorisai à prendre notre fils pour l'emmener en balade afin de discuter avec lui dans un autre cadre, et à être chez moi en mon absence quand c'était nécessaire. Je consentais, bien au-delà des conditions premières, à me plier à ses arrangements.

Elle était assaillie par les sollicitations d'Alban, cependant elle tomba vite sous le charme de sa voix m'avouant qu'elle la trouvait très douce alors que la mienne dénotait d'une impatience à peine voilée.

Notre fils se plaignait des heures de route interminables que son père faisait pour éviter l'autoroute, et quand l'assistante sociale lui demanda s'il pouvait raccourcir le temps du trajet en prenant l'autoroute A7, il lui répondit calmement qu'il l'avait testée ainsi que la nationale 7, et à son sens, la nationale était plus rapide.

Je sautai sur cet exemple pour dire à cette dame qu'encore une fois, les dires de *Monsieur* n'étaient pas vérifiés, qu'elle avait pris pour argent comptant ses arguments, tant l'intonation de sa voix était convaincante, nous faisant même douter de nos propres certitudes. Pour finir, je lui demandai si elle pensait vraiment qu'il y avait autant de gens bêtes qui préféraient payer l'autoroute pour aller moins vite que sur la nationale ! Elle baissa la tête.

J'eus aussi à me battre lorsque je voulus transférer l'argent du livret A de notre fils. Résidant dans le Sud, j'avais depuis des années mon compte ici, mais cette fois, je touchais au nerf de sa guerre. L'argent que j'avais mis pour moitié à mes enfants qu'il s'octroyait le droit exclusif de le gérer. Au bout du compte, je mis des années à pouvoir le transférer enfin, et sa réaction fut immédiate. Son besoin de contrôle de la totalité des comptes montrait sa vénalité écœurante et surtout combien il était persuadé que cet argent était à lui.

Il fut si furieux qu'il contacta l'assistante sociale pour l'informer de cette extorsion dont il se sentait la victime. Je dus montrer à cette professionnelle, en direct sur mon espace bancaire, que l'argent était bien sur le compte de mon fils et que je lui en avais même ajouté. Cela prouvait que mon intention n'était pas de déposséder Atlan, mais de lui permettre d'avoir un pécule pour commencer sa vie d'adulte.

Je passais mon temps à me justifier de tout. Dans ce cas-là, mon fils vivant avec moi, je ne pouvais raisonnablement pas gérer son argent à distance, soit à trois cents kilomètres de chez nous…

Dans la foulée, alors que celui de ma fille n'avait pas bougé depuis des années, quatre cents euros furent retirés en une fois sous prétexte qu'elle en avait eu besoin, et immédiatement après ma transaction.

Puis, un jour de septembre 2021, un appel de ma tante, l'épouse du frère de ma mère, vint m'annoncer un nouveau décès. C'était devenu en quelque sorte sa responsabilité dans la famille, donc je ne m'étais pas attendue à autre chose quand elle m'avait téléphoné.

Effectivement, ma grand-mère venait de décéder. Murée dans son corps à cause de la maladie de Parkinson, elle ne pouvait plus se mouvoir et attendait la mort depuis longtemps. Elle venait de passer de nombreuses années dans une chambre d'hôpital partagée des plus glauques. Sa voisine ne supportant pas la télévision, elle n'avait même pas pu combler sa solitude avec un écran qui aurait pu la relier au monde. Loin de tout, elle avait reçu toutefois de nombreuses visites de tous ceux qui l'aimaient. Il n'y avait pas eu d'échanges verbaux puisqu'elle ne pouvait plus parler, mais je ne doutais pas qu'elle nous avait entendus et compris.

Je ne refis pas la même erreur qu'avec mon grand-père et les autres, je lui avais souvent dit que je lui étais énormément reconnaissante pour l'amour qu'elle m'avait donné et combien je l'aimais.

Je lui avais amené mes enfants tant que j'avais pu, car la jeunesse était aussi sa joie. Connaître ses ancêtres est primordial pour établir les racines de son arbre généalogique, d'autant plus lorsqu'il est bancal et abîmé d'avoir subi tant de tempêtes et de blessures.

Naïvement, je souhaitai contacter ma fille Maya-Lou par téléphone pour la prévenir. Malheureusement, elle ne voulait pas me parler et je ne pus pas me résoudre à lui annoncer le décès par SMS.

Ma grand-mère, dans sa déconnexion du monde, avait bien choisi sa date de fin de vie. À quelques jours près, entre deux périodes de restriction, nous pûmes nous déplacer sans contraintes et sans que les membres de la famille aient à sélectionner les personnes pouvant être présentes aux funérailles. Je me rendis pour un dernier adieu dans le Vercors, là où sont enterrés les autres membres de ma famille. J'avais choisi d'emmener mon fils de dix ans pour qu'il dise aussi adieu à son arrière-grand-mère. Lorsque j'arrivai dans le village, je me garai un peu en retrait dans un champ, à l'entrée du bourg. Et là, je vis Alban se stationner à côté de moi. Lui avec Maya-Lou et moi avec Atlan. Je subissais l'éclatement de ma famille de plein fouet !

Je pus alors mettre un nom sur le personnage, car sans que ni ma fille ni mon fils ne le voient faire, il m'envoya un large sourire de satisfaction machiavélique. J'avais affaire au diable : il allait jusqu'à se mettre à côté de moi pour se nourrir de ma peine.

Mais le pire était encore à venir !

Il me suivit devant l'église où quelques membres de ma famille étaient déjà là. J'eus un haut-le-cœur d'y voir ma mère ! Elle avait le culot de venir alors qu'elle était détestée de tous et manifesta une grande joie de trouver enfin quelqu'un qui l'apprécie : lui... De la voir autant sans-gêne avec tout ce qu'elle avait fait aux autres et à moi-même fut une véritable épreuve pour maîtriser mes émotions.

Mon ex me collait aux talons et lorsque je passais devant elle, je les entendis s'adresser l'un à l'autre et les vis ensuite se prendre dans les bras avec effusion. Elle le tutoyait en lui demandant comment il allait, les masques baissés et les gestes barrières oubliés. Leur joie fortement mise en scène était si bruyante...

L'accueil de ma famille fut des plus superficiels et ce n'est qu'après la cérémonie que je compris. Un rassemblement familial fut organisé pour nous retrouver autour d'un buffet, sauf ma mère qui n'avait pas poussé son aplomb jusqu'à s'y montrer. Ma sœur et sa famille n'étaient pas présents à l'enterrement. Cependant, mon ex n'hésita pas et je compris pourquoi. Mes deux filles étaient présentes et ne m'adressèrent pas un regard. Un fort sentiment d'impuissance face à tous me déchirait le cœur. Mon ex nous refit le spectacle du père si heureux de voir « enfin » son fils alors qu'il le voyait pourtant à chacun de ses droits de visite. Je ne pouvais pas en dire autant à propos de mes filles ! Le coup de grâce arriva lorsque je parlai à mon oncle, le frère de ma mère : j'avais des choses à lui dire et je souhaitais que l'on se rencontre un autre jour. Il m'arrêta immédiatement en me disant que si c'était pour parler d'Alban, il n'en était pas question et qu'il fallait que je garde cela pour moi. Lorsque je lui répondis que je ne pouvais plus me laisser salir et qu'il fallait qu'il sache certaines choses, il me répondit :

« De toute façon, tu es jalouse comme ta mère ! »

Phrase qui me coupa le souffle ! Je restai abasourdie par l'énormité de sa réflexion et lui rétorquai : « Pourquoi voudrais-tu que je sois jalouse de ma sœur ? » Il fut surpris par ma réponse. Sa sœur, ma mère, leur en avait bien fait baver à eux aussi et je crus qu'il pensait que j'étais pareille. J'enchaînai en lui plaçant rapidement que j'avais même appris que je frappais Alban, ce à quoi il réfuta : « Oui, il nous a dit ça, mais non, ça je ne le crois pas.». Puis il s'éloigna sans plus de formalités. J'étais soulagée qu'il ne le croie pas sur ce point, mais il ne mettait pas pour autant en doute tout le reste.

Alors que je me posais la question de comprendre pourquoi il me pensait jalouse de ma sœur, je me rendis compte que je faisais fausse route. Là encore, l'assistante sociale dérapa et m'apprit que *Monsieur* disait que j'étais jalouse… de mes propres filles ! Je fis ainsi le lien : après avoir clamé que je n'aimais que les enfants en bas âge, il était passé à la version m'accusant de ne pas aimer les filles.

Le jour de l'enterrement de ma grand-mère, où mon oncle me reprocha d'avoir emmené mon fils, car il considérait que ce n'était pas sa place, j'enterrai tout ce qu'il me restait de famille.

C'est la dernière fois que je les vis. J'étais devenue persona non grata et je ne fus plus invitée aux fêtes de famille. Ce jour-là, faisant sa parade de pauvre petit saint à qui voulait bien compatir à son malheur, celui qui m'avait choisie pour jouir de ma chute jusqu'à ma mort, si possible rapide, avait volé ma place au sein de ma famille ! Ce diable avait tout planifié avec un timing d'horloger pour que tout s'enchaîne bien et discrètement, à la seconde près, pour ne pas être vu, même l'instant d'un sourire de satisfaction.

Déterminer contre qui l'on se bat peut aider la victime à entraver la stratégie du manipulateur, mais cela n'en reste pas moins un épuisement de chaque seconde de rester centrée sur un seul objectif : rester en vie ! Comment réussir à sauvegarder ce qu'il me reste face au pire, bien sûr je n'ai aucun espoir de récupérer ce qu'il m'a enlevé, mais je n'accepterai plus qu'il me prenne ce qui m'est cher.

Une autre assignation par une lettre recommandée du tribunal de Saint-Étienne pour le dossier ouvert sur Montpellier me parvint les semaines suivantes. Je téléphonai à mon avocate pour lui communiquer mon étonnement, cependant, elle me dit qu'il serait bon que je m'y rende. Étant bien échaudée par les réponses erronées qui m'avaient déjà été faites, je contactai le tribunal ligérien. Après avoir éclairé mon interlocuteur sur la procédure en cours, il me confirma l'erreur de cette convocation, et qu'effectivement tout serait renvoyé dans le Sud.

Je gardai pour moi cette nouvelle erreur judiciaire. J'avais déjà écrit un mail à mon avocate pour relever toutes les erreurs qui m'avaient coûté trop cher à mon goût. Résultat des courses : un mail de remontrances de sa part... Ses mauvais conseils m'amenèrent à une prise de décision radicale : je décidai enfin de ne plus alimenter la machine judiciaire ! Certes, je n'étais pas douée pour m'exprimer, surtout sous un état émotionnel important, mais cela valait mieux que toute cette parodie qui m'avait causé bien des pertes.

Au début de l'année 2022, nous étions toujours bâillonnés toute la journée à cause de la covid. Mon fils, hyperactif, ne le supportait plus et baissait son masque sous son nez pour courir en récréation. Il était sanctionné pour cela et commençait à être puni régulièrement en passant sa récréation sur une chaise. Je manifestai mon mécontentement par écrit. Bien que je fusse présente sur les lieux, je me comportai comme n'importe quel parent, utilisant la messagerie de l'établissement. Je rappelai les problématiques d'Atlan et le fait que le priver de se défouler aggraverait son agitation en classe. Rien n'y faisait : entre heures de colle et homélies répétitives, chacun se renvoyait la patate chaude. Au milieu de cette hypocrisie ambiante, mon fils pétait les plombs et, par conséquent, continuait à subir des punitions à la pelle.

Nous venions de participer à la réunion annuelle du bilan de ses soins et accompagnements pour l'évolution de ses multi-dys. Ce jour-là, l'ergothérapeute qui suivait mon fils chaque semaine, et que je rémunérais notamment avec l'allocation que je touchais enfin pour ses soins, était présente. Alban, comme l'année d'avant, était là par téléphone… L'année précédente, il s'était plaint de ne pas être au courant des soins qui étaient mis en place pour Atlan, ce qui était faux. Néanmoins, je ne lui avais pas demandé son autorisation que je n'aurai de toute façon jamais eue. Cette année, il me réserva une autre surprise : il demanda à l'ergothérapeute avec sa voix empreinte du souci d'être un bon père, s'il n'était pas préférable qu'il apporte l'ordinateur qui lui avait été attribué lorsqu'Atlan se rendait chez lui. Mon sang ne fit qu'un tour, je lui fis de grands gestes de négation pour qu'elle comprenne qu'il ne fallait surtout pas lui accorder cette faveur. J'avais compris ses intentions de vouloir également pirater cet ordinateur. Et quoi de mieux que d'avoir l'approbation d'une professionnelle pour me harceler ensuite avec tous ses mails qui tombaient tous les jours par dizaine pour tout et n'importe quoi en me réclamant sans cesse sa carte d'identité, son carnet de santé, une garde-robe à ma charge, etc.

Il était résolu à réclamer ce qu'il pensait être de son bon droit, mais uniquement dans un but pervers et égoïste. Il aurait été tellement plus simple pour nous tous que tout se passe bien…

Devant l'obstination de la direction à ne pas vouloir gérer la situation de manière plus humaine, et à l'égard de mon fils qui développait un toc face à cette situation incompréhensible pour lui comme pour moi, je décidai que cela ne pouvait plus durer. J'avais même dû l'emmener en urgence chez sa psychologue et chez notre médecin tant il ne supportait plus ces contraintes. J'en arrivai à une conclusion qui me trottait dans la tête depuis quelque temps à cause d'un système scolaire qui ne correspondait pas à la personnalité un peu hors norme de mon fils. Dans ce climat ubuesque dans lequel on vivait depuis le début de la pandémie, qui ne s'arrêterait probablement pas avant longtemps, il était rationnel pour moi de retirer mon fils de la vie scolaire publique. Quelques années auparavant, alors que nous n'étions pas encore séparés, j'avais soumis l'idée à son père qu'il serait préférable pour lui de se retrouver dans un contexte adapté, en pleine campagne, au milieu d'animaux, afin de lui permettre de trouver un sens à ses apprentissages, dans le respect de ses différences. Il s'y était opposé parce que cela était trop onéreux alors que nous en avions les moyens.

Mon fils ne serait plus abîmé par les conséquences des mésententes du personnel encadrant et la folie d'un gouvernement alors qu'il subissait déjà tant les manipulations paternelles et les séquelles laissées dans sa vie.

Comment le protéger des procédures à répétition, de notre vie privée qui n'était plus si privée, de l'environnement hostile du collège et du pays tout entier ? Avais-je droit de le faire, moi, sa mère, de l'extraire du système ?

Je fis les choses dans les règles et en prévenant le père de ma décision et des raisons qui m'avaient amenée à la prendre. Ce n'était pas lui qui avait mis fin au calvaire de notre fils, donc Alban nous donna une leçon à la hauteur de la sécheresse de son cœur.

Le soir même, l'assistante sociale fut mise au courant par *Monsieur*. Pour le coup, elle était favorable au système d'instruction en famille que j'avais choisi, démissionnant de mon poste du jour au lendemain pour commencer un enseignement basé sur une éducation bienveillante. En cela, je ne minimisais pas le travail des professionnels de l'enseignement ni ne me mettais en aucun cas au-dessus d'eux : mon statut de maman qui connaît parfaitement son enfant et ce qui l'intéresse légitimait mon choix. De plus, mon niveau d'études était encore suffisant pour m'occuper de mon enfant en secondaire.

En février 2022, la procédure était encore simple pour utiliser ce droit à instruire nous-mêmes nos enfants et j'avais eu la naïveté de penser qu'Alban serait un peu sensible à la souffrance d'Atlan. Eh bien, pas du tout ! Aucune sensibilité, seulement sa haine aveuglante de nous voir libres et de ne pas être décisionnaire de ce qui constituait nos vies.

Notre temps suspendu, loin de l'école, a duré deux mois. Il fut ponctué autant de choses merveilleuses que de menaces inqualifiables de la part du collège, de l'assistante sociale scolaire, du père, du siège de l'Éducation nationale à priori très préoccupée par les informations données par le père.

Son instruction se fit sur le terrain, en respirant ! Nous croisâmes la route de professionnels et de passionnés formidables. L'organiste principale de la basilique Sainte-Marie-Madeleine de Saint-Maximin-la-Sainte-Baume nous donna accès à son orgue classé parmi les plus impressionnants du monde avec ses deux mille neuf cent soixante tuyaux conservés. Nous en visitâmes le chœur et fûmes invités à un concert en première loge. Merveille symphonique doublée de chants angevins qui ont à jamais marqué l'oreille fine de mon fils !

Nous apprîmes, par exemple, la complexité du travail d'un apiculteur et de ses abeilles. Nous le suivîmes dans son travail quotidien durant deux semaines : la construction des ruches, ruchettes, le processus de fécondation, la sélection des reines, le nourrissage, la récolte du pollen, en passant par l'enfumage en tenue d'apiculteur. Les graines devenues fleurs puis fruits, Atlan suivit toutes ces incroyables étapes sous ses yeux d'enfant et comprit le processus naturel de germination. Nous nous aventurâmes également dans des mines et des grottes pour la beauté des sites, mais aussi pour les notions en histoire et en géologie.

Être éveillé au merveilleux de la vie dans ce qu'elle a de plus petit ! Découvertes, apprentissages et expériences étaient les maîtres-mots de ces beaux moments ensemble. Je n'ai jamais regretté ma décision, pour lui comme pour moi.

Il fréquenta beaucoup de petits camarades qui, comme lui, étaient sous le régime de l'IEF[18] et moi, des familles avec qui nous nous retrouvions dans des groupes sur les réseaux sociaux créés pour favoriser les rencontres. C'était devenu si simple pour Atlan et moi !

Pourtant, Alban ne cédait pas, avançant qu'avec ce que j'avais fait, il était certain que je perdrais enfin la garde de notre fils. J'étais entrée dans l'illégalité, faute de sa signature. À cette époque, parmi ses nombreux mails, j'y trouvai une requête de sa part, juste pour la forme, mon autorisation pour vacciner nos enfants contre la covid 19.

Il s'était très largement passé de tous mes avis et accords depuis plus de vingt ans, aussi je sentis le piège arriver. Il souhaitait avoir par écrit ma position de mère inconsciente ! Mon mail s'aligna avec ce qu'il attendait de moi, à savoir que je refusais cette vaccination pour Maya-Lou, mais que je savais qu'il irait à l'encontre de mes décisions. Aussi, je lui écrivis qu'en cas d'effets secondaires, il en porterait l'entière responsabilité. Que pouvais-je faire d'autre ? L'avait-il fait tout de même ? Je n'en eus pas la certitude, si ce n'est que mon fils me dit plus tard qu'elle avait sorti un pass sanitaire lors d'une sortie.

Ma fille aînée m'avait reproché de l'avoir fait vacciner contre

[18] Instruction en famille.

le papillomavirus à cause des effets secondaires qui étaient apparus sur certaines jeunes femmes après leur injection. Je ne prendrai plus de risque pour un vaccin sorti de nulle part, ou presque. Mon fils, qui n'avait pas douze ans, fut épargné grâce à son âge, mais il ne faisait aucun doute qu'il aurait profité de l'avoir en garde pour le faire piquer.

L'État autorise la vaccination des enfants mineurs avec l'accord d'un seul parent. Nous fûmes nombreux à vivre dans cette peur pour notre progéniture et, heureusement pour ceux qui étaient contre, des associations se créèrent afin de protester contre cette « expérimentation ». Sachant que le but d'Alban n'était pas l'intérêt de nos enfants, mais son aveuglement à me contredire sans arrêt, je ne doutais pas de sa détermination à me nuire.

J'avais entamé une procédure en urgence dès le début de cette motion afin de faire reconnaître le traumatisme de mon fils dû aux masques et pour obtenir l'accord du juge pour l'IEF. Cependant, ils furent enfin non obligatoires quelques semaines après et avec cette décision, le juge établit qu'il n'y avait plus matière à statuer.

En avril, je réinscrivis mon fils dans le collège de la commune voisine. Étant acculée, je ne pouvais de toute façon pas le remettre dans un lieu où il avait accumulé les traumatismes. C'était ça ou le perdre !

Cependant, pour obtenir son accord, Alban exigea de moi par écrit que je ne travaille pas à son nouveau collège. Cette idée que je puisse gagner ma vie – ce qui signifiait me débrouiller sans lui – et être encore plus proche de notre fils lui était insupportable.

J'avais démissionné et j'étais désormais sans travail, obligée de régler à l'avocate que j'avais choisie pour la procédure d'urgence une belle somme d'argent. C'était fini ! Il fallut faire comprendre à mon fils que je ne décidais de rien, même pour son bien. Il était plein de colère, car cette vie lui convenait bien, d'autant plus qu'il avait dû trouver de nouveaux repères. Pour que cela se passe au mieux, je demandais son intégration dans une classe où il avait déjà son copain de longue date, et cela amortit le choc.

On recherchait simplement un peu d'humanité et de bienveillance dans ce contexte particulier et nous l'avions trouvé, même si de fait, les choses se calmaient pour tout le monde. Alban s'était empressé de prévenir le collège du soi-disant danger que je représentais pour Atlan. Toutes ces stratégies pour se faire plaindre et m'étiqueter encore et encore de mauvaise mère !

En début d'année, nous reçûmes une énième lettre recommandée du tribunal pour le partage de biens.

La somme de mille euros était exigée de chacun et ceci, sous quinze jours afin de payer les frais de l'expertise immobilière. Encore une somme non prévue et dont mon avocate avait omis de m'informer. Elle m'avait prévenue que ses honoraires, que je payais chaque mois, ne comprenaient pas les expertises, mais m'avait garanti que je pouvais me faire accompagner par la personne de mon choix.

La première expertise débuta par la maison occupée par Alban. Presque quatre ans sans pouvoir voir ma maison : j'étais anxieuse de l'état dans lequel j'allais la trouver. Il avait décidé de me racheter ma part me laissant le soin de lui racheter la sienne sur la maison qui était devenue mon refuge vital. Je me fis accompagner par Simone, une amie d'un village voisin. Lorsque nous voulûmes passer le seuil en présence de l'expert, d'Alban et de son avocat, mon ex le prit à part pour lui parler et ensuite, son avocat m'annonça à brûle-pourpoint que mon amie n'avait pas le droit de rentrer. J'expliquai que mon avocate m'avait dit le contraire, mais il ne céda pas et c'est seule que j'affrontai cette visite. Mon amie resta dans la voiture en attendant que je revienne. À l'intérieur, je vis mes affaires ici et là. Il avait l'air satisfait que je remarque qu'il les avait toujours, qu'il s'en servait… Son attitude prouvait que je ne les récupèrerais pas.

La maison était propre, et je savais par mon fils que sa nouvelle compagne avait à son tour refait beaucoup de décoration et de peinture. Aussi, lorsque tout fier et mielleux, il me demanda si j'aimais la nouvelle chambre de notre fils, je lui répondis que Magalie avait bien travaillé. J'eus encore droit à sa moue d'homme injustement attaqué ! Je ne fus pas autorisée à voir ni la chambre de ma fille, ni l'étage, ni le garage. Bref, quasi rien.

Je questionnai l'expert à propos de la plus-value des travaux que j'avais effectués dans cette maison, car je savais que ce que j'avais investi devait compter pour son estimation, sans oublier que *Monsieur* n'avait installé que l'alarme, lors de la rénovation. Il ne le contesta pas et il n'en était pas gêné le moins du monde. L'expert avoua lui-même que sa femme en faisait bien plus que lui…

C'est à ce moment-là que le spectacle se joua devant mes yeux éberlués ! Il se lança dans un exposé pour décrire à quel point la vie dans cette maison était impossible : la chaudière était foutue, d'après lui ; l'eau chaude et le chauffage ne fonctionnaient plus, etc. Son avocat me transmit le jour même un devis pour refaire la fosse septique qui n'était plus aux normes. Pourtant, comme la chaudière, elle avait été changée en 2006, mais pour une conduite d'évacuation des gaz de la fosse qu'il n'avait jamais voulu installer. Il déclarait maintenant qu'elle devait être entièrement refaite, dévaluant, là encore, la maison à la hauteur des devis qu'il sortait de sa sacoche comme un magicien sortait des lapins de son chapeau. Sans compter qu'il ajouta à la liste une microfissure du crépi qui lui servit de justification à la mauvaise qualité du bien – cette lézarde existait déjà lors de notre achat… L'apothéose reposa sur un droit de passage – jamais exercé – depuis la construction de la maison, soit vingt-cinq ans. Et tout à coup, cela le contrariait ! Et enfin le bouquet final fut attribué au voisin qui travaillait bruyamment le métal ce jour-là et à cause de qui il put démontrer que les nuisances sonores étaient insupportables. Quelle coïncidence dans ce timing parfait !

Il poussa le vice jusqu'à dire à l'expert que j'avais quitté le domicile conjugal, car je ne supportais pas les aboiements des deux petits chiens de notre voisin. Pour couronner le tout, il joignit des photos de notre allée enneigée avec le balai à neige trônant au milieu du cliché : c'était désormais le volume et la distance à déblayer qui étaient un problème ! Pour autant, malgré le cauchemar qu'il dépeignait, il souhaitait racheter ma part pour les enfants afin de garder les souvenirs des jours heureux en famille, notamment avec une femme qu'il qualifiait de maltraitante envers lui et de mauvaise mère avec nos enfants.

Toujours enlisé dans ses contradictions et ses mises en scène, Alban procéda de la même manière pour notre maison dans le Sud. Comme je m'y attendais, il se présenta sur place, mais cette fois-ci, lui aussi vint seul pour faire l'économie des honoraires d'avocat. Vu le nombre de mètres carrés à estimer, je pensais que cela serait vite fait.

C'était sans compter le spectacle qu'il avait préparé. Le comédien ouvrit la représentation en s'étonnant de la construction de la cabane où j'entreposais du matériel. Il prétendit ne pas avoir été informé. J'étais soufflée par sa facilité à embarquer son public dans ses jérémiades ! Je précisai à l'expert qu'il avait reçu par lettre recommandée ma demande d'autorisation de travaux au syndic comprenant les schémas cotés pour la construction de la cabane en question. De plus, j'avais surpris Alban à deux reprises en train d'épier dans mon jardin alors que la cabane avait été installée.

Il prit la fameuse cabane en photo sous toutes les coutures et exigea d'examiner l'intérieur sous prétexte qu'il s'agissait probablement d'une pièce à vivre que j'avais dissimulée aux services fiscaux. Je refusais de lui en laisser l'accès, car son accusation était encore une fois fallacieuse : il était clair qu'elle n'était pas étanche à l'air et cela se voyait !

Il désirait savoir ce que j'y entreposais et c'était là sa seule envie. J'autorisai l'expert à y jeter un œil pour confirmer qu'il s'agissait bien d'un débarras, et je surpris Alban en train de se contorsionner pour essayer d'en apercevoir l'intérieur. Il en remit une couche en se plaignant du fait que la dalle béton ne pouvait pas être enlevée, et par conséquent la cabane aussi. Il demanda donc qu'elle soit valorisée dans l'estimation du bien. Il n'avait rien fait, rien construit, rien payé, mais souhaitait en tirer tous les bénéfices ! Dans la même optique, et contrairement au jeu auquel il s'était prêté pour celle de La Chapelle-Villars, il mit cette fois-ci en exergue toutes les qualités de la maison afin qu'elle puisse être chiffrée au meilleur prix, dans son intérêt.

De surcroît, il avait planqué mes titres de propriété dans ses cachettes fermées à clé, mais j'avais pu les récupérer grâce aux notaires. Dans sa folie, pensait-il que cela suffirait à me déposséder de mes biens fonciers ?

Depuis notre séparation, il était également devenu ami avec trois de mes nombreux voisins qu'il ne manquait pas d'aller voir chaleureusement à chacun de ses passages à Mèze. Je supposais qu'Alban leur quémandait des informations en s'apitoyant sur lui-même et il ne manquait pas de distiller lors de nos échanges quelques détails de notre vie que seuls nos voisins auraient pu lui rapporter : les départs en vacances, les personnes qui venaient à la maison, etc. Leurs mots devenaient les siens. Son jeu de tragédien grec était risible au possible, mais voir que les murs environnants avaient des yeux et des oreilles tout autour de chez moi ne me réjouissait pas franchement !

Malheureusement, les plus zélés de ses espions se trouvaient en mitoyenneté de notre maison.

Lorsqu'ils avaient emménagé, il y a trois ans environ, dans cette maison décrépie, ils s'étaient embarqués dans des travaux interminables. Naïvement, et n'ayant pas compris leur nouvelle connivence avec Alban – qui pourtant ne les supportait pas –, j'allai les voir alors que je m'apprêtais à recevoir un patient à mon cabinet. En effet, depuis plusieurs semaines, j'avais remarqué que chaque fois que quelqu'un entrait chez moi, ils se mettaient à frapper sur les murs. J'anticipai donc et leur demandai que les coups cessent pendant l'heure de consultation. Mais au lieu de s'arrêter, ils redoublèrent ce manège volontairement provocateur qui se passait à chaque fois qu'ils voyaient quelqu'un entrer chez moi, pensant qu'il s'agissait d'un patient.

Lors de l'assignation en justice pour le partage des biens, leur témoignage qui mentionnait le prix payé pour leur maison servit à Alban pour faire monter l'estimation de la nôtre. Cependant, alors que la maison avait été pendant plus de quatre ans sur le marché immobilier à un prix exorbitant, nos voisins étaient tombés dans le panneau et s'étaient fait arnaquer sur le rapport qualité-prix de cette maison à l'intérieur délabré.

Quelques années plus tôt, la voisine de la maison mitoyenne m'avait téléphoné depuis sa résidence principale. Elle m'avait expliqué qu'Alban l'avait appelée pour qu'elle pense à lui le jour où elle voudrait vendre sa maison puisqu'elle l'avait évoqué auprès de lui auparavant. Il lui demanda de ne rien me dire, ignorant ainsi l'amitié que nous avions déjà depuis longtemps toutes les deux. Elle me prévint en me disant, à l'époque, de le garder pour moi. Il l'avait contactée sur son portable, numéro que ni elle ni moi ne lui avions jamais donné, confirmant encore une fois le piratage de mon agenda téléphonique. Cette octogénaire, d'une perspicacité sans faille, dissipa ma peur d'avoir mon ex comme voisin et me rassura en me disant que jamais, elle ne la lui vendrait.

La manipulation peut aller jusque-là : m'empêcher de ga-

gner ma vie, rentrer en contact avec ma famille, me couper de mes enfants, me déposséder de mes affaires et de mes biens.

L'enquête sociale continuait des deux côtés, mais seulement en ce qui concernait mon fils, ma fille avait été complètement mise de côté par les services sociaux.

Notre fils devait rencontrer une assistante sociale qui l'interrogeait dans le cadre de son suivi dès qu'il retournait chez son père. Comme il était chez Alban, le cercle vicieux de la manipulation demeurait facile pour lui, ce qui impactait le comportement de mon fils. Cependant, Atlan n'avait jamais la même interlocutrice puisqu'il ne la voyait que pendant les vacances scolaires et s'épuisait à raconter son histoire à chaque fois.

La référente de l'enquête avait tenté de m'appeler pour compléter les informations dont elle disposait. J'étais en mode survie à cause de ce que me faisait subir Alban et, par voie de conséquence, les services sociaux de la Loire et de Montpellier. Je savais que tout débat serait inutile, c'était pipé d'avance, et je devais me concentrer pour garder mes forces vitales. Je ne la recontactai qu'une seule fois et constatai que son discours trahissait ses préjugés sur moi. Au bout du compte, il me fut reproché de ne pas m'être investie dans cette enquête.

Lorsque je m'aventurai à interroger mes interlocuteurs sur l'investigation concernant Maya-Lou, on me demanda de quoi je parlais. C'est en téléphonant au tribunal de Saint-Étienne et en réclamant des éclaircissements que l'on me notifia que le dossier avait été « oublié », mais chaque tribunal se renvoyait la faute !

Mon avocate que je consultai par téléphone à ce sujet me dit ne pas comprendre cet oubli, mais que finalement, elle allait être bientôt majeure et que cette procédure ne serait plus dans le circuit juridique. C'était plié : jusqu'à la fin, je n'aurais rien pu faire pour elle non plus !

L'assistante sociale qui nous suivait, contrainte de l'avouer, admit que je m'occupais bien de mon fils à tous les niveaux. Ce qui noircissait le tableau, selon elle, était qu'Atlan ne savait pas qui de son père ou de sa mère disait la vérité. J'avais le cœur serré, car malgré tout ce qu'il avait vu, entendu, et voyait encore, mon fils avait les graines du doute semées dans son esprit.

Les adultes étaient déjà parfois influençables, alors pour les enfants, la ligne entre le vrai et le faux était encore plus facile à brouiller. C'était une partie d'échecs gagnée d'avance.

À la fin de cette AEMO, l'assistante me téléphona pendant qu'elle rédigeait son rapport final. Elle souhaitait connaître ma position et ma volonté pour la suite. Je lui rappelai encore une fois que nous souhaitions vivre tranquillement et que non seulement leur présence ne réglait rien à notre situation, mais au contraire, ajoutait de l'huile sur le feu.

Le pire tomba alors comme un boulet de canon : elle reconnut que *Monsieur* avait demandé le placement de notre fils en famille d'accueil !

Je lui remémorai ce que j'affirmais depuis le début et que personne ne croyait : « Alban avait fait la promesse de tout m'enlever, enfants compris, si je le quittais. Ça ne vous choque pas cette demande de son père ? » Elle admit que c'était, en effet, une réaction incompréhensible.

Je n'avais pas été écoutée depuis le début parce que cela ne semblait pas possible. L'entreprise d'Alban avait débuté dès notre rencontre sans que je ne voie rien pendant des années. Aujourd'hui encore, je remonte de nouveaux fils de la toile et n'ai probablement pas tout découvert…

Le mois de juin 2022 commença avec une lettre recommandée dans laquelle on me convoquait auprès du juge pour enfant. Cette fois-ci, je modifiai les règles du jeu.

J'y allai sans plaideur juridique pour me défendre, mais un ami était à mes côtés pour ne pas me retrouver dans les couloirs en face à face avec le père, et pour s'occuper d'Atlan lors de notre audience.

Personne ne se réunit en petit comité comme la dernière fois ; la nouvelle avocate de mon fils attendait d'un côté, et l'avocate de *Monsieur,* de l'autre. Alban ayant poussé le vice jusqu'à répéter à notre fils certaines paroles qu'il n'avait livrées qu'à son avocate, mais qu'elle nous avait communiquées, Atlan n'avait plus souhaité lui parler. J'avais donc changé d'avocate à ma propre initiative et l'avait choisie dans une commune bien éloignée de Montpellier, ce qui réduisait une possible connivence avec les autres avocats.

Mon fils ne salua pas son père.

Lors de nos deux dernières rencontres avec Alban, mon stress avait atteint son summum. Les agressions étaient chaque fois différentes, mais récurrentes.

La première fois, un mois et demi plus tôt, Alban s'était introduit avec violence dans le véhicule et Atlan s'était dépêché d'aller sonner chez les gendarmes pour les prévenir de l'agression. J'avais entendu une gendarme répondre, mais son père avait suivi Atlan et de sa voix doucereuse avait juré à la gendarme que c'était une erreur. J'avais crié à mon fils de courir à la voiture et nous étions partis en trombe.

Une autre agression s'était produite quelques jours avant l'audience, alors que j'allai récupérer Atlan devant la gendarmerie de Bollène. J'avais appelé les gendarmes en début de journée pour leur demander d'être présents devant leurs locaux à dix-neuf heures en leur soutenant qu'il allait encore se déchaîner. Ils n'avaient rien voulu savoir, me pressant de les contacter en cas d'agression. Alors j'avais décidé de garer la voiture loin de la gendarmerie et de me présenter seule devant le bâtiment, car je n'avais trouvé personne pour m'accompagner.

Lorsqu'Alban était arrivé, ne voyant pas la voiture, il était devenu furieux et avait exigé de savoir où elle se trouvait. Il ne voulait pas partir sans connaître le lieu où je l'avais stationnée et m'avait dit que j'avais l'obligation de venir avec ce véhicule : s'il n'était pas là, il n'y avait aucune raison pour qu'il me dédommage.

Tant de paroles crachées avec véhémence alors que je n'avais aucune obligation autre que celle qu'il m'imposait de son propre chef. Depuis 2020, il ne me remboursait quasi rien de mes trajets, car c'était son avarice qui décidait du prix du carburant et de ce à quoi j'avais droit – en somme, pas grand-chose...

Au début, je lui avais fait parvenir les justificatifs de frais de déplacement, mais c'était avant de m'apercevoir que le jugement précisait que la base du tarif Michelin suffisait. Il ne l'entendait pas ainsi, et alors que nous partions, il nous suivit de près, trop près... Il en vint à me frôler et ne nous lâcha pas d'une semelle. Ne voyant pas d'issue, et ne voulant pas regagner la voiture que j'avais garée dans un lieu isolé – où il aurait été à son aise pour laisser libre court à sa folie – nous nous réfugiâmes dans un magasin alors qu'il fermait tout juste. Le service de sécurité l'apercevant en train de nous attendre à la sortie, et devant notre peur visible, appela la gendarmerie. Ce fut la police municipale de la brigade canine qui se déplaça un quart d'heure plus tard. Ils ne l'attrapèrent pas, car il était parti sans faire d'esclandre, mais ils prirent note des circonstances et nous accompagnèrent jusqu'au véhicule. Ils me laissèrent leur numéro direct pour les appeler la prochaine fois, sans passer par la gendarmerie.

Disponibles 24 heures sur 24 et 7 jours sur 7, je garde leur numéro dans mon téléphone. C'est ma manière de me sentir un peu protégée et de savoir que la police m'a entendue ce jour-là.

Je me rendais compte que sa violence allait crescendo. Mon fils avait assisté à ce spectacle terrifiant sans que j'aie pu faire rempart à la furie de son père.

Je signalai les faits à la gendarmerie de ma ville ainsi qu'à l'assistante sociale. Quand elle me rappela, elle me dit qu'Alban niait les faits ! J'étais encore une menteuse ! Il oubliait que j'avais notre fils pour témoin.

Lorsque l'audience commença, la juge m'accusa de ne rien avoir fait pour que notre fils salue son père. Je commençai par dire que nous venions de subir une nouvelle agression de celui-ci, ce à quoi elle me rétorqua que notre fils n'en avait pas parlé alors qu'elle venait de le recevoir. J'adressai une requête pour qu'il soit interrogé sur ces faits, mais j'eus une fin de non-recevoir. Il avait répondu aux questions posées par la juge et ne s'était pas exprimé en dehors du cadre qu'on lui avait donné. Un enfant, en somme !

Les propos de la juge furent des plus moralisateurs, surtout envers moi. Elle s'accorda toutefois à dire que *Monsieur* passait son temps à essayer d'obtenir des avis négatifs sur ma personne qui iraient dans son sens. Par ailleurs, son insistance était des plus inconvenantes.

Elle nous rappela la dangerosité de vivre dans un tel climat pour l'épanouissement de notre fils, mais sans écouter ni mettre les moyens pour déterminer le vrai coupable. Sur le fond, elle avait raison : ce qu'il vivait, tout comme mes filles, était intolérable et leur construction identitaire d'adulte en serait fortement impactée. Je ne fuyais pas cette triste réalité, mais Alban se rendait-il compte qu'il les avait rendus prisonniers d'une guerre pour laquelle ils n'étaient pas armés ?

La justice n'a pas le recul nécessaire pour un tel discernement et met en place des mesures pour se rassurer. Elle collabore avec des organismes qui eux-mêmes n'ont pas les moyens de se former à détecter les différents profils de pervers. Le « machiavélique », comme Alban, représente, et heureusement, qu'une infime partie de la société.

Je savais jusqu'où pouvait aller la justice et comment tout était susceptible de dérailler pour les familles ou aller dans le sens d'une des parties qui n'est peut-être pas la plus vertueuse, raison pour laquelle Alban avait déployé autant d'artifices, de manœuvres déplorables en impliquant autant de personnes que possible. Quelques mois plus tôt, en mars exactement, une gendarme haute gradée en avait fait les frais. Son fils lui avait été retiré par le même tribunal et elle s'était immolée par désespoir.

Je comprenais tellement sa détresse, car lorsque l'on vous enlève ce que vous avez de plus important dans votre vie et que vous n'avez plus de raisons de continuer à vous battre, alors ce grand vide ne peut plus être rempli. Je savais que cela me pendait au nez et que je n'y aurais pas survécu non plus.

C'est en morte vivante que je m'exprimai, seule et en premier. Grosse erreur de ma part, car j'eus du mal à parler ayant la gorge serrée, et devant Alban qui simulait un air affecté, des larmes plein les yeux. Je ne dis que le minimum, essayant d'aller à l'essentiel : le peu de temps qui me fut accordé ne m'aurait pas permis en tout état de cause de mieux me faire entendre.

Puis ce fut le tour de l'avocate d'Alban de plaider et quand elle commença l'exposé des faits qui étaient erronés, j'intervins en disant que cela était faux ! La juge me rembarra en disant que je n'avais pas à interrompre une plaidoirie. Je dus entendre jusqu'à la fin le dressage d'un portrait qui n'était pas le mien et une série de faits qui étaient montés de toutes pièces, et ceci sans broncher. Alban tenait toujours son air de chien battu, et tout le monde plongeait.

J'eus le coup de grâce en termes d'humiliation lorsque je fus accusée d'avoir envoyé, quelques jours avant, un courrier recommandé à l'établissement de notre fille. Son avocate présenta en l'occurrence une lettre particulièrement odieuse adressée à ma fille qu'elle transmit directement dans la main du juge avec d'autres documents. Il était vrai que j'envoyais de temps en temps une lettre à ma fille à son lycée pour être certaine qu'elle les reçoive.

J'avais arrêté les SMS, car certaines réponses comportaient les fautes d'orthographe habituelles d'Alban et je savais qu'il n'était pas possible qu'elle me réponde de la sorte. Je communiquais également avec ses professeurs et lorsqu'Alban l'apprenait au fur et à mesure de mes tentatives, je n'arrivais plus à les joindre. Tous mes droits de maman m'étaient enlevés.

Ma dernière lettre était en fait une carte d'anniversaire, avec des cœurs imprimés qui se dépliaient en relief – ce n'était pas qu'un simple courrier –, que j'avais écrite en avance pour ses dix-huit ans. Scan que j'ai gardé pour prouver mes dires. Je voulais être certaine qu'elle puisse l'avoir, ne sachant pas si les autres avaient été réceptionnées.

Le 20 mai 2022

Maya-Lou,

Je t'écris cette carte qui sera probablement la dernière. Je suis fière de toi et de ton choix d'études dont le sujet est un enjeu majeur pour notre société. Je sais que tu réussiras brillamment ton BTS GPN et je souhaite que tu continues encore tes études après. Je tiens à te dire, comme je l'avais dit à ta sœur, que si tu souhaites voir ton frère, cela sera toujours possible. Tu sais comment me joindre, ce qui ne sera plus mon cas dans quelques jours. Je te redis, comme dans mon dernier courrier, que je souhaite t'offrir un voyage pour tes dix-huit ans, comme je l'avais fait pour ta sœur, pour que nous puissions nous retrouver.

Je compte sur ta mémoire, ta perspicacité et ton intelligence pour faire des choix qui t'éviteront des remords plus tard. Je sais ce que tu vis et je sais qu'il ne t'est pas possible d'être autrement pendant encore longtemps.

Je t'embrasse de toutes mes forces, je t'aime toujours jusqu'à la lune. Aie une pensée pour moi lorsque tu la regarderas. De mon côté, tu seras toujours dans mon cœur.

Maman

Malgré un plaidoyer des plus accablants contre moi, la juge se déclara impuissante pour départager dans notre situation et leva immédiatement la mesure de placement. Je venais de sauver mon fils de la vie dans une famille d'accueil et, par extension, ma propre existence en même temps. Mais à quel prix ? Celui de l'humiliation la plus absolue et la plus abjecte. Cela n'était pas une victoire, pas celle qui aurait été juste et m'aurait reconnue dans le rôle de la mère que j'étais, aimante et dévouée. Ce qui fut dit dans cette plaidoirie est marqué au fer rouge dans mon ADN. Je pleurai en sortant de la salle, autant de joie que de peine : cette dernière sera toujours là, ancrée.

En partant, l'avocate d'Alban remit de nouveau dans les mains de la juge une liasse de documents avec au-dessus de cette pile, la pseudo-lettre que j'aurais rédigée à ma fille. J'informai la juge que je n'avais pas de copies de ces documents et elle objecta que cela n'avait plus d'importance puisqu'elle avait statué. Pour moi, cela en avait, au contraire ! Où allaient finir ses prétendues preuves qu'il avait falsifiées, comme tant de choses, en toute impunité ?

Trois mois plus tard, je reçus – dans ce cycle infernal administratif – une nouvelle lettre recommandée du même tribunal, et c'est fébrile que les questions affluèrent dans mon esprit à cause de ce qu'il allait me tomber à nouveau sur la tête.

Il s'agissait d'une erreur de frappe dans la rédaction du jugement qu'ils souhaitaient corriger… Je ne parvenais plus à me défaire de la peur et de la torpeur qui m'envahissaient à chaque fois que je recevais du courrier.

Le mois suivant, ma fille fêta ses dix-huit ans. Elle ne décrocha pas et je ne pus que lui laisser un message sur son répondeur. Le fragile fil d'Ariane s'était brisé.

Comment ne pas pleurer des larmes de tristesse infinie ? Mes larmes étaient aussi pour elle, privée de sa mère que l'on salit chaque jour pour s'assurer qu'elle ne veuille plus jamais la voir. Je sais ce que c'est de ne pas avoir de mère : j'avais couru après la mienne si longtemps, même adulte. Ce manque affectif handicape et je peux assurer qu'il n'y a pas d'âge pour en avoir besoin… À ce stade, jamais je ne le comblerai, même si pour un temps, j'avais pu recevoir la tendresse d'un père de substitution.

Certains me disent que mes filles comprendront plus tard, mais pour moi, rien n'est moins sûr. Et puis plus tard, c'est quand… On parle ici de lavage de cerveau qui dure depuis tant d'années ! Comment leur enlever leurs œillères qui biaisent la réalité ?

J'espère qu'un jour, elles entameront une thérapie introspective pour élargir leurs perspectives sur ce qu'elles ont réellement vu et entendu.

De mon côté, je tentais de trouver un thérapeute plus habitué aux profils de pervers narcissiques. C'est malheureusement devenu un phénomène de mode avec son lot de professionnels surfant sur cette vague juteuse. Je ne trouvai personne de suffisamment formé dans le niveau le plus élevé de la perversité – profil auquel je suis confrontée.

Je tiens encore grâce à mes ressources profondes, mon instinct de survie, mais aussi mes convictions intimes qu'une justice existe au final. Pas celle des hommes…

J'ai interpellé des députés pour faire en sorte que les choses changent et que les persécuteurs soient pénalement sanctionnés. Il est très difficile de faire reconnaître la violence psychologique, l'emprise et l'aliénation mentale. Mais je continuerai mon combat, car il y a trop de victimes qui souffrent de l'ascendance de ces personnes malades. Victimes des pervers, mais aussi victimes du silence, de l'impuissance de la justice : enfants placés dans des familles d'accueil parfois maltraitantes dont on entend enfin les abus. Il est évident que parfois cela est nécessaire pour que certains enfants ne subissent plus les débordements familiaux.

À la suite de ce point final auprès du juge pour enfants qui stoppait ce cercle infernal, que voulez-vous ? Je pensais vraiment que c'était fini, que je n'aurais plus que ces scènes de violences à supporter à chaque rencontre avec lui, pour notre fils.

Lorsqu'il fallut organiser les vacances estivales de 2022, je refusai de continuer à effectuer les trajets, car je ne voyais toujours pas la couleur des remboursements. Pour reprendre les écrits d'Alban, il acceptait « exceptionnellement » de me rendre service pour venir récupérer notre fils et le ramener à Mèze. Il envoyait des mails avec ses sempiternels copier-coller qui exigeaient de lui fournir des vêtements, la copie de sa carte d'identité et de ses vaccins, le tout certifiés conformes par la mairie et finissait inévitablement par sa phrase favorite : « je déplore le mal que tu fais à toute la famille ».

Il vint chercher notre fils, mais il le ramena à la maison en ne respectant ni l'heure de son arrivée ni celle de son retour. J'avais garé la voiture dans un lieu improbable pour qu'il ne la trouve pas, de peur qu'il l'inspecte comme à son habitude. Pourtant, Atlan me dit que son père s'était garé à côté de la mienne. Comment cela pouvait-il être possible ? Comment l'avait-il trouvée ?

À l'issue des dix jours passés avec son père, Atlan rentra

plein de haine et de mots agressifs à mon encontre. Je ne le reconnaissais plus. Dix jours ! Je dus raviver sa gentillesse et sa bienveillance naturelles, mais quelle douleur de l'entendre cracher ce venin qu'on lui avait mis dans la bouche, et de le voir autant agité, jusque dans son sommeil.

Le temps fait son travail pour retrouver un apaisement entre nous, mais ce chemin finit souvent chez sa psychologue.

Depuis l'été 2022, il n'exerce plus son droit de visite et d'hébergement.

Ironie de la situation : selon Alban ce n'est pas de sa faute et il me met ça sur le dos. L'inventaire dans ses mails s'étale sur des kilomètres : je refuse de lui amener notre fils à Bollène, de lui transmettre les justificatifs de mes frais de route pour ces trajets et pour finir, il clame que son fils va lui manquer. De plus, il me demande de lui dire à quel point il l'aime tout en m'accusant de lui interdire son DVH, raison pour laquelle il ne vient pas le chercher.

Tous les mois et demi, je suis convoquée à la gendarmerie de Mèze. J'y passe moi-même tout autant de temps pour déposer des mains courantes avec pour preuves ses écrits et pour signaler qu'il n'a pas récupéré notre enfant. À chacun de mes interrogatoires, je justifie de ma bonne foi et de la mauvaise de *Monsieur* en couchant sur leurs bureaux les dossiers du jugement et nos échanges de mails. Quand les officiers de la police judiciaire lisent le jugement rendu, ils le comprennent comme moi, seul Alban lui donne une autre définition…

Bien que ses plaintes répétitives à mon encontre ne débouchent jamais sur des poursuites – nous sommes clairement dans une frénésie judiciaire rendant mon ex effroyablement constant dans cette bataille parentale –, j'y passe au minimum deux heures ! Je passe et repasse invariablement par ces étapes insupportables : un passage aux photos souvenirs et au relevé d'empreintes. J'ai suivi l'évolution de la technologie au fur et à mesure des années. Du relevé d'empreintes à l'encre à celui plus moderne et numérique de la borne T41 qui requiert encore plus de temps !

Lorsque je les questionne pour savoir pourquoi ils perdent leur temps pour des abus de plaintes alors qu'ils ont bien d'autres tâches à mener, ils me disent être obligés de suivre la procédure et que de mon côté, je n'ai pas le choix que de m'y plier. Pour résumer, je ne peux que subir le temps perdu, la honte et le dépit.

Mon fils est affligé et en colère ! Il aimerait voir ses copains et ses sœurs…

Cette même semaine où je pose ces mots, mon fils est de nouveau relégué au dernier plan, voire rejeté par un mail que son père a envoyé pour lui écrire qu'il ne le prendra pas pour les vacances de Pâques. Ils se sont parlé à force d'insistance. Atlan lui a dit qu'il voulait jouer avec ses copains, puis lui a parlé de son voyage de fin d'année avec son collège.

Son père a soutenu qu'il n'y pouvait rien, qu'il fallait qu'il voie avec moi vu que je lui refuse le DVH. Il en a profité pour dire à notre fils que lui seul prend en charge deux enfants depuis cinq ans. Il ne comprend pas la raison pour laquelle je refuse de travailler et qu'il serait bien de me poser cette question pour connaître mes arguments, et de me demander pourquoi je ne l'assume pas aussi. Il exige que je lui fournisse mes rentrées d'argent et mes charges, alors il verra ce qu'il peut faire au sujet de sa participation financière pour son voyage scolaire.

De surcroît, il lui a expliqué qu'il ne pourra pas le recevoir durant les vacances d'été si sa mère ne lui procure pas les copies certifiées conformes de sa carte d'identité et de ses vaccins par la mairie de Mèze. Mon fils est au courant que je ne peux pas fournir ce que son père me demande, car cette démarche n'est pas possible, ni en mairie ni ailleurs. Avant de raccrocher, sachant qu'il y avait le haut-parleur, Alban a lancé ce dernier avertissement : « Je porterai plainte jusqu'à ta majorité, mon fils, parce que je t'aime et que tu me manques trop ! »

Après une demi-heure au téléphone avec son père, mon fils m'a accusée de ne pas vouloir accéder à la requête de son père et donc de l'empêcher d'aller chez lui.

Je n'ai pas reconnu mon fils désormais adolescent, plus grand que moi et la voix plus rauque. Je n'ai pas réussi à lui faire entendre raison, par conséquent, je l'ai invité à se rendre à la mairie pour obtenir les copies demandées.

Lorsqu'il est revenu, il m'a simplement dit : « Tu avais raison, maman. ».

C'est dur pour moi de le confronter aux mensonges de son père, mais il n'y a pas d'autre manière de lui montrer que la vérité est tout autre.

J'ai eu un contrôle de la CAF en fin d'année dernière. Sûrement un pur hasard, n'est-ce pas… J'ai dû remonter sur deux ans pour me dédouaner de toute fraude. Ça va très loin, trop loin, et que d'énergie et de temps perdus ! Alban ne sait plus quoi inventer pour arriver à ses fins.

Quelle sera la prochaine étape ? Je n'en sais rien, car je n'arrive toujours pas à anticiper ses actions, et je reste sidérée par ses manigances à chaque nouveau scénario.

Alban se fait un malin plaisir d'enfoncer le couteau dans la plaie en racontant à mon fils que nous ne vivons que d'aides et d'allocations, notamment celle d'enfant handicapé, allocation encore plus faible que la pension alimentaire de cent-cinquante-trois euros qu'il me verse. Mes dépenses médicales et mes pertes de salaires pour m'occuper de mon fils sont loin d'être couvertes par ces montants dérisoires. Je calcule, je note mes dépenses et tente de garder la tête hors de l'eau.

Atlan a-t-il vraiment besoin d'entendre ces critiques blessantes sur sa mère ? J'aurais tant aimé que mes enfants vivent la séparation en douceur et en harmonie. Quel gâchis !

Au début de l'année, j'ai reçu le rapport de l'expert immobilier nous informant de la valeur de chaque bien. Il a bien réussi son coup en obtenant une décote d'environ cent mille euros sur la propriété qu'il veut racheter et sur les évaluations immobilières faites en 2018 avant la covid ! Quant à moi, je serai obligée de racheter au prix fort ma part de la maison dans le sud, repayer ma dette de vingt-neuf mille euros et faire une croix définitive sur mes affaires.

Il a gagné sur toute la ligne !

À ce jour, il n'y a toujours pas d'issue pour le partage des biens par manque d'effectif dans les tribunaux. D'autant plus que je n'ai pas le droit de me défendre seule en justice, je dois payer un avocat pour déposer les motions de défense que j'ai faites sans son aide. Je n'ai pas d'autre solution que d'alimenter le moulin de la justice !

Sans compter que la machine judiciaire est à nouveau relancée par la médiatrice pénale, la même qu'en 2020, à qui l'impartialité fait défaut. Elle vient de me joindre suite à la demande du procureur pour trouver un arrangement et m'a demandé quels efforts je suis encore prête à consentir pour que *Monsieur* voie notre fils. Au lieu de faire respecter le jugement, qu'elle ne comprend pas, c'est moi qu'elle sollicite. J'en ai profité pour lui rappeler que *Monsieur* n'avait pas respecté le contrat signé en 2020 et que malgré mon signalement, elle n'avait rien fait. Je lui ai également dit que j'ai proposé à Alban d'avoir son fils pendant sept semaines au lieu de quatre ainsi que sur sa période estivale, mais il le veut moins et c'est son droit… Le problème c'est qu'il faudrait aussi que j'accepte de renoncer aux remboursements kilométriques qu'il me doit. Je n'ai pas cédé. Elle me rappelle la semaine prochaine lorsqu'elle aura à nouveau eu *Monsieur*… C'est une histoire sans fin !

Quant à ma santé, je me suis efforcée d'en préserver le peu qu'il me reste dès le moment où j'ai quitté sa toile, un fil toujours accroché à la patte. J'avais accumulé des blessures qui m'avaient immobilisée de longues semaines sans que je puisse marcher. Heureusement que j'avais mon fils pour, à son tour, s'occuper de moi.

Pour soigner mon cœur déchiré, je me suis également tournée vers des cours de chant avec une coach. Elle a suivi mes déboires et mes peines puis un jour, elle m'a proposé deux chansons pour m'aider à sortir tout ce qui est encore cristallisé en moi ; la première était de France Gall : *Si maman si*. Je n'ai jamais réussi à la finir sans pleurer, et la seconde chanson de Natacha Saint-Pierre : *Un Ange frappe à ma porte*…

Un signe, une larme, un mot, une arme,
Nettoyer les étoiles à l'alcool de mon âme,
Un vide, un mal, des roses qui se fanent,
Quelqu'un qui prend la place de quelqu'un d'autre…

Un ange frappe à ma porte, est-ce que je le laisse entrer ?
Ce n'est pas toujours ma faute si les choses sont cassées ;
Le diable frappe à ma porte, il demande à me parler
Il y a en moi toujours l'autre, attiré par le danger…

Un filtre, une faille, l'amour, une paille,
Je me noie dans un verre d'eau,
j'me sens mal dans ma peau ;
Je ris, je cache le vrai derrière un masque,
Le soleil ne va jamais se lever…

Un ange frappe à ma porte, est-ce que je le laisse entrer ?
Ce n'est pas toujours ma faute si les choses sont cassées ;
Le diable frappe à ma porte, il demande à me parler
Il y a en moi toujours l'autre, attiré par le danger…

Je ne suis pas si forte que ça,
Et la nuit, je ne dors pas,
Tous ces rêves ça me met mal…

Un enfant frappe à ma porte, il laisse entrer la lumière,
Il a mes yeux et mon cœur, et derrière lui c'est l'enfer ;
Un ange frappe à ma porte, est-ce que je le laisse entrer ?
Ce n'est pas toujours ma faute si les choses sont cassées…

Un ange frappe à ma porte, est-ce que je le laisse entrer ?
Ce n'est pas toujours ma faute
si les choses sont cassées,
Ce n'est pas toujours ma faute
si les choses sont cassées…

MON PRÉSENT, MON AVENIR

Mes épaules ont fini par flancher il y a deux ans, emportant l'usage d'un de mes bras. Quelques fois, la paralysie descend jusque dans ma main et je ne peux que sentir que mon corps a définitivement somatisé toutes ces années de blessures émotionnelles.

Pourtant, comme l'a écrit Christiane Singer : « Choisis la vie et tu verras ! » J'ai choisi de vivre, et pour le meilleur, même si je sais que je vais devoir subir encore tant d'épreuves, car mon fils ne sera majeur que dans six ans.

Peut-être Alban arrivera-t-il d'ici là à ses fins, on verra… C'est pourquoi je me laisse la possibilité d'écrire un deuxième tome, car l'homme ne manque pas de ressources pour mettre en place de nouveaux scénarios incroyables, pour dénigrer la véracité des faits et pour ne pas se voir tel qu'il est vraiment.

Je laisse la porte grand ouverte à l'imprévu, mais sans me laisser embarquer dans ce que je ne veux plus dans ma vie.

Pour moi, aucune aide ne viendra de l'extérieur, c'est un fait, mais pour ceux qui sont épaulés, alors cela sera moins compliqué.

Dans cette relation, j'ai mené trois combats :

Notre couple qui a détruit le peu de confiance en moi qu'il me restait et la question permanente de savoir si j'étais la cause de cet échec.

La décision et les préparatifs de mon départ et l'enfer qui s'ensuivit et qui se poursuit encore aujourd'hui.

Christine Cerrada, avocate de l'association *L'Enfance au cœur*, a écrit l'ouvrage *Placements abusifs d'enfants,* paru aux éditions *Michalon* en 2023, dans lequel elle dénonce les placements abusifs qui auraient pour but de justifier les dotations publiques de la protection de l'enfance. Elle y explique notamment comment cette justice arrive à limiter la liberté éducative des familles. Vous aimez votre enfant ? Il est heureux chez vous ? Pourtant, demain, vous serez peut-être le parent d'un enfant placé. De plus en plus de familles bientraitantes se voient retirer leurs enfants, car la justice en est arrivée à faire du placement pour des raisons pas toujours en adéquation avec les besoins de chaque cas familial. Tous sont uniques, mais catégorisés sans justification valide : conflits parentaux, accouchements à domicile, etc. Comme l'a vécu une famille d'Ille-et-Vilaine en juin 2022 dont les deux petites filles ont été placées. Cette maman avait l'envie de vivre cette dernière naissance chez elle et cette famille a fini par le payer très cher.

Le placement intervient bien trop souvent sans caractérisation du danger.

Christine Cerrada demande la création d'une commission d'enquête. C'est pourquoi je continuerai mes démarches avec d'autres parents abusés pour que la justice soit juste et non soumise au verdict d'une seule personne. Il est également primordial que les personnes soient formées à plus de discernement dans toutes ces affaires.

Et pour finir, ma longue et difficile reconstruction et la compréhension progressive de ma part de responsabilité dans notre relation. Je ne veux plus de futurs amours basés sur la survie et le sacrifice.

Me nourrir de belles choses, me réparer de tout ce mal qui m'a été infligé et que j'ai entretenu aveuglément, prendre soin de moi avant de penser aux autres et arrêter de vouloir à tout prix les sauver. Mettre ma personne et mes enfants au centre de ma vie : un essentiel à chérir et à protéger.

Ne pas être obligée d'être gentille ; ne pas être obligée de donner pour exister et pour être reconnue, ne plus être dépendante et quémander la place et l'amour que je mérite. J'ai fait beaucoup d'erreurs avant de réaliser tout ça, mais si ce livre commence dès mon enfance et si je suis convaincue que si l'on en arrive à être choisi par un pervers, c'est parce qu'à la base, il existe une blessure bien plus profonde et bien plus ancienne qui engourdit tout notre être au point de se laisser faire.

L'emprise émotionnelle est déjà ancrée dans votre tête dès le berceau pour certains et c'est ce qui rend l'analyse de la situation compliquée.

Deux femmes cohabitent en moi :

D'une part, la figure dépendante qui a dû se mettre sous cloche pour ne pas déranger ses parents lorsque j'étais petite. La vulnérabilité était un défaut pour eux. Très tôt, je me suis rendu compte que mes émotions étaient un problème qui pouvait empirer les choses pour moi. Je me sentais de trop en permanence ! Je me suis coupée de la part de moi qui a tellement besoin d'écoute, de la validation des autres et d'un amour réciproque. Dans mes histoires sentimentales, sans que je comprenne le pourquoi auparavant, je me mets à réagir en petite fille, celle qui était brimée et repoussée, et je vais m'accrocher à mon partenaire et devenir complètement dépendante affectivement.

D'un autre côté, la figure très indépendante, très forte qui s'assume financièrement, car j'ai toujours su et voulu gagner ma vie, même si la mésestime de moi-même me dirige souvent vers des métiers peu valorisants. Cette femme a su résister à sa façon et puiser dans sa résilience pour apprendre de ses erreurs. La guerrière a su rebondir et la sage a fini par se révéler.

Je suis un paradoxe entre cette femme forte et cette petite fille qui a créé au fur et à mesure des années un mécanisme d'autocritiques très fort et un tribunal intérieur qui me juge constamment. Je porte en moi ce besoin d'agir à l'inverse de celle que je suis vraiment et des valeurs qui sont importantes pour moi. Je ne veux plus me sentir désaxée, mais alignée dans ma vie. Et cela commence par s'aimer soi-même ! J'ai tout accepté de l'autre en considérant que j'avais de la chance d'avoir été choisie. Chaque fibre de mon âme veut réparer la petite fille brisée en moi.

Que ce soit dans ma vie professionnelle ou amoureuse, je suis bloquée et ce n'est qu'en déroulant mes pensées pendant cette période d'écriture que j'en ai déterminé les sources. À cinquante ans, comment changer quelque chose qui est si proche de notre identité ? Petite fille, pour résister au temps, j'ai utilisé ma cape d'invisibilité, mon radeau de fortune, et je me suis forgé une carapace si épaisse que mes épaules se sont affaiblies. Il m'est arrivé toutes sortes de traumatismes pour lesquels je n'ai pas été défendue et je me suis ensuite considérée comme étant invalide…

N'ayant ni écoute ni compréhension ni compassion, je me suis construite tant bien que mal, mais toujours avec ce manque de sécurité qui planait au-dessus de ma tête. Je n'ai pas de haine pour Alban et pourtant, il s'acharne encore à nous enfermer dans des situations infernales. J'ai conscience de ce que j'ai laissé faire, ce pour quoi je n'ai pas pu me défendre dans ma jeunesse et qui a été le point clé de ma capture dans une toile labyrinthique, celle qui me condamnait à croiser l'éventuel chemin d'un pervers. Comment négliger l'importance du respect dont tout enfant a besoin pour façonner sa vie et construire les armatures qui la maintiendront à flot : le consentement, la sécurité, la certitude d'être aimé ? Sans ces appuis, il devra persévérer pour trouver son propre amour et ses propres défenses. Il devra se découvrir d'autres qualités que sont l'espoir et le courage d'y croire.

Mes filles sont prises dans cette même toile, enveloppées dans un cocon de mensonges, d'illusions qui ne leur permettent plus ni de voir ni de se rappeler à quel point je les aime. Je travaille sur moi depuis ces dernières années. Je sais que je mérite d'exister, que je dois soigner cette petite fille en souffrance qui se débat en moi. Les traumatismes continuent de régir mes émotions alors qu'en fait, en mon for intérieur, je suis une autre femme. J'ai avancé, évolué sans Alban, pour moi et mon fils. Néanmoins, le travail n'est pas terminé…

J'ai conscience que nous portons tous notre croix et que nous avons tous des blessures plus ou moins importantes à soigner.

J'ai perdu du temps, car je ne connaissais pas mon véritable ennemi, et j'ai perdu mon temps à continuer à rester auprès d'une personne si toxique à laquelle j'étais soumise.

Quelque part, l'archéologue en moi s'est réveillée : je suis allée fouiller dans les profondeurs de la psychologie pour creuser jusqu'au processus minutieux de la construction d'une toile d'araignée. Je peux dire que je suis chanceuse d'avoir réussi à cibler les origines de mes défaillances, de ma prise au piège dans cette spirale *albanesque* quand d'autres ne trouveront aucune explication jusqu'à la fin de leur vie, répétant sans cesse les schémas générationnels et relationnels.

La vie peut être douce, mais finalement c'est nous qui sommes durs. Nous nous délectons des complications existentielles, nous triturons notre pauvre cerveau déjà acculé.

Je ne m'attends pas à ce que la route devienne maintenant droite, car la vie, c'est comme un encéphalogramme, quand c'est linéaire, c'est que l'on est mort. Je vais simplement mieux tenir mon volant !

Je vais travailler à donner un sens à ma vie, qu'elle ne tourne pas seulement autour de mon fils. J'arrêterai de me justifier et de devoir me protéger sans cesse. Maintenant qu'Atlan entre dans l'adolescence, je peux enfin faire des choses sans lui, lui apprenant l'indépendance. Ça fait du bien de s'occuper de soi-même, de se redécouvrir, d'apprendre à s'aimer, d'entendre le silence qui me faisait si peur et profiter de chaque instant de ma nouvelle vie.

Je m'attèle à soigner mes blessures les plus récentes et elles deviendront, avec cette indulgence dont j'ai manqué, des cicatrices qui s'ajouteront aux autres plus anciennes. Elles s'estomperont avec le temps, mais elles seront toujours là, juste plus lisses. Ce sont elles qui font ce que je suis aujourd'hui. Je suis abîmée, mais j'ai la foi ! Si avant d'écrire ce livre, je disais déjà que je n'avais pas honte de mon parcours, de celle que j'ai été, aujourd'hui, en finissant l'écriture de mon livre, je me dis, avec un nouvel élan de joie, ce que personne ne m'a jamais dit : je suis fière de moi, et ça fait toute la différence !

Certes, je suis exténuée de toute la fatigue, de toutes les peurs, de la charge mentale, du stress continuel que je traîne depuis des années, mais je vais continuer à me battre, avancer plus loin. Non pas pour changer, mais bien pour devenir la meilleure version de moi-même. Je suis prête à ouvrir ces portes en moi ! Il me faudra aussi être capable de me faire un jour épauler sans crainte, pour remplacer mes épaules qui se sont fragilisées sous le poids des soucis.

J'ai esquivé les conflits et contourné les problèmes toute ma vie, alors il me faudra encore plus de courage pour prendre les choses en mains à l'avenir. En outre, à chacune de mes chutes, j'ai ramassé quelque chose qui m'a rendue un peu plus forte à chaque fois. Un jour, je deviendrais complète en liant force et vulnérabilité : j'aurai enfin trouvé ma propre source de bonheur, de motivation et de sérénité.

Ne jugeons pas les autres sur des ouï-dire en croyant savoir ce qui se passe derrière les murs d'une maison. Vérifions une rumeur avant de la considérer comme un fait ! Ayons autant d'écoute envers les autres que ce que nous voudrions en recevoir pour nous-même. Le meurtre d'âme existe, il n'est pas visible, mais il existe, ne nous fions pas aux masques derrière lesquels nous nous cachons tous.

J'aime les papillons, ils attirent l'œil : on voudrait les attraper pour les faire siens et capter leur lumière pour qu'ils n'aillent pas rayonner ailleurs. Mais ils sont fragiles…

En ce moment dans notre ciel, les planètes de notre système solaire se trouvent alignées. Ces planètes si chères à mon cœur, je n'ai jamais cessé de les observer depuis mon plus jeune âge. Probablement que ce sont elles aussi qui me tirent vers le haut, hypnotisée par leur mystère. Elles me raccrochent à l'espoir que les choses rentrent de toute façon dans l'ordre et que la justesse d'une entité pleine d'amour connecte et harmonise toutes les choses de l'univers. Les belles relations humaines, celles qui durent toujours, sont celles construites sur le socle de la vérité, la sincérité et l'échange.

J'ai appris que tout est possible, le pire comme le meilleur. Même si j'ai mis une croix sur mes vieux rêves, je ne m'interdis pas d'en avoir de nouveaux et de pouvoir les concrétiser.

Depuis cinq ans, je promets à mon fils que je trouverais un autre endroit pour vivre, là où les mauvais souvenirs ne pourront plus nous atteindre, qu'il aura à nouveau une vraie chambre, de l'espace pour se défouler, qu'on pourra garder les fenêtres ouvertes sans crainte et que plus personne ne viendra s'introduire dans nos vies sans y être invité. Je tiendrai cette promesse ! Mon manteau XXL, je l'accrocherai à la branche d'un arbre : il pourrait encore servir un peu à quelqu'un qui n'aurait rien pour se couvrir.

J'ai écrit ce livre sous mes vrais nom et prénom pour que ceux qui veulent contester les faits le fassent, je pourrais étayer largement ce que j'y ai divulgué. Je souhaite qu'il serve d'avertissement auprès de celles et ceux qui seraient papillons et leur donner l'espoir que même seul, on peut trouver les ressources en soi pour s'en sortir, grandir et aider les autres.

Sur ces dernières lignes, je clos ce dernier chapitre de ma vie.

Comme le disait Jean Genet : « écrire c'est le dernier recours quand on a été trahi ». Ce livre agit comme un soin réparateur, même si je sais que j'aurais encore longtemps des pensées intrusives et ce sentiment atroce de culpabilité. Avec le temps qui passe, de nouvelles rencontres viendront à moi et je saurais désormais les choisir, car l'amour et l'amitié nécessitent du temps pour créer un lien solide et vrai. Je crois en un avenir rempli de bonheur et de paix intérieure !

Je suis vivante et je témoigne.

Il faut beaucoup de chaos en soi pour
accoucher d'une étoile qui danse.
F. Nietzsche

Dépôt légal : Juin 2023
Imprimé en France

Printed in Poland
by Amazon Fulfillment
Poland Sp. z o.o., Wrocław

26729811R00159